過香積寺
향적사를 찾아가다

향적사 어딘지 알지 못하여
구름 봉우리 속으로 몇리나 들어간다
고목 우거져 사람 다니는 길 없건만
깊은 산 속 어딘가의 종소리
샘물 소리 가파른 바위에서 흐느끼고
햇살은 푸른 소나무를 차갑게 비치고 있네
해질녘 고요한 연못 굽이에 앉아
편안히 참선하며 잡념을 걷어 낸다네

不知香積寺　數里入雲峰
古木無人徑　深山何處鍾
泉聲咽危石　日色冷青松
薄暮空潭曲　安禪制毒龍

無影劍傳
무영검전

무영검전 1
한성재 新무협 판타지 소설

초판 1쇄 찍은 날 § 2006년 1월 18일
초판 1쇄 펴낸 날 § 2006년 1월 28일

지은이 § 한성재
펴낸이 § 서경석

편집장 § 문혜영
편집책임 § 이재권
편집 § 최하나 · 문정흠

펴낸곳 § 도서출판 청어람
등록번호 § 제1081-1-89호
등록일자 § 1999. 5. 31
어람번호 § 제2-0812호

주소 § 경기도 부천시 원미구 심곡1동 350-1 남성B/D 3F (우) 420-011
전화 § 032-656-4452 팩스 § 032-656-4453
http://www.chungeoram.com
E-mail § eoram99@chollian.net

ⓒ 한성재, 2006

ISBN 89-5831-948-8 04810
ISBN 89-5831-947-X (세트)

※ 파본은 본사나 구입하신 서점에서 교환하여 드립니다.
※ 저자와 협의하여 인지를 붙이지 않습니다.

無影劍傳

무영검전

한성재 新무협 판타지 소설

Fantastic Oriental Heroes

1

도서출판 청어람

| 목차 |

작가 서문 _6
서장 _9
제1장 동안의 살수 _11
제2장 세월 _57
제3장 헤어짐과 두 개의 인연, 그리고 씁쓸함 _73
제4장 우리는 고향으로 간다 _103
제5장 기억, 그리고 백리세가 _127
제6장 악연 _159
제7장 이별, 그리고 여행 _189
제8장 착각 _219
제9장 색마 영감님 _243
제10장 친절한 소저, 그리고 등장 _279

작가 서문

안녕하세요. 글쓴이입니다.
처음으로 글을 쓰기 시작한 것이 고등학교 때였습니다.
처음 무협이 좋아 쓰기 시작한 것이 벌써 십 년째에 접어들었습니다.
그리고 그 결과물이 나왔습니다.
그동안 많은 일들이 있었습니다. 글을 씀으로써 많은 선배들이나 친구들을 만날 수 있었습니다.
글을 쓴다는 것은 힘이 들지만 한편으로는 재미있습니다.
저는 언제까지나 재미있게 글을 쓰고 싶습니다.

미천한 글에 기회를 주신 청어람 사장님께 감사의 말씀을 드리고 싶습니다.
또한 못난 후배를 너그럽게 받아주신 선배님들, 언제나 좋은 말씀해 주신 상수 형, 김율 실장님, 그리고 언제나 웃는 모습으로 저에게 힘을 주신 이재권 대리님도 감사합니다.
편집팀과 영업팀, 그리고 디자인 팀에도 감사의 말씀드립니다.

참고로! 제 베스트 프렌드 찬규, 오광, 탁근.
귀여운 동생들인 영규, 태욱, 촌부.
마지막으로 우리 서일대 광디과 친구들, 교수님들께 모두 감사드립니다.

序

나는 크지 않는다.
죽지도 않는다.
시간의 흐름에서 벗어난 자.
불멸의 방랑자.
그것이 나란 존재다.

제1장
동안의 살수

동안의 살수

흑살회의 회주 조철산은 고개를 흔들며 이마 가득 주름을 만들고 서신 안에 적힌 내용을 바라보았다. 몇 번이고 반복해서 봐온 내용이었다.

천왕문주 사망.
수급이 사라진 것으로 보아 살수에 의한 암습으로 추정.

"알 수가 없군……."
조철산은 턱 주위를 매만지며 시선을 늘어뜨렸다.
천왕문주의 처소를 중심으로 열다섯 겹의 벽과 오백 명의 호위무사가 안광을 빛내고 있었다. 운이 좋아 잠입에 성공하더라도 천하오강 중 하나인 천왕문주를 상대해야 한다.
그간 그 수를 헤아릴 수 없을 정도로 많은 살수들이 천왕문에 도전했다. 하지만 결과는 전멸.

살아 돌아온 자는 단 한 명도 없었다.
 천하제일을 자랑하는 흑살회 역시 마찬가지였다. 하지만 드디어 철옹성이 뚫렸다는 소식이 날아들었다. 조철산의 입장에서는 당연히 궁금할 만도 했다.
 '도대체 누구지? 어디 소속인가?'
 하지만 딱히 떠오르는 곳이 없었다. 흑살회의 특급 살수들조차도 꺼리는 임무였다. 흑살회가 그러한데 다른 소규모 조직들이라 오죽하랴.
 "답답하군."
 조철산은 미간을 손으로 짓누르며 한숨을 내쉬었다.
 벌써 한 달째 흑살회의 모든 정보망을 총동원했다. 하지만 살수의 신상은 오리무중.
 조철산은 애꿎은 탁자를 내려치며 답답함을 풀 수밖에 없었다.
 "제길! 본 회의 정보망이 이렇게 무력하다고 느낀 적은 처음이군."
 "그래?"
 갑자기 들려온 목소리. 조철산은 심장이 얼어붙는 듯한 놀라움에 몸을 일으켰다.
 하지만 이내 냉정을 되찾았다. 비록 일선에서 물러나긴 했으나 조철산 역시 한 시대를 풍미한 대살수가 아니었던가. 살수에게 있어서 가장 중요한 것 중 하나가 평정심이었다.
 조철산은 안광을 번뜩이며 조심스럽게 주위를 살폈다.
 "누구냐?"
 그때 조철산의 눈에 들어온 그림자가 있었다. 식은땀이 볼을 타고 흘렀다. 기척조차 느끼지 못했기 때문이다.
 "모습을 드러내라."
 조철산은 굳은 표정으로 외쳤다. 그림자는 의외로 선선히 모습을 드러냈다.

"어? 어린아이?"

조철산은 눈을 크게 뜨며 눈앞에 서 있는 아이를 바라보았다. 누구라도 한 번쯤 시선을 줄 만큼 귀여운 외모였다.

아이를 훑어보던 조철산의 시선에 아무렇지도 않게 들려 있는 목갑이 들어왔다.

한낱 어린아이가, 그것도 지척까지 다가왔건만 아무런 기척조차 느낄 수 없었다.

흠칫.

조철산의 머리카락이 곤두섰다.

"누, 누구냐?"

조철산이 물었다. 하지만 상대는 아무런 대답도 없었다.

턱!

아이는 마치 유령처럼 아무런 소리도 없이 조철산에게 다가왔다. 그리고 목갑을 내려놓고 뚜껑을 열었다.

"헉!"

순간 조철산은 자기도 모르게 헛바람을 삼켰다.

목갑 안에 담겨 있는 것은 사람의 수급이었다. 수없이 사람의 수급을 봐온 조철산이었지만, 이번만큼은 감정을 숨길 수가 없었다.

"처, 천왕문주······."

목갑 안의 수급은 방금 전까지 자신에게 고민거리를 안겨주던 천왕문주의 것이었다. 조철산은 반사적으로 고개를 들어 아이를 바라보았다.

아이는 무표정한 얼굴로 조철산을 바라보다 입을 열었다.

"계약 조건은 간단하다."

"······."

"사람 하나만 찾아주면 돼. 보수는 그것으로 받겠다."

*　　　*　　　*

올해로 딱 이십 세가 된 지인은 기분 좋은 미소를 지으며 걸음을 옮겼다.

아무리 생각해 봐도 자신은 운이 좋다고 생각했다. 일자리를 쉽게 구했기 때문이다. 더욱이 처음 맡은 일 역시 어린아이를 시중드는 일이었다.

처음에는 아이가 골치를 썩이면 어떡하나 걱정도 했다. 하지만 말 그대로 기우였다.

또래 아이들처럼 방 안을 어지르거나 칭얼거리지도 않았다. 밥을 먹고 책을 읽는 것이 일과의 전부였다.

얼마나 방을 깨끗이 쓰는지 청소할 거리도 별로 없었다. 단지 일주일에 두 번씩 먼지만 닦아내면 그만이었다.

'얼굴은 그렇게 귀여운데 말이야.'

생각해 보면 만나고 한 달이 지나는 동안 아이의 목소리를 들어본 적이 없었다. 지인이 오면 고개를 살짝 끄덕이며 눈인사만 할 뿐이었다.

몇 번인가 지인이 말을 걸어보았지만 고갯짓으로만 대답하기 일쑤였다.

"뭐, 나야 편해서 좋지만."

솔직히 모시는 입장이다 보니 아이가 이것저것 간섭하기 시작하면 자신만 골치 아프기 때문이었다.

"에이, 모르겠다."

지인은 고개를 설레설레 저으며 걸음을 빨리했다. 아침 식사를 줄 시간이었기 때문이다.

아이는 언제나처럼 의자에 앉아 책을 읽다가 지인을 발견하고는 살짝 눈인사를 했다. 지인은 주위를 살폈다. 역시나 어질러진 구석은 없다.

이불 역시 곱게 개어져 있었다.

"안녕히 주무셨어요?"

아이는 역시나 고개를 살짝 끄덕인다. 지인은 최대한 상냥한 미소를 지으며 아침 식사를 들여왔다.

늘 그렇듯이 또래답지 않은 차분한 모습으로 식사를 끝낸 아이는 다시금 독서에 빠져들었다. 지인은 아이의 얼마 되지 않는 옷가지를 들고 빨래터로 나섰다. 이 사려 깊은 어린 주인은 빨랫감 역시 곱게 개서 내놓는다.

지인은 빨래를 끝낸 뒤 뒤뜰에다가 너는 것으로 오전 일과를 끝마치고 방으로 돌아와 의자를 끌어 벽에 붙여놓고 앉았다. 점심때까지는 할 일이 없었다.

'근데 매일 무슨 책을 저렇게 읽는 걸까?'

지인은 어린 주인이 읽는 책이 무엇인지 바라보았다. 하지만 이내 심각한 문제점을 깨달을 수 있었다.

'나… 글 못 읽지?'

"히잉……."

지인은 울상을 지으며 자신의 머리를 쥐어박았다.

"왜?"

그때였다. 독서에 빠져 있던 아이가 지인에게 시선을 주며 말문을 열었다. 순간 지인은 화들짝 놀라며 자리에서 몸을 일으켰다.

"아니요! 아무것도 아니에요!"

"무슨 책인지 궁금하더냐?"

아이는 무표정한 얼굴로 지인을 바라보며 물었다. 지인은 가만히 아이를 바라보고 있다가 무겁게 고개를 끄덕였다.
"수호전."
"아! 그건 저도 알아요. 육백 년 전 양산박의… 뭐더라? 백팔호걸! 맞지요? 저, 흑선풍 이규는 알아요. 그 무식한!"
아이는 고개를 끄덕였다. 그리고 나지막이 중얼거렸다.
"확실히 힘밖에 없는 무뇌아이기는 했지."
"예?"
아이는 고개를 가로저었다.
"아무것도 아니다."
이윽고 다시 침묵. 지인은 심심해졌다. 언제나 이렇게 시간을 죽여야 했다.
"하암……!"
햇빛도 따뜻하다 보니 슬금슬금 잠이 왔다. 지인은 눈 주위를 부비며 수마(睡魔)를 쫓아내려 애썼지만 눈꺼풀이 너무 무거웠다.
그렇게 얼마나 시간이 지났을까.
쿵!
지인은 갑작스런 충격에 눈을 번쩍 떴다.
"아야야!"
지인은 이마 쪽이 저릿하게 아파 앓는 소리를 냈다. 그리고 황급히 몸을 일으켰다. 의자에 앉았다가 깜빡 잠이 들어 바닥에 엎어진 것이다. 지인은 빨갛게 달아오른 얼굴도 어찌하지 못한 채 황망히 주위를 살폈다.
아이는 여전히 똑같은 자세로 책을 읽고 있었다.
지인은 황급히 몸을 일으켰다.
스르륵.

그때 지인의 몸에 걸쳐져 있던 천이 바닥으로 미끄러지듯 떨어졌다. 얇은 모포였다. 그제야 지인은 아이가 덮어준 것임을 깨달았다.
"죄, 죄송합니다!"
지인은 황급히 사죄의 뜻을 표했다. 시비가 주안을 앞에 두고 잠든 것은 크나큰 실례였다. 이대로 멍석말이를 당하고 쫓겨나도 할 말이 없었다.
하지만 이번에도 아이는 간단히 고개를 끄덕여 즈는 것으로 일을 끝맺었다.

그날 저녁을 먹고 아이가 말문을 열었다.
"보아하니 피곤해 보이더구나. 이만 돌아가도 좋다."
지인은 무엇에 홀린 것마냥 인사를 하고 돌아왔다.
'그러고 보니……'
돌아오는 길에 생각해 보니 오늘은 특별한 날이었다. 한 달 만에 처음으로 어린 주인과 대화를 나누었다. 더욱이.
'목소리도 귀여웠어.'
그래서인지 지인은 방에 돌아오자마자 편하게 잠들 수 있었다.

다음날 지인은 언제나처럼 어린 주인에게 올릴 아침 식사를 가지러 주방에 갔다.
"응? 왜 식사가 안 나왔나요?"
지인은 주방 아주머니에게 다급히 물었다.
"하지만 당분간 그쪽 처소분은 만들지 말라고 명이 내려왔거든."
"예?"
지인은 황급히 고개를 저었다.

"못 들었어요, 그런 소리."
주방 아주머니는 혀를 끌끌 찼다.
"너는 전속 시비가 그런 것도 모르니? 얼마간 출타하신다고 하셨어."

호북성 익주에 자리잡은 흑호문은 새롭게 떠오르는 신흥 무가였다.
삼십 년 전 호북성 인근에서 무위를 떨치던 번쾌 자상천이 흑호문을 일으킨 이래, 지금에 와서는 같은 성내에 자리잡은 무당파와 제갈세가의 뒤를 잇는 세 번째 위치까지 올라섰다.
흑호문의 문을 지키던 백파훈은 언제나처럼 흑호문을 구경 온 꼬마려니 생각하다가 갑작스런 위화감을 느꼈다.
아이의 외모가 너무도 뛰어났다. 귀티가 흐르는 부잣집 아이의 전형이라고나 할까.
"…어느 집 도련님이신가요?"
백파훈은 재빨리 말투를 고쳤다. 괜히 잘못 보였다가 골치 아픈 일에 휘말릴 여지가 있었기 때문이다.
그때 아이가 잠시 주위를 살피다가 말문을 열었다.
"문주는 있는가?"
자연스러운 하대. 백파훈은 자신의 생각이 들어맞았다고 생각했다.
"예, 계십니다."
"잘됐군."
"예?"
백파훈은 고개를 갸웃거리며 반문하다가 갑자기 몸에 힘이 쭉 빠지는 느낌을 받았다.
풀썩!
육 척에 이르는 거구가 바닥에 쓰러졌다. 아이는 무심한 눈으로 백파훈의 머리 위를 지나쳐 문 안으로 들어섰다.

흑호문의 안으로 들어서자 바로 널찍한 연무장이 보였다. 그리고 그 안에는 많은 이들이 구슬땀을 흘리며 무공에 정진하고 있었다.

아이는 천천히 걸음을 옮겼다. 문도들 역시 이런 어린아이의 존재가 드문 것이 아니었기에 신경 쓰지 않았다.

그렇게 걷다 아이는 걸음을 멈추고 주위를 살폈다.

"어머? 아이?"

때마침 이쪽으로 걸어오던 여인이 아이를 발견하고는 다가왔다.

"여기는 네가 들어오면 안 되는 곳이란다. 길을 잃었니?"

아이는 여인을 잠시 올려다보았다. 여인은 백파훈과 마찬가지로 아이의 귀타나는 외모를 알아챘다.

"혹시 어느 분을 만나뵈러 오셨나요?"

"문주."

"…문주님을 만나뵈러 오셨나요?"

아이는 고개를 끄덕였다. 여인은 그런 아이를 바라보며 곤란한 표정을 지었다. 어딘가의 부잣집 도련님인 것도 같지만, 문주는 그리 쉽게 만날 수 있는 상대가 아니었기 때문이다.

"약속은 되셨나요?"

아이는 가만히 고개를 저었다.

"그렇다면 곤란한걸요, 도련님."

아이는 짧게 한숨을 내쉬고는 여인을 마주 보며 말했다.

"문주는 어디에 있나?"

"예? 그러고 보니 점심 식사 시간이군요. 오늘은 마님과 처소에서 드신다고 하셨네요."

"처소는 어디지?"

아이의 물음에 여인은 반사적으로 한쪽을 가리켰다.

"저기 벽 위로 솟은 대전이 보이지요? 저곳이에요. 하지만 약속이 안 돼 있으시다면 절차를 밟으시고… 어?"

아이에게 처소를 가리킨 뒤 고개를 돌린 여인은 고개를 깜박이며 주위를 살폈다. 어느새 아이의 모습은 사라지고 없었다.

흡사 원래 아무도 없었던 것마냥.

스윽.

아이는 어느새 반대편 벽 아래에, 본래 그곳에 있었던 것처럼 모습을 드러냈다.

'하나, 둘, 셋… 총 네 명.'

아이는 처소 주위를 지키는 호위무사들을 살피고 걸어 나왔다. 호위무사들을 처리하는 것은 간단했다. 그저 조용히 다가가 사혈을 짚어주면 그만이다.

감각을 개방하고 주위를 살폈지만 더 이상의 장애물은 보이지 않았다. 아이는 천천히 처소 앞으로 다가가 섰다.

처소 안에서는 차분한 대화 소리가 오고 갔다. 아이는 소매 안에서 느껴지는 금속의 차가운 촉감을 느꼈다.

펄럭!

철컹! 철컹!

오른쪽 소매를 한차례 흔들자 철컥 소리를 내며 삐죽한 검날이 솟아나왔다. 아이의 눈이 차가워졌다.

이것으로 준비는 끝난 셈이었다. 아이는 숨조차 고르지 않고 두 손으로 문을 열었다.

삐걱.

문이 열리자 자연스럽게 처소 안의 전경이 시야에 잡혔다.

아이의 눈이 어지러이 사방으로 향했다. 널찍한 침상과 고풍스런 책장, 그리고 방 중앙의 탁자에 자리잡은 사내와 여인.

둘 다 사십대로 보이는 외모였다. 사내는 대춧빛 얼굴에 긴 수염을 가지고 있었고, 여인은 약간은 통통한 가운데 푸근함이 느껴지는 얼굴이었다.

아이는 곧 그 사내가 흑호문주임을 깨달을 수 있었다.

"아이?"

여인은 아이를 발견하고는 눈을 동그랗게 뜨며 의자에서 몸을 일으켰다. 흑호문주는 방 안으로 들어선 아이를 보며 고개를 갸웃거렸다.

분명 처소를 지키는 호위무사가 네 명이나 있음에도 아이가 들어온 것이 의문점이었다.

"어머? 귀여워라."

여인은 아이의 귀여운 외모에 화색을 띠며 다가섰다. 흑호문주는 아내의 뒷모습을 바라보다가 무언가 빛나는 것을 보았다. 순간 그의 안색이 일그러졌다. 아이의 오른 소매에서 빛나는 그것은 검이었다.

"물러서!"

"에?"

흑호문주의 외침에 여인은 고개를 돌리며 의아한 표정을 지었다.

서걱!

순간 여인의 몸이 움찔하더니 바닥에 널브러졌다.

여인은 아직도 무슨 일이 일어났는지 깨닫지 못하고 있었다. 왜 자신이 바닥에 쓰러져 있는지, 또한 왜 옷이 축축해져 가는지도.

여인은 황망하게 아이를 올려다보았다.

뚝, 뚝!

그제야 여인은 아이의 오른손에 쥐어진 소검에 묻은 피를 볼 수 있었다.

"어? 무, 무슨……?"

그 말을 끝으로 여인의 눈이 감겼다.

갑작스런 아내의 죽음.

"이, 이!"

흑호문주는 이를 뿌득 갈며 신음성을 흘렸다. 치켜 올라간 눈썹이 푸들거리며 떨리고 있었다. 하지만 반대로 아이의 표정은 평온하기만 했다.

탁!

아이의 발이 땅을 박찼다. 순간 흑호문주는 아이의 신형이 쭉 늘어졌다고 느꼈다.

아이의 몸이 순식간에 안으로 파고들었다.

"헉!"

흑호문주의 몸이 반사적으로 반응했다. 흉험한 일장이 아이의 머리를 노리고 내려쳐졌다.

빙글!

순간 아이는 횡으로 보법을 밟으며 공격을 피한 뒤 소검으로 옆구리를 찔러 들어갔다.

푹!

불로 지지는 것과 같은 고통. 흑호문주는 비명을 지르려 했지만 그럴 수 없었다. 어느새 아이의 조그만 손가락이 아혈을 짚었기 때문이다.

"……!"

흑호문주는 눈을 부릅뜬 채 몸을 버둥거리려 애썼다. 하지만 몸에 힘이 들어가지 않았다. 목 아래로는 아무런 감각조차 느껴지지 않았다. 그 끔찍한 고통조차도 사라진 상태였다.

지금 그의 의지 아래 놓인 것은 두 눈과 감정뿐, 독기 어린 눈빛으로 아이를 쏘아보는 것만이 그가 할 수 있는 전부였다.

아이는 흑호문주를 무심하게 내려다보다 검을 내리그었다.

데구르르.

푸악!

몸이 바닥을 굴렀다. 그리고 이내 목 언저리로 피가 분수처럼 솟구쳤다. 그 압력에 이기지 못한 몸이 푸들거렸다.

아이는 피가 다 빠져나갈 때까지 기다렸다가 수급을 들었다.

"으앙!"

그때 들려온 울음소리. 아이의 고개가 반사적으로 돌아갔다.

조그만 갓난아기가 침상에 누워 울고 있었다. 뽀얀 피부에 큼지막한 눈에서는 연신 눈물이 흐르고 있었다. 아이는 주위를 살폈다. 다행히 인기척은 느껴지지 않았다.

"……"

아이는 검을 들었다. 날카로운 검날이 갓난아기의 가슴팍을 향했다. 그때 자그만 입이 열렸다.

"…빠! 빠빠!"

그 순간 아이의 손이 아래로 축 처졌다. 이제는 피가 다 빠진 흑호문주의 수급과 그것을 바라보며 천진난만한 웃음을 짓는 갓난아이의 얼굴을 차례로 바라보았다.

아이는 의식적으로 고개를 가로저으며 수급을 목갑 안에 넣고 몸을 일으켰다.

"빠! 빠빠!"

갓난아기는 다시금 입을 옹알거리며 두 손을 후젓는다.

아이는 눈을 감았다. 시름 어린 한숨 소리가 적각한 방 안을 울렸다.

조철산은 탁자 위에 놓여진 목갑을 열었다.

이내 그의 입가에 희미한 미소가 머금어졌다. 그리고 아이에게 시선을 주었다.

"성공했군요."

아이는 살짝 고개를 끄덕였다. 조철산의 표정이 떨떠름해졌다. 왠지 어깨가 잔뜩 움츠러들었다.

그것은 눈앞에 앉아 있는 아이 때문이었다. 처음의 충격적인 만남 후 시간이 흘렀다. 하지만 여전히 익숙해진 것은 없다. 언제나 무표정한 얼굴.

아이는 말수가 거의 없다. 평소에도 거의 고개만 끄덕이는 것이 전부였다. 여태껏 이름조차 물을 엄두도 내지 못했다.

그러던 와중에 조철산은 목갑 안에 자리잡고 있는 흑호문주의 수급을 바라보며 씁쓸한 냉소를 지었다. 이번 일을 의뢰한 자가 떠올랐기 때문이다. 물론 입 밖으로 낼 수는 없었다. 그것이 살수 조직의 철칙이었기 때문이다.

'제갈소······.'

의뢰자는 바로 제갈세가였다.

호북성 내에서의 제갈세가는 늘 이인자의 위치였다. 명문대파인 무당파가 굳건히 자리잡고 있었기 때문이다. 감히 넘어설 생각은 하지 않았다. 그만큼 무당파가 가진 위명이라는 것은 범접할 수 없는 것이었다. 하지만 흑호문은 달랐다.

요 근래 들어 급속한 성장을 해 급기야는 제갈세가의 위치를 위협할 수준에까지 이른 것이다. 무당파야 어쩔 수 없다 하지만 이름도 모를 신흥 무가까지 인정할 정도로 제갈세가는 대범하지 못했다.

결국 세가주인 제갈소는 흑살회에 흑호문주를 죽여달라 의뢰했다. 그리고 흑살회는 완벽하게 의뢰를 수행했다.
 '…정파의 위선자들이란…….'
 조철산이야 이 일로 밥 벌어먹고 사는 셈이니 의뢰를 받기는 했지만 내심 씁쓸한 기분이 드는 것은 어찌할 수 없었다.
 "부탁했던 것을."
 상념에 빠져 있던 조철산은 낮지만 차분한 어조에 정신을 차렸다.
 "여기 있습니다."
 조철산은 품에서 쪽지를 꺼내 건넸다. 아이는 쪽지를 받아 들고 읽더니 이내 고개를 끄덕였다.
 "도움이 되었습니까?"
 아이는 고개를 저었다. 그 모습에 조철산은 떨리는 목소리로 변명 아닌 변명을 늘어놓았다.
 "다, 단서가 너무 단편적이었습니다… 이래서는……."
 "다음을 기대하지."
 아이는 조철산의 말을 중간에 자르며 몸을 일으켰다. 조철산은 감히 기분 나쁜 표정을 짓지 못했다. 이렇듯 어린 외모를 유지하는 것으로 보아 반로환동에 든 초고수일 것이다라는 것만 예상할 뿐이었다.
 솔직히 묻고 싶은 점은 많았다. 그 같은 초고수가 어찌 살수 집단에 몸을 의탁한 것인지, 또한 정체는 무엇인지 말이다. 하지만 괜히 긁어 부스럼 만들 필요는 없었다. 조철산의 본능이 그렇게 하라 시키고 있었다.
 "…갓난아이를 데려오셨다 들었는데?"
 아이는 가만히 고개를 끄덕였다.
 "설마……."
 "왜 알려고 들지?"

아이의 표정이 굳어졌다. 순간 조철산은 헛바람을 삼켰다.
"아, 아닙니다."
아이는 조철산의 방을 나섰다. 이내 홀로 남은 조철산은 두근거리는 가슴을 부여잡고 한참 동안 숨을 골랐다.

마주 보는 것만으로도 심장이 오그라들 정도다. 가히 좋지 않았다. 비록 조철산이 흑살회의 회주이기는 하지만 그가 마음만 먹는다면 뒤집는 것은 매우 손쉬운 일이었다. 말 그대로 위태로운 외줄타기의 형상이었다.

하지만…….

"저 정도의 초고수가 나의 수족이 된다면?"

만약 그렇다면 조철산에게 있어 더없는 힘이었다. 살수 집단이라는 한계를 벗어던지고 창공으로 비상할 수 있는 기회였다. 그만큼 초고수 한 명이 가지는 힘은 어마어마한 것이었다.

하지만 서두르지는 않을 것이다. 조철산의 눈빛이 번뜩였다. 굳어졌던 입이 살며시 곡선을 그리기 시작했다.

아이가 자신의 처소로 돌아왔을 무렵, 지인은 갓난아기를 안고 있었다.

"으앙!"

아기는 처소가 울릴 정도로 서럽게 울어대고 있었다. 지인은 곤혹스러운 미소를 지으며 아기를 얼렀지만 소용이 없었다.

"빠!"

갓난아기는 돌아온 아이를 보자마자 활짝 미소를 지었다. 그에 따라 지인의 얼굴에도 화색이 돌았다.

"오셨어요?"

아이는 고개를 끄덕이며 지인에게 다가섰다. 갓난아기는 아이에게 손을 벌리며 버둥거렸다. 아이는 살며시 아기를 받아 안았다.

놀랍게도 아기는 아이에게 안기자마자 울음을 멈추고 방실 웃는다. 아이는 눈살을 찌푸리며 기저귀를 매만지더니 침상에 아기를 눕혔다.

지인은 고개를 갸웃거리며 아이가 하는 것을 지켜보았다. 아이는 능숙한 손길로 아이의 기저귀를 풀었다. 순간 지인이 손으로 코를 가렸다.

기저귀에 변이 한가득 묻어 있었다. 아이는 짧게 한숨을 내쉬며 지인을 바라보았다.

"물을 받아와라. 수건하고 새 기저귀도."

"예? 예!"

지인은 신속히 처소 밖으로 달려 나갔다. 잠시 후 모든 것이 갖춰지자 아이는 아기의 엉덩이를 물로 씻겨내고 수건으로 닦았다.

물기가 마르자 능숙하게 새 기저귀로 갈아주었다. 하지만 아이의 얼굴은 아직도 무언가를 더 바라는 표정이었다. 잠시 생각하던 아이가 손가락을 아기의 입에 물렸다.

"쪽쪽!"

아기는 아이의 손가락을 힘차게 빤다. 배가 고팠던 모양이다.

아이는 지인에게 시선을 주며 말문을 열었다.

"수유할 사람이 필요하다."

잠시 후 지인은 주방에서 한 여인을 데려왔다. 최근에 아이를 낳아서 젖이 나오는 여인이었다. 여인은 아기에게 젖을 물렸다.

"배가 많이 고팠나 보네요."

여인은 아기를 편하게 안으며 미소를 지었다. 지인은 그런 아기를 신기한 눈빛으로 바라보며 연신 고개만 끄덕였다.

                    *   *   *

    탁탁탁!
    어지러운 발소리가 다가왔다.
    "오라버니!"
    문이 거칠게 열리며 여섯 살 남짓한 계집아이가 달려 들어왔다. 언제나처럼 책을 보고 있던 아이는 눈살을 찌푸렸다.
    계집아이는 단번에 아이에게 안겨들더니 우는 목소리로 칭얼거렸다.
    "미워! 다섯 밤 자면 온다고 해놓고. 열 밤이나 걸렸잖아!"
    "소화, 뛰어다니지 말라고 했지?"
    아이는 무표정한 얼굴로 계집아이를 내려다보며 말문을 열었다. 소화라고 불린 계집아이는 입술을 삐죽 내민다.
    "피이! 오라버니는 만날만날 그래. 그치?"
    소화가 눈을 돌리자 한 여인이 처소 안으로 들어서며 미소를 지었다. 이제는 이십대 중반의 원숙한 미를 뽐내는 지인이었다.
    "아가씨, 주인님 말씀이 맞으세요."
    "언니까지 그러기야?"
    "훗."
    지인은 살포시 웃으며 아이에게 살짝 인사를 했다.
    "다녀오셨어요?"
    아이는 언제나처럼 살짝 고개를 끄덕이는 것으로 인사를 받았다. 지인 역시 이제는 이런 상황이 익숙해졌는지 대수롭지 않게 받아넘긴다.
    이 어린 주인은 언제나 똑같다. 이름을 알게 된 것도 시중을 든 지 삼 년 만이었다. 물론 그마저도 소화 덕분이었다. 언제나처럼 오라버니라 부르던 소화가 아이의 이름을 끈덕지게 물었기 때문이다.

무영(無影).

이 괴이한 어린 주인의 이름이었다.

'그러고 보니 나도 참 이상하지.'

이름 이외에는 아는 것이 아무것도 없다. 또 한 가지 이상한 점이 있었다.

벌써 육 년째 시중을 들고 있었지만, 이 어린 주인은 전혀 성장을 하지 않고, 그 모습 그대로였다. 키나 머리카락도 자라지 않았다. 심지어 손톱이나 발톱도 그러했다.

이대로 몇 년만 지나면 소화가 무영의 키를 넘을지도 모른다. 첫 성장은 남아보다는 여아가 더욱 빠르니까.

자라지 않는 아이. 누구라도 이상하게 생각할 것이다. 지인 역시도 처음에는 그랬다.

하지만 적응은 빨랐다. 처음의 괴이쩍음은 곧 사라졌다. 솔직히 무영보다는 소화 때문이었다. 조금씩 커나가는 모습에서 지인은 모성이라는 것을 느꼈는지도 모른다.

무영이 지인에게 아무런 해도 끼치지 않는다는 점 역시 크게 작용했다.

현재 무영의 존재는 자신과 이곳의 회주만이 알고 있는 상태였다. 하지만 소화는 달랐다. 워낙에 활달해서 그러한지 이곳 어른들에게서 귀여움을 독차지하고 있었다.

"언니! 언니!"

"응? 왜요, 아가씨?"

지인은 소화의 외침에 상념에서 빠져나왔다. 소화는 지인의 옷소매를 꼭 쥐며 방실방실 웃는다.

"오늘 묵환 아저씨가 돌아오는 날이에요. 은가락지 사다 준다고 했어요."
지인은 짧게 한숨을 내쉬었다.
사실 자신이 일하는 이곳이 무림에서 악명 높은 살수 집단인 흑살회라는 사실을 알게 된 것은 얼마 전이었다.
아무렇지도 않게 사람을 죽인다는 무시무시한 살수들. 하지만 그들 역시 사람이었다. 귀여운 소화의 애교에 미소를 짓는다.
가끔 살수행을 갔다가 돌아오면 소화의 선물을 한가득씩 사가지고 돌아오기도 했다. 그들에게 있어 자신이 인간이라는 사실을 일깨워 주는 샘물 같은 존재가 소화였다.
지인은 무영에게 시선을 주었다. 무영은 살며시 고개를 끄덕였다.
"데려다 드릴게요, 아가씨."
"와아!"
소화는 손까지 휘적거리며 밖으로 나섰다. 지인은 소화에게 이끌려 방을 나섰다.
이내 방 안에 홀로 남게 된 무영이 책을 덮으며 몸을 일으켜 방을 나섰다.
그의 걸음이 멈춘 곳은 조철산이 칩거하는 처소였다.
이제 오십대에 접어든 조철산의 머리는 반쯤 백발로 변해 있었다.
"오셨습니까?"
조철산은 웃는 낯으로 무영을 맞이했다.
"차를 내올까요?"
무영은 고개를 저으며 조철산의 맞은편에 앉았다. 그리고 짧게 한숨을 내쉬며 미간을 매만졌다. 그런 모습에 조철산은 쓴 미소를 지었다.
육 년의 시간이 흐르는 동안 무영이 조철산을 찾아오는 이유는 단 한 가지였다. 처음 그가 계약 조건으로 내건, 누군가를 찾아달라는 조건 때문이다.

"죄송하게도……."

조철산의 말에 무영은 살며시 고개를 끄덕이며 몸을 일으켰다. 긴 시간이 흐르는 동안 조사에는 전혀 진척이 없었다. 하지만 조급해하는 빛은 없다. 그렇다고 조철산을 닦달하지도 않는다.

언제나 이런 식이었다. 무영은 살며시 고개를 끄덕인 뒤 뒤돌아 나갔다.

*   *   *

세월은 유수와 같이 흐른다.

여섯 살이던 소화는 어느새 훌쩍 자라 무영을 내려다보게 되었다.

어느덧 그녀의 나이는 이십 세가 되었다.

"오라버니."

무영의 옆에 앉아 책을 읽고 있던 소화가 말문을 열었다. 무영은 천천히 고개를 들어 소화를 올려다보았다.

"오라버니는 사람을 찾는다고 했지요?"

무영은 살며시 고개를 끄덕여 주었다. 너무나 차분한 표정에 소화가 볼을 부풀렸다.

"그거 알아요?"

"……?"

"오라버니는 자신에 대해서 아무것도 말하지 않아요."

"그런가?"

무영은 짧게 대답하며 다시금 시선을 책으로 가져갔다. 소화는 곱게 눈을 흘기며 무영의 책을 뺏어 들었다. 그리고 몸을 일으키며 머리 위로 책을 쳐들었다.

"뺏어봐요."

"……."

무영은 고개를 저으며 옆에 놓여 있는 다른 책으로 손을 가져갔다. 하지만 그마저도 소화가 뺏어 들었다.

"내려놓거라."

"싫어요."

소화의 표정은 단호했다.

"오라버니에 대해서 알려주세요. 누굴 찾기에 이런 일을 계속하는 건지."

소화의 표정이 서글퍼졌다. 그녀 역시 무영이 하는 일을 어렴풋이 알고 있었다.

소화가 무영 다음으로 끔찍이 따랐던 묵환이란 이름의 살수. 의뢰를 끝내고 돌아올 때면 언제나 선물을 사가지고 돌아왔던 푸근한 인상의 아저씨.

십 년 전 묵환은 한 의뢰를 받았다. 그리고 한 달 앞으로 다가온 소화의 열 번째 생일 선물을 사오기로 약속하며 살수행을 나섰다.

"옥으로 된 목걸이를 사다 주마."

묵환은 언제나처럼 소화의 머리를 두툼한 손으로 쓰다듬어 주며 길을 떠났다. 소화는 옥으로 된 목걸이란 소리에 환호하며 그의 모습이 보이지 않을 때까지 전송해 주었다.

하지만 묵환은 돌아오지 않았다.

뇌정문의 문주는 암습을 예상하고 있었고, 묵환은 함정에 빠졌다. 결국 묵환은 입에 물고 있던 독약을 먹고 자살을 택했다. 그것이 실수가 해야 할 의무였으니까.

 뒤에 알려지기로 묵환의 시체를 처리하기 전에 품에서 옥으로 된 목걸이가 나왔다고 들었다. 그는 가는 도중에 소화의 열 번째 생일 선물을 미리 사두었던 것이다. 실패는 생각조차 하고 있지 않았기에.

 묵환의 죽음은 철저히 함구되었다. 그 사실이 알려질 경우 소화가 감당해야 할 슬픔을 모두가 공감했기 때문이다.

 하지만 이 세상에 영원한 비밀이란 존재하지 않는 법.

 소화는 돌아오지 않는 묵환의 일을 듣게 되었다. 그리고 이 마음씨 좋은 아저씨들의 직업에 대해서도 알게 되었다.

 그 이후로 소화는 무영이 살수행을 나설 때마다 극렬히 반대했다.

 소화는 무영이 가진 사연을 알아야 했다.

 "꼭 들어야겠어요."

 무영은 잠시 동안 소화를 올려다보다가 한숨을 내쉬며 천천히 말문을 열었다.

 "⋯동생이 한 명 있다."

 "동생?"

 "그래. 남동생."

 무영은 탁자 위를 손으로 매만졌다.

 "우리는 어떤 사내에게서 도망쳤다. 숨어 지내야 했지. 그것은 지금도 그렇고, 미래에도 마찬가지다."

 차갑고 단단한 목재의 촉감이 느껴졌다.

 "⋯헤어졌어요?"

 무영은 고개를 저으며 침울해진 어조로 답했다.

 "그 아이가 날 떠났지."

 "왜요?"

"…그 아이에게 상처를 줬지. 너무도 큰 상처를……."

무영은 씁쓸한 표정을 지었다. 그런 모습에 소화는 신선하다는 느낌을 받았다. 처음으로 무영에게서 감정이란 것을 느꼈다.

"난 하나의 계약 조건을 내걸었다."

어느새 소화의 머리 위로 올라가 있던 책은 탁자에 놓여졌다. 그녀는 무영의 앞에 마주 앉았다.

"보수 대신 동생을 찾아달라고. 이곳의 정보력은 쓸 만하거든."

무영은 자신의 머리를 매만지며 말을 이었다.

"하지만 벌써… 이십 년째 아무런 진척이 없구나."

"…얼마나 찾아다니신 건데요?"

소화의 물음에 무영은 잠시 주저하는 기색이다. 하지만 이윽고 고개를 끄덕였다.

"…백 년째구나, 벌써."

"백 년이요?"

"왜? 이상하니?"

무영의 물음에 소화는 고개를 저었다.

무영의 괴이한 몸에 대해 거부감이 많지 않은 소화였다. 커오면서 같이 지냈던 탓일까. 소화는 빠르게 무영의 몸에 대해 적응했다. 지금 역시 그러했다.

"흠, 그럼 오라버니라고 부르는 것은 예의에 어긋나는 걸까?"

소화는 애교 섞인 어조로 중얼거렸다. 무영은 찰나지간 희미한 미소를 지으며 책을 집어 들었다.

"엑? 더 이야기해 줘요."

소화가 아차 하며 무영을 닦달했지만 무영은 입을 굳게 다물었다. 어느새 표정 역시 예전과 같이 돌아왔다. 아무런 감정의 기복이 보이지 않는, 말 그대로 무(無).

소화는 한숨을 내쉬며 자신의 경솔한 행동을 책망했다. 하지만 이미 엎질러진 물, 주워 담을 수는 없었다.

끼익.

그때 방문이 열리며 한 여인이 들어왔다. 원숙미를 가진 사십대의 여인이었다.

"지인 언니!"

소화는 쪼르르 여인에게 다가갔다.

이제 마흔에 접어든 지인이었다. 무영을 제외한 모두에게 이십 년이란 세월은 평등했다. 이십 세의 창창한 나이에 무영의 시비로 들어온 지인은 여태껏 그 자리에 자리잡고 있었다.

"아가씨, 조신하지 못하게."

지인은 폴짝거리며 다가오는 소화를 가볍게 책망했다. 하지만 얼굴에는 미소가 걸려 있었다. 비록 이십 년의 나이 차이가 나지만 언제나 함께였다.

지인은 책을 보고 있는 무영에게도 공손히 인사를 올렸다. 무영은 언제나처럼 가볍게 고개를 끄덕여 주었다. 소화와 마찬가지로 무영과도 이십 년의 세월을 함께했다. 따져 보면 그녀가 살아온 시간의 반을 두 사람과 같이한 셈이었다.

소화는 훌쩍 커버려 혼기가 꽉 찬 숙녀로 변했다. 하지만 무영은 여전히 처음 만났을 때의 모습 그대로였다. 마치 그에게만 시간의 흐름이 멈춘 것마냥.

"식사를 가져왔습니다."

지인은 들고 온 식사를 탁자 위에 올려놓았다.

"와아! 그렇지 않아도 배고팠는데."

소화는 반찬 뚜껑을 일일이 열어보더니 환호한다.
"아가씨, 제가 뭐라고 말씀드렸지요?"
지인의 엄한 어조에 소화는 잔뜩 풀이 죽어 고개를 떨궜다.
"조, 조신하게 행동하라고……."
지인은 고개를 끄덕이며 양손을 허리춤에 올렸다.
"그래요. 그것은 식사 자리에서도 마찬가지겠지요?"
"…예."
소화는 조심스런 손길로 젓가락을 집어 들고 요조숙녀처럼 식사를 하기 시작했다. 지인은 살포시 미소를 짓다가 무영에게 시선을 주었다. 무영은 잠시 의아한 눈빛으로 지인을 바라보다가 고개를 끄덕였다.
그녀가 뜻하는 바를 읽은 것이다.
"난 잠시."
"식사 다 안 하셨잖아요?"
소화가 눈을 동그랗게 뜨며 반문했다.
"생각이 없구나. 잠시 바람 좀 쐬고 오마."
무영은 고개를 살며시 저으며 방을 나섰다.
무영의 걸음이 멈춘 곳은 조철산이 칩거하는 처소였다.
주름진 얼굴, 이제는 완전히 백발로 변한 조철산이 무영을 맞이했다.
"오셨습니까?"
무영은 살며시 고개를 끄덕이며 의자에 앉았다. 조철산은 그런 무영을 바라보았다.
"여전히 변함이 없으시군요."
이십 년의 세월이 흐르는 동안 조철산은 늙었지만 무영은 변한 것이 없었다.
'저 무뚝뚝한 성격도…….'

보통 이 정도의 시간이 흐르면 사이가 가까워지게 마련이다. 하지만 눈앞에 앉아 있는 사내에게는 통용되지 않는 말이었다.

다만 한 가지, 조철산이 무영에 대해 알게 된 것이 있다. 그것은 돌려 말하는 것을 별로 좋아하지 않는다는 사실이었다.

조철산은 단도직입적으로 말했다.

"일이 들어왔습니다."

무영은 조철산을 응시했다. 조철산은 씁쓸한 표정으로 주저하다가 말문을 열었다.

"이번 일은 수락하지 않으셔도 됩니다."

조철산은 손수건으로 이맛가를 닦으며 말을 이었다.

"솔직히 너무 허황된 의뢰라."

조금이나마 의아한 빛이 스칠 만도 하건만 무영의 표정에는 변함이 없었다. 조철산은 언제나처럼 품에서 쪽지를 꺼내 무영에게 건넸다.

무영은 쪽지를 받아 들고 읽다가 고개를 갸웃거렸다.

"…이곳은 살수 조직이 아닌가?"

무영의 나지막한 물음에 조철산은 고개를 끄덕였다.

'육 개월 만이군.'

그러는 한편 조철산은 무영의 목소리를 들어본 지 육 개월이란 시간이 흘렀음을 깨달았다. 그만큼 무영이란 자는 말수가 없었다.

"어찌하시겠습니까?"

조철산은 무영에게 대답을 권했다. 말이 되지 않는 의뢰임에는 분명했다. 하지만 무언가 알 수 없는 기대감이 드는 것 또한 부정할 수 없었다.

"이번 보수의 대가로 그쪽에 정보를 요청했습니다. 의뢰자가 속한 곳의 정보력은 저희보다도 한 수 위입니다."

조철산은 최후의 한 수를 꺼내 들었다. 이것이라면 틀림없이 의뢰를 받아들일 것이라 믿었다. 그리고 조철산의 예상은 맞아떨어졌다.
　무영은 잠시 고심하다가 고개를 끄덕이며 쪽지를 품 안에 갈무리했다.
　"기한은?"
　"두 달."
　"요구한 사항은?"
　무영의 물음에 조철산은 안광을 빛내며 말문을 열었다.
　"최대한 화려하게……."
　무영은 고개를 끄덕이며 몸을 돌렸다.
　"오늘 저녁에 떠난다."
　"감사합니다."
　'드디어… 드디어! 비상할 수 있게 되었어.'
　무영의 뒷모습을 바라보는 조철산의 노안에 꿈틀거리는 욕망의 빛이 스쳤다.
　문밖으로 나온 무영은 흐린 하늘을 바라보았다.
　'너무 오래 머물렀나?'
　이십 년. 길다면 긴 세월이다.
　무영은 씁쓸한 표정을 지었다. 무영은 조철산이 품고 있는 야심을 알고 있었다.
　'한곳에 너무 길게 정착했어.'
　그렇다 하더라도 할 수밖에 없었다.
　방으로 돌아온 무영은 행장을 꾸리기 시작했다. 그런 모습에 소화의 눈이 치켜 올라갔다.
　"뭐 하시는 거예요?"
　"두 달 후면 올 거다."
　무영은 무심한 어조로 답하며 꾸린 행장을 침상 밑에 내려놓았다.

"또 사람 죽이러 가는 거예요?"

소화의 언성이 커졌다.

"아, 아가씨!"

갑작스런 상황에 놀란 지인이 소화의 팔을 붙잡았다.

"이거 놔요."

소화는 거칠게 지인의 팔을 내팽개쳤다.

"이제는 싫어요!"

소화의 목소리가 커졌다. 지인은 안절부절못하며 둘을 바라볼 뿐이었다.

무영은 소화를 잠시 바라보다가 의자에 앉으며 책을 펴 들었다. 소화는 입술을 배어 물며 책을 뺏었다.

"이리 내려놓거라."

소화는 단호하게 고개를 가로저었다. 동생을 찾기 위해 사람을 죽인다. 이제 이런 일은 싫다.

"다른 방법도 있잖아요?"

"없다."

"억지예요!"

소화의 얼굴이 달아올랐다.

"동생을 찾기 위해서 아무렇게나 사람을 죽여요?"

무영은 소화를 잠시 응시했다. 어느새 그녀의 눈가에는 물기가 서려 있었다. 무영은 가슴이 답답해짐을 느꼈다.

"그만 하자."

무영은 애써 소화의 시선을 외면했다. 하지만 소화는 포기하지 않았다. 그녀가 진정으로 마음속에 담아두었던 것.

"나는요?"

"……."

"내 마음은요!"

결국 눈물이 터져 나왔다. 더 이상 참을 수가 없었다.

"오라버니가 나가 있으면 얼마나 가슴 졸이는지 알기나 해요? 일이 잘못되지는 않을까… 혹시라도… 묵환 아저씨처럼……."

소화는 말끝을 흐렸다.

묵환의 모습이 뇌리를 스친다. 이제 다시는 그 푸근한 미소를 볼 수 없다.

가끔씩 소화는 묵환의 꿈을 꾸고는 했다.

피를 흘리며 애처롭게 쓰러져 있는 모습. 하지만 그 모습은 이내 무영의 얼굴로 바뀐다.

"싫어요. 정말 싫단 말이에요."

소화는 두 손으로 얼굴을 감싸 쥐며 주저앉았다.

"아가씨, 일단 나가요."

지인은 소화의 떨리는 어깨를 감싸 쥐고 밖으로 이끌었다.

홀로 남게 된 무영은 미간을 짓누르며 어두운 표정을 지었다.

무영은 혁낭을 들며 방 안을 살폈다.

두 개의 침상은 텅 비어 있었다. 지인에게 이끌려 나간 소화는 방으로 돌아오지 않았다. 무영은 짧게 한숨을 내쉬며 문 쪽으로 시선을 주었다.

지인이 문 앞에 서 있었다.

"아가씨는 제 방에서 잠들었어요."

지인의 말에 무영은 고개를 끄덕였다.

"없는 동안 잘 부탁하네."

무영은 짧은 당부의 말을 전한 후 지인을 지나쳤다.

"무례하다 생각하지 마시고 들어주세요."

무영은 발걸음을 멈췄다. 지인은 시선을 아래로 내렸다.

"아가씨의 마음… 저는 이해가 돼요."

지인 역시 무영과 이십 년이란 세월을 같이해 왔다. 그녀에게 있어서 무영과 소화는 가장 가까운 존재나 마찬가지였다.

어찌 보자면 무영보다 소화와 더 많은 시간을 같이한 유일한 이가 지인이었다. 무영이 없을 때도 지인은 소화와 함께했다. 그녀가 안절부절못하던 모습도 봐왔다.

소화가 커오는 모습을 지켜봐 왔다. 첫 걸음마를 했을 때도 무영보다 먼저 발견한 것이 지인이었다.

'이 마음을 뭐라 불러야 할까.'

점점 커가는 소화를 바라보며 지인은 알 수 없는 뭉클한 감정을 느꼈다. 그리고 십 년 전, 소화는 그 정체를 알 수 있었다.

그것은 바로 자식을 생각하는 어미의 마음이었다. 물론 소화는 지인이 낳은 자식은 아니었다. 하지만 소화가 가슴 아파하면 지인도 같은 감정을 공유했다.

"부디 무사히 돌아와 주세요."

지인은 무영에게 미소를 지어주었다.

"소화를 부탁하네."

무영은 고개를 끄덕이며 방을 나섰다. 지인은 떨구고 있던 시선을 들며 팔을 걷어붙였다.

당분간 이 방은 쓸 일이 없을 것이다. 무영이 나가면 소화는 언제나 지인의 방에서 함께 기거했다.

그녀는 침상 이불을 걷고 방 안을 치우기 시작했다.

쾅!

문이 으깨졌다.

안쪽으로 들어서자 곧바로 검을 꼬나쥔 무사들이 무영을 빙 둘러쌌다. 무영은 무표정한 얼굴로 팔을 휘둘렀다.

철컥!

소매 밖으로 검이 튀어나왔다. 무영은 주위를 둘러보았다.

무사들은 마치 개미 떼 같았다. 무영은 검을 늘어뜨리며 내력을 끌어올렸다.

"죽여라!"

한 사내의 외침.

"타앗!"

동시에 무사들의 검이 무영의 사방으로 찔러 들어왔다. 하지만 무영의 표정에는 아무런 변화가 없다.

"귀찮아."

무영은 나지막이 중얼거리며 검이 들리지 않은 왼 주먹을 출수했다.

퍽!

십수 명의 무사가 한순간에 터져 나가며 핏빛 안개로 변했다. 굳게 보였던 인간 벽 중 한곳이 뚫렸다. 무영은 지체없이 그 안으로 파고들며 검을 휘둘렀다.

무영의 검은 일 척이 살짝 넘는 길이였지만, 사방 일 장 내의 모든 생물체들이 베어져 나갔다.

사지가 허공으로 치솟으며 하늘에서는 핏빛 비가 내린다.

"거, 거, 검기……!"

무영의 검끝에 솟아 나온 일유형의 기를 보며 외치던 무사의 몸이 한순간 반으로 잘려 나갔다. 무영의 검은 멈추지 않았다.

무영의 검이 닿은 곳에는 어김없이 피가 쏟아졌다. 여전히 그의 표정은 변함이 없다.

그렇게 얼마나 휘둘렀을까. 무영은 검을 멈추고 주위를 살폈다.

넓은 연무장에는 수많은 시신 조각이 어지럽게 널려 있었다. 피를 머금은 땅이 질퍽거렸다. 무영은 얼굴의 반을 가리고 있던 면사를 걷어내고 새것으로 갈았다. 그리고 천천히 걸음을 옮겼다. 이제는 완전히 숨통을 끊어내기만 하면 된다.

대전 안은 마치 미로와도 같았다. 걸음을 옮길 적마다 높은 장벽이 무영의 앞을 막고 있었다.

무영은 가만히 주머니에서 동전 하나를 꺼내 던졌다.

쨍그랑.

동전이 바닥에 떨어지기가 무섭게 양쪽 벽에서 창이 튀어나왔다.

무영의 입가에 희미한 미소가 머금어졌다.

"역시……."

이번 표적의 특기가 생각났다. 기관진식의 대가, 하늘이 내려준 모사의 후예.

무영은 내력을 끌어올리며 양손에 집중시켰다.

쿵!

발이 바닥에 닿을 때 무영은 쌍장을 출수했다.

콰콰쾅!

무형의 기가 해일같이 벽을 뚫기 시작했다. 뒤이어 곳곳에 자리잡고 있던 기관진식이 박살났다.

휘오오!

매캐한 먼지가 가라앉자 무영은 천천히 뚫린 벽 안으로 몸을 집어넣었다.

일 다경 정도의 시간이 지나고 무영은 한 사내의 앞에 설 수 있었다.
"너, 넌 누구냐!"
얼굴에 주름이 가득 잡힌 노인이었다. 고급스런 흑색 의관을 입고 있는 그는 기둥을 움켜잡은 채 떨고 있었다.
무영은 잠시 주위의 기척을 살피다가 사방의 기둥을 향해 손가락을 튕겼다.
퍼버벅!!
각 기둥 한가운데 콩알만한 자국이 생겼다. 뒤이어 기둥 뒤에 숨어 있던 무사들이 바닥에 쓰러졌다. 순간 노인의 눈이 크게 부릅떠졌다.
"제갈소가 맞나?"
무영은 검을 들며 말문을 열었다. 순간 노인이 바닥에 주저앉았다.
"사, 살려주게!"
하지만 무영의 얼굴에는 감정이 드러나지 않았다.
"제갈소가 맞나?"
"도, 돈은 얼마든지 줄 수 있네. 응? 얼마를 원하는가?"
"제갈소가 맞군."
반복되는 무영의 물음에 제갈소의 안색이 일그러졌다. 그는 발악적으로 몸을 일으키며 외쳤다.
"네가 이러고도 무사할 줄 아느냐! 나는 무림맹의 군사다!"
무영은 검을 치켜들며 무심한 어조로 말문을 열었다.
"할 말은 그것뿐인가?"
무영의 검이 휘둘러졌다.
데구르르.
일그러진 표정의 제갈소의 수급이 바닥을 굴렀다. 무영은 쪼그리고 앉아 제갈소의 수급을 내려다보며 말을 열었다.

"사람은 목이 잘려도 잠시간 의식이 있다. 알아들었으면 눈을 깜박여."

깜빡.

놀랍게도 제갈소의 눈이 깜박였다. 무영은 무심한 어조로 말문을 열었다.

"이십 년 전… 흑호문주를 죽여달라 흑살회에 의뢰했었지?"

깜빡.

"웃기지 않나? 흑호문주의 수급을 벤 나한테 같은 모습으로 죽음을 맞이하게 되다니."

무영은 제갈소의 수급을 들고 목갑 안에 넣었다.

두 달 만에 돌아온 무영은 조철산에게 제갈소의 수급을 보여주었다.

"오오!"

조철산은 제갈소의 수급을 바라보며 탐욕 어린 미소를 지었다. 무영은 그런 조철산을 바라보며 표정을 굳혔다.

"보수는?"

무영의 물음에 조철산은 고개를 저었다.

"그쪽에서도 단서가 너무 단편적이라며……."

무영은 고개를 끄덕였다. 그런 모습에 조철산은 손을 내저으며 말을 이었다.

"대신 돈으로 지불해 주겠다고 했습니다."

조철산은 탁자 위에 놓인 목갑을 열었다. 그 안에는 황금덩이가 가득 쌓여 있었다. 하지만 무영의 표정에는 변함이 없었다.

무영은 탁자 위에 손을 올려 황금덩이가 든 목갑을 닫았다.

"이것은 필요없다. 난 이제 떠나겠어."

"예?"

조철산은 놀라 물었다. 무영은 의자에 비스듬히 기대며 다리를 꼬았다.

"너무 오래 머물렀던 거야."

"그런 소리 하지 마십시오. 제가 무언가 잘못이라도? 그, 그것에 관한 것이라면… 제가 이번에 정보조에 인원을 확충할 것이니까……."

"이번 제갈세가에 관한 의뢰… 자네가 한 것이지?"

"예?"

조철산은 고개를 갸웃거렸다. 무슨 소리인지 모르겠다는 표정이었다. 무영은 짧게 한숨을 내쉬며 고개를 저었다.

"차라리 완벽하게 꾸몄다면 모를까, 너무 어설펐어."

"그, 그게… 무슨?"

애써 부정하는 모양새였지만 표정은 딱딱하게 굳어져 있었다.

"그런 것쯤 모르고 있었을까. 갑작스런 대대적인 인원 확충… 홍보 활동… 보안이 생명인 살수 조직에 어울리지 않는 일이지. 더욱이 그 시기 또한 절묘하군."

무영의 물음에 조철산은 고개를 저었다. 하지만 입 밖으로 변명을 하지는 못했다.

"숨죽이고 지내기가 싫던가?"

무영은 마지막 한마디 후 몸을 일으키려 했다. 그 순간 조철산의 안광이 빛났다.

"갈 수 없소."

무영은 조철산을 바라보았다. 조철산의 입가에는 미소가 지어져 있었다.

"보내줄 것 같소?"

덜컹!

갑자기 문이 열리며 드러나는 광경. 순간 무영의 눈살이 찌푸려졌다. 십여 장 밖에 포박당한 두 여인이 무사들에게 둘러싸여 있었기 때문이다.

"오, 오라버니!"

소화는 무영의 얼굴을 보자마자 왈칵 눈물을 터뜨렸다. 그것은 지인 역시 마찬가지였다. 무영은 차가운 눈빛으로 조철산을 노려보았다.

"새에게 날개가 없으면 날아오를 수 없지. 마찬가지로 나에게도 당신이 없으면 안 돼."

"미쳤군."

"손이라도 까닥해 봐!"

조철산의 말과 동시에 무사들의 검이 두 여인의 하얀 피부에 닿았다.

"아악!"

두 여인은 목 끝에 느껴지는 차가운 기운에 몸서리쳤다.

"저 아이들에게 무슨 일이라도 생기면 넌 죽어."

무영의 말에 조철산은 움찔거렸지만 애써 어깨를 으쓱여 보였다.

"그렇게 되면 어쩔 수 없는 일이지. 그것보다 좋은 것을 보여주겠소. 준비한 것을!"

조철산의 말에 한 무사가 품에서 자그마한 알을 두 개를 꺼냈다. 무영의 눈썹이 꿈틀거렸다. 조철산은 징그러운 미소를 흘리며 친절하게 설명을 덧붙였다.

"산공독이라고 들어봤소? 한 달에 한 번씩 약을 먹여주지 않으면 독이 내부의 장기를 모두 녹여 버린다고 하더군. 내가 먹어보지는 않고 실험은 해봤는데, 먹은 자가 상당히 아파하더군."

"그래서?"

"간단하오. 나를 떠나지만 마시오. 그러면 기간에 맞춰 해약을 공급해 주지."

조철산은 무사들에게 시선을 주며 고개를 끄덕였다. 그러자 알약을 들고 있던 무사가 소화와 지인에게 다가섰다.

"입 벌려."

"으읍!"

소화와 지인은 필사적으로 입을 다물었다.

무영은 조철산에게 차가운 시선을 주며 말문을 열었다.

"한 가지 말해줄까?"

"뭐?"

"난 네 생각보다 훨씬 빨라."

순간 무영의 몸이 사라졌다 나타난 곳은 소화와 지인의 앞이었다.

"억!"

무사가 눈을 크게 뜨며 헛바람을 삼켰다. 순식간에 검광이 번뜩이더니 알약을 들고 왔던 무사의 목이 허공으로 치솟았다. 하지만 그것으로 끝이 아니었다. 무영의 쾌검이 순식간에 무사들의 몸을 베고 지나갔다.

털썩! 털썩!

시신으로 변한 무사들이 바닥에 쓰러졌다. 어느새 두 발을 딛고 서 있는 존재는 넷으로 줄어 있었다. 숨 한 번 들이킬 정도의 짧은 시간 동안 벌어진 일이었다.

"오라버니!"

"주인님!"

소화와 지인은 무영에게 안기며 서럽게 울기 시작했다. 하지만 둘의 몸집이 무영보다 컸기에 이상한 광경이었다.

무영은 둘을 다독이면서도 시선은 조철산에게 고정되어 있었다.

"이럴… 이럴 수가……!"

조철산은 크게 치켜뜬 눈만을 깜박이며 고개를 저었다. 이 상황을 믿지 못하겠다는 기색이 역력했다. 무영과 인질의 거리는 십여 장.

아무리 반로환동에 들어 경신술을 극성으로 익혔다 하더라도 이럴 수는 없었다. 이건 거의 순간 이동이 아닌가.

무영은 십여 장 밖에서 조철산을 바라보다가 오른손을 들었다. 굽어진 중지가 엄지에 맞닿았다.

"또 한 가지 말해주자면, 나는 반로환동 따위가 아니야."

엄지에 막혀 있던 중지가 튕기어 앞으로 뻗어나갔다.

퉁!

퍽!

순간 조철산의 오른쪽 팔꿈치 아래쪽이 터져 나갔다.

"크아악!"

조철산은 찢어지는 듯한 비명을 지르며 바닥을 뒹굴었다. 폭포수처럼 터져 나오는 핏줄기가 바닥의 색을 순식간에 시뻘겋게 바꿔놓았다.

"까아악!"

소화와 지인이 눈을 질끈 감으며 비명을 터뜨렸다. 하지만 무영의 표정은 냉랭하기 그지없었다.

"네놈의 조잡한 야망을 몰랐을 거라 생각했더냐?"

무영은 천천히 조철산 쪽으로 걸음을 옮기며 손가락을 튕겼다.

퍽!

"크아악!"

이번에는 왼쪽 팔이었다. 조철산은 눈이 뒤집혀 실성한 사람마냥 바들바들 떨기 시작했다.

"감히 내 아이들에게 손을 대?"

툉! 툉!

퍼퍽!

양다리가 터져 나가며 살덩어리들이 바닥에 어지럽게 널렸다.

어느새 무영은 조철산을 위에서 내려다보고 있었다.

고통과 공포로 일그러진 조철산의 눈가에는 눈물이 흐르고 있었다. 무영은 발을 들어 조철산의 머리 위로 가져갔다.

"제, 제발 살려주시오!"

애처로운 외침에 무영은 그대로 조철산의 머리를 발로 밟았다.

뿌득! 뿌드득!

무영의 발에 조금씩 힘이 가해지자 조철산의 얼굴이 찌그러지기 시작했다.

무영은 냉소를 머금은 채 말문을 열었다.

"죽어라."

콰작!

수박 깨지는 소리와 함께 조철산의 얼굴을 내리누르고 있던 무영의 발이 땅바닥을 찍었다. 허연 뇌수가 무영의 바지를 적셨다.

"후우."

무영은 짧게 한숨을 내쉬며 몸을 돌렸다.

소화와 지인은 아직까지도 두 눈을 감은 채 바들바들 떨고 있었다.

"괜찮나?"

무영의 나직한 목소리에 소화와 지인은 살며시 눈을 떴다.

"오라버니!"

"그래."

무영의 입가에 희미한 미소가 스쳐 지나갔다. 하지만 그것도 잠시, 많은 인기척이 느껴졌다.

갑작스런 소란에 다른 이들 역시 모여든 모양이었다. 무영의 눈이 차갑게 가라앉았다. 어차피 한 놈도 살려둘 생각은 없었다. 이들에게 자신의 존재가 알려져서는 곤란했다.

무영은 검을 들며 소화와 지인을 한 켠으로 물렸다.

"둘 다 눈을 뜨지 말아라."

무영의 말에 소화는 사시나무처럼 몸을 떨 뿐이었다. 하지만 지인은 애써 고개를 끄덕이며 소화를 품에 꼭 안고 입을 열었다.

"조심하세요."

무영은 살짝 고개를 끄덕였다.

무영은 짧게 숨을 고르며 신형을 날렸다.

까악! 까악!

까마귀의 울음소리가 황량하게 연무장 안을 울렸다.

뚝… 뚝…….

늘어뜨린 검끝에 맺힌 피가 땅바닥에 떨어졌다. 무영은 무심한 눈으로 주위를 살폈다. 역한 혈향에 무영의 눈가가 찌푸려졌다.

무영이 검을 한차례 휘두르자 핏물이 바닥에 흩뿌려졌다. 무영은 검을 소매 안으로 넣은 뒤 구석에 부둥켜안고 있는 소화와 지인에게 다가왔.

둘은 방금 전까지 귀를 찢을 듯 들려오던 욕설과 비명 소리에 몸을 떨고 있었다.

무영은 짧은 한숨을 내쉬며 둘의 양 어깨에 손을 얹었다.

움찔!

순간 두 여인의 어깨가 흠칫 떨린다.

"눈은 뜨지 말고 내 손을 잡아라."

무영의 말에 둘은 선선히 무영의 손을 꼭 움켜줬었다. 무영은 조심스럽게 걸음을 옮겼다.
 밖으로 나와서도 한참을 걸었다. 코를 찌르는 혈향이 아직까지 지독했기 때문이다. 그렇게 얼마나 걸었을까. 무영은 걸음을 멈췄다.
 그제야 소화와 지인이 살며시 눈을 떴다. 둘의 시선에 처음 보인 것은 자그만 무영의 등이었다.
 "무, 무서웠단 말이에요!"
 소화가 와락 무영의 등을 안으며 참았던 눈물을 터뜨렸다. 지인도 꼭 눌러 참고 있었지만, 눈물이 흐르는 것을 막을 수는 없었다.
 무영은 살며시 고개를 들어 하늘을 올려다보았다. 그렇게 둘의 격양된 감정이 진정될 때까지 무영은 아무런 말도 하지 않았다.
 그렇게 시간이 지나고 무겁게 닫혀 있던 소화의 말문이 열렸다.
 "이제… 이제 우리 어떻게 해요?"
 이십 년간 살아온 집이 없어졌다. 그동안 부대끼던 사람들 역시 마찬가지였다. 하지만 무영을 욕할 수는 없었다.
 무영은 몸을 돌려 지인에게 시선을 주었다.
 "어떻게 살고 싶으냐?"
 무영의 말에 지인은 고개를 갸웃거렸다. 무영은 품에서 한 뭉텅이의 종이 다발을 꺼내 지인에게 건넸다.
 순간 지인의 눈이 크게 떠졌다. 그것은 엄청난 액수의 전표였다.
 "이게 무슨……?"
 무영에게 되묻던 지인은 그 뜻을 알아챘다.
 "절… 버리실 건가요?"
 "왜 그렇게 생각하지?"
 지인은 무영의 품에 전표 다발을 다시 넣어주었다. 무영은 짧게 한숨을 내쉬며 고개를 저었다.

"너도 참 어쩔 수 없는 아이다."
지인은 배시시 웃었다.
무영은 그런 지인과 소화를 바라보다가 말문을 열었다.
"부자로 한번 살아보는 것도 나쁘지는 않겠지."

제2장

세월

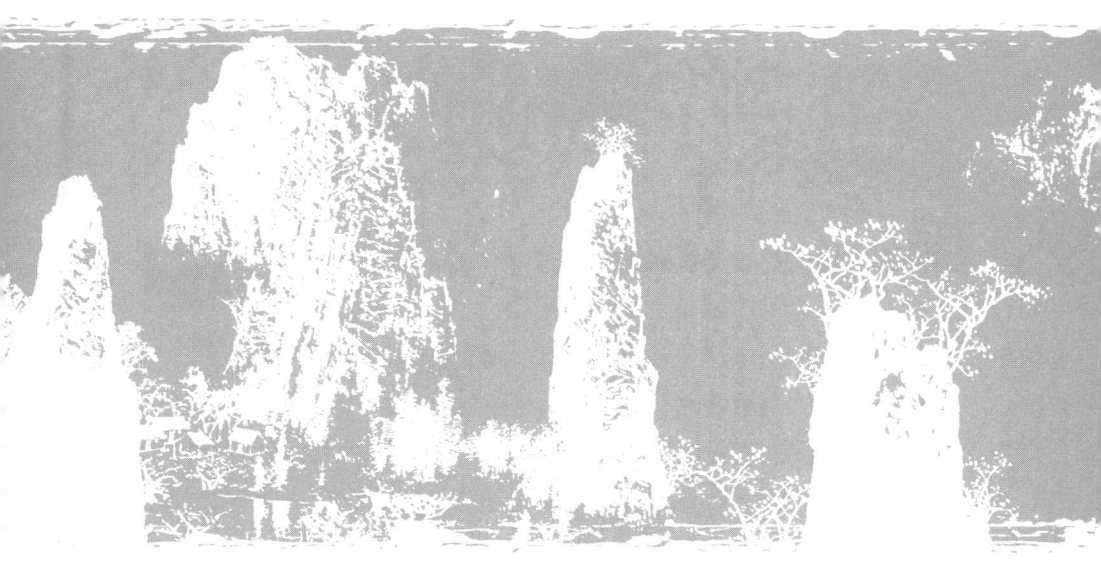

세월

안휘성 합비에서 삼백여 리 떨어진 서성현(舒城縣)의 외곽에 버려져 있던 장원은 삼 년 전부터 사람이 들어와 살기 시작했다. 그리고 그곳에서 여태껏 하인으로 일한 장이비는 가끔씩 자신이 참 운이 좋다고 생각했다.

마음씨 좋은 마님과 예쁜 아가씨 덕분이었다.

천한 일꾼임에도 불구하고 두 여인은 장이비에게 함부로 대하는 법이 없었다. 더욱이 자유 시간도 많은 편이었다.

옆집에서 일하는 우형의 말을 듣고 비교해 보면 이곳은 천국이었다. 그것은 다른 하인들도 마찬가지로 생각하는 바였다. 오늘 역시 그러했다.

정원을 손수 손질하기 위해 나온 마님은 장이비에게 기품있는 미소를 지어주었다.

장이비는 문 앞을 쓸다 말고 상념에 빠져들었다.

'그러고 보니… 미망인이라고 했었지?'

처음 봤을 때의 놀라웠던 점은 마님이 여느 아낙들보다 가사일에 있어서 월등하다는 점이었다. 음식을 만들거나 빨래, 청소에 이르기까지 마님은 능수능란했다.

뒤이어 아가씨에게 생각이 미친 장이비의 얼굴에 자부심이 깃들었다.

"아가씨는 참으로 빼어나시지.'

아가씨는 예쁘고 착했다. 여기저기서 혼담이 자주 오가는 모양이었지만 받아들이는 경우가 없었다. 도리어 그런 신비한 점이 아가씨를 더욱 유명하게 만들었다.

"뭐 하나?"

그때 갑자기 자그만 목소리가 들려왔다.

"헉! 죄, 죄송합니다!"

혹시라도 농땡이 피웠다는 사실을 들킬세라 장이비는 빠릿빠릿한 목소리로 외쳤다. 그리고 장이비의 시야에 들어온 아이가 있었다.

"도, 도련님!"

장이비는 반사적으로 허리를 깊숙이 숙였다. 그제야 장이비는 한 명을 빼먹고 있었다는 사실을 깨달았다. 그것은 이 장원의 도련님이었다.

이제 열 살 정도로 보이는, 하지만 너무도 빼어난 외모를 가진 도련님은 어린 나이임에도 불구하고 근접할 수 없는 분위기의 소유자였다. 이따금 몇 달씩 훌쩍 밖으로 외출을 하는 경우가 잦아 하인들에게 있어 쉽사리 대할 수 없는 존재였다.

일례로 하인들 중 대소사를 관장하고 마님께 보고를 올리는 김씨 할아범조차 도련님에게만은 제대로 말을 못 붙일 정도였다. 그래서 붙여진 별명이 냉풍공자.

아가씨와 도련님은 마님의 자식이라 들었다. 하지만 둘은 전혀 상극의 성격이었다. 아가씨가 따뜻하다면 도련님은 차갑다.

생각해 보자면 이상한 점이 몇 가지 있었다. 첫째로, 마님은 아가씨와 도련님에게 지나치게 깍듯했다. 두 번째는 도련님의 방랑벽이었다.

아직 어린 나이임에도 불구하고 몇 달씩 집을 비워도 마님은 개의치 않는 기색이었다. 상식적으로 이해가 가지 않지만 말이다.

물론 아랫것들이 뭐라 왈가왈부할 사항이 아니었기에 입은 다물고 있었지만.

"어머님과 누님은?"

도련님은 언제나 말수를 극도로 아꼈다. 더욱이 감정이라고는 전혀 섞이지 않은 어조를 유지한다. 그래서 모두들 도련님을 가장 어려워한다.

"정원에 계십니다."

"그래."

도련님이 문 안으로 들어가자 장이비는 바닥에 털썩 주저앉으며 한숨을 내쉬었다. 긴장이 풀리자 힘이 쭉 빠졌기 때문이다.

무영이 정원으로 들어서자 화단을 손질하고 있던 지인과 소화가 몸을 일으켰다.

"오라버니!"

소화는 활짝 웃으며 무영에게 달려와 와락 안는다. 뒤이어 지인이 살며시 미소를 지으며 다가왔다.

"바보! 왜 이렇게 오래 걸렸어요?"

소화는 무영의 볼에 얼굴을 부비며 애교를 떨었다.

"보고 싶었단 말이에요!"

소화는 무영을 품에 꼭 껴안으며 칭얼거렸다. 무영은 눈살을 찌푸리면서도 손을 뻗어 소화의 등을 다독여 주었다. 그리고 지인에게 시선을 주었다.
지인은 자애로운 미소를 지어주고 있었다.
"잘 다녀오셨어요?"
무영은 희미한 미소를 지으며 고개를 끄덕여 주었다.
"자, 아가씨, 여기는 이목이 있으니 들어갈까요?"
"예? 예."
소화는 선선히 고개를 끄덕였지만 무영의 옷소매를 꼭 쥐고 있었다. 무영은 짧게 한숨을 내쉬며 방 안으로 걸음을 옮겼다.
방으로 들어가자 이내 차가 나오고, 소화는 무영의 찻잔을 채워주며 말문을 열었다.
"육 개월."
"……?"
"육 개월이나 걸렸어요."
무영은 살며시 고개를 끄덕였다. 지인은 무영의 말없음에 잠시 볼을 부풀렸지만 고개를 저었다.
"…일에는 좀 진척이 있으셨어요?"
소화의 물음에 무영의 표정이 굳어졌다. 소화는 곧 환한 미소를 지었다.
"열심히 하고 계시니 꼭 찾을 수 있을 거예요."
"그래."
무영은 고개를 끄덕이다가 혁낭에서 자그만 목갑 두 개를 꺼내 탁자 위에 올려놓았다.
"이게 뭐예요?"
소화는 고개를 갸웃거리며 물었다. 무영은 무표정한 얼굴로 가만히 목갑을 열었다.

두 개의 목갑 안에는 옥으로 된 가락지가 가지런히 놓여 있었다.
"와아! 가락지다!"
소화가 환호하며 냘름 가락지를 꺼내 손가락에 끼었다.
"손가락에 딱 맞네!"
무척이나 기뻐하는 기색이었다. 무영은 그런 소화를 바라보다가 지인에게 시선을 돌리며 말문을 열었다.
"이건 네 것이다."
"예?"
지인의 눈이 동그랗게 떠졌다. 두 개였기에 혹시나 했지만 정말로 자신의 것인지는 몰랐다.
"어쩌다 보니 샀을 뿐이다."
무영의 말에 소화와 지인은 미소를 지었다.

*   *   *

소화의 나이가 스물다섯이 되었을 무렵이다. 화단에 앉아 차를 마시던 소화가 대뜸 말문을 열었다.
"나… 시집갈래요."
"풋!"
마주 앉아 차를 마시던 지인이 차를 내뿜었다.
"어머! 안 튀었어요?"
이제는 마흔 중반에 들어선 지인은 완숙한 아름다움을 뽐내고 있었다. 그녀가 차를 내뿜는다는 것은 상상도 못할 일이었다. 하지만 이번에는 그럴 수밖에 없었다.
사실 소화는 그동안 많은 혼사 제의를 거절해 왔다.

지인의 물음에도 별로 하고 싶은 생각이 없다며 단호한 입장을 취해왔던 터였다.
"아가씨, 정말이에요?"
"예."
"왜 갑자기 그런 말씀을 하신 거지요? 그동안은……."
지인의 말을 듣던 소화는 한숨을 내쉬며 말문을 열었다.
"비로소 깨달았거든요."
"예?"
"이루어질 수 없는 사랑도 있다고."
소화의 목소리가 침울해졌다. 지인은 그런 소화의 옆으로 의자를 끌어앉았다.
"아가씨……."
"대충 알고 있었지요?"
지인은 아무런 말도 할 수 없었다. 소화는 몸을 일으키며 양손을 허리에 얹었다.
"에휴! 이제야 속이 시원하네. 그러면 언니가 알아서 추진해 줘요."
"…괜찮으세요?"
"괜찮고 말고가 어디 있어요? 언니는 매번 날 어린아이 취급해서 문제야."
소화는 걸음을 옮겼다.
삐걱.
문을 열고 들어왔다. 방 안은 썰렁했다.
한 켠에 놓여진 자그만 침상에는 무영이 한참 낮잠에 빠져 있었다.
"오라버니… 바보."
짧은 한마디 후 소화는 방을 나섰다.

잠시 후 감겨 있던 무영의 눈이 떠졌다.

그날 저녁, 무영은 소화의 처소를 바라보며 짧게 한숨을 내쉬었다.
갓난아기일 때부터 키워왔다. 안아주던 아이는 점점 커져 반대의 입장이 되었다. 그래도 무영에게는 여전히 어린아이였다.
하지만 이제 무영의 품을 떠나가려 하고 있었다.
"시집이라……."
중얼거리던 무영의 얼굴에 씁쓸한 감정이 머금어졌다.
축하해 줘야 함이 마땅하건만 복잡한 기분이었다.

다음날 아침, 무영은 지인에게 소화의 선언을 들었다.
"그래."
무영은 단지 고개를 끄덕일 뿐이었다. 이미 알고 있었기 때문이다. 하지만 그것을 모르는 지인은 살짝 눈살을 찌푸리다가 체념 어린 한숨을 내쉬었다.
도리어 다른 반응을 기대했던 자신을 탓했다.
"그러면 허락하신 것으로 알고 진행하겠습니다."
무영은 고개를 끄덕였다.
"혼수 비용은 걱정 말고 넉넉하게 준비하게."
"예."
지인은 고개를 끄덕였다.

그리고 그날 저녁 무영은 혁낭을 꾸리기 시작했다.
"매번 그렇게 안 나가도 되잖아요?"
소화는 기분이 저조했다. 매번 무영이 밖으로 나갈 무렵이면 그러했다. 더욱이 조금 있으면 시집을 가야 하는 몸이지 않은가.
"나 시집갈 때까지는 있어주면 안 돼요?"
"얼마 안 걸린다."
"쳇!"
소화는 볼을 부풀리며 투덜거렸다. 무영은 혁낭을 등에 짊어지고는 소화에게 시선을 주며 물었다.
"패물은 뭐가 좋겠니?"
"예?"
"시집갈 때 가져갈 패물."
무영의 물음에 소화는 고개를 갸웃거렸다.
"원래 저희 쪽 패물은 그쪽 부모님이 해주시는 건데? 준비하려면 남자 쪽 패물을 준비해야지요."
"그건 그거고."
무영의 말에 소화의 입가에 배시시 미소가 걸렸다.
"왜요? 따로 해주게요?"
무영이 고개를 끄덕이자 소화는 눈가를 빛냈다.
"비취 목걸이랑 반지, 그리고 귀걸이 정도면 되지 않겠어요? 그러고 보니 해동의 옥이 그렇게 곱다고 하던데. 비취랑 옥으로 하나씩 해줘요."
무영은 고개를 끄덕였다.
"돌아오는 길에 마련해 주마."
"엑? 정말 해줄 거예요?"
"그래. 석 달 정도 걸릴 테니 그 후로 날짜를 잡도록 해라."
무영은 고개를 끄덕이며 방문을 나섰다.
"휴우."

홀로 남게 된 소화는 침상에 털썩 앉으며 한숨을 내쉬었다.

'왜 좋다고 생각해 버렸을까.'

무영은 무뚝뚝하지만 잔물결 같은 남자였다.

다가왔다 생각하면 다시금 멀어져 나간다. 적어도 소화에게는 그랬다. 뚝 떨어지는 그 미소가 좋았다.

무언가 아픔을 담아 극도로 적어진 감정 때문일까. 가끔씩 희미하게 보이는 그 미소가 좋았다. 차츰 미소에서 그 뒷모습이… 윤곽이… 결국 그의 모든 것이 좋아졌다.

이루어질 수 없다는 것을 알면서도.

'어쩔 수 없어… 어쩔 수 없는 일이니까.'

소화의 고개가 떨구어졌다.

"그래도… 힘드네."

중얼거리는 소화의 시야가 흐려졌다.

*　　　*　　　*

천천히 얼굴을 들어보았다. 소화의 얼굴은 초췌하기 그지없는, 언뜻 보기에도 더 이상 눈가에 생기란 존재치 않았다.

무영은 소화를 바라보았다. 측은함이 깃든 눈빛이다. 하지만 소화는 예의 자애로운 미소를 지은 채 무영의 눈을 마주 응시했다.

무영은 천천히 손을 들어 소화의 얼굴 쪽으로 가져갔다. 소화는 주름진 손을 힘겹게 들어 무영의 손을 마주 잡고는 자신의 볼 쪽으로 가져다 댔다.

처음 만난 지 육십오 년의 세월이 지났다. 그동안 많은 변화가 있었다. 갓난아이였던 소화는 결혼을 하고 나이를 점차 먹었다. 그리고 이제는 늙어 죽어가고 있었다.

"점점 힘이 없어져요."

소화의 힘없는 어조에 무영이 고개를 들었다.

소화는 허공을 응시하며 희미한 미소를 지었다.

"눈도 무겁네요… 이제 때가 됐나 봐요. 지인 언니보다 먼저 가면… 안 되는데…….."

무영은 입술을 배어 물었다.

무영은 다른 한 손으로 소화의 손을 잡으며 고개를 살짝 숙였다. 소화는 미소를 지으며 천천히 말문을 열었다.

"동생 분… 아직 못 찾았지요?"

소화의 물음에 무영은 침울한 표정으로 살며시 고개를 끄덕였다.

"언젠가는 꼭 찾으실 수 있을 거예요."

"…그래."

무영의 짧은 대답에 소화가 잠시 머뭇거리다가 말문을 열었다.

"오라버니."

소화의 부름에 무영의 입가에서 처음으로 웃음기가 흘러나왔다.

"후후… 외모상으로 따지면 너는 할매고, 나는 손자야."

순간 소화의 노안에 화색이 돌았다. 문득 그녀의 볼을 타고 한줄기 눈물이 흘러내렸다.

"처, 처음인 거 아세요?"

"……?"

"제 앞에서 그렇게 웃으신 것."

"그렇구나."

무영은 고개를 끄덕였다. 생각해 보면 소화의 앞에서 이렇듯 미소를 보인 적은 없었다. 거의 대부분 무표정으로 일관했다. 미소를 짓더라도 아주 살짝, 그것도 순식간에 지나가는 정도가 다였다.
"무뚝뚝하고 감정도 없는 냉혈한처럼 보이지만… 사실 오라버니가 상냥한 분이라는 것을 알아요."
소화는 무영의 손을 꼭 쥐었다.
"즐겁게 살아주세요. 홀로 많은 짐을 지려 하지 마세요… 의지도 하면서 사세요."
소화는 무영을 바라보며 한껏 환하게 웃었다.
"미워요… 왜 저에게는 오라버니나 아버지 같은 존재인 건가요? 당신이라고 불러보고 싶었는데… 그렇게 바랐는데……."
소화는 무영을 바라보며 처연하게 웃었다.
"그래도 마지막을 함께할 수 있어서 정말 다행……."
툭.
소화의 손이 무영에게서 빠져나와 침상으로 떨어졌다.
소화는 눈이 무거워지는 그 순간에도 마지막 힘을 짜내 입을 움직이고 있었다.
"…즐겁게… 즐겁게……."
눈이 천천히 감겼다. 마지막 힘을 유지하고 있던 소화의 목이 무영의 가슴으로 떨궈졌다.
무영은 조용히 소화를 침상에 눕혔다.
소화의 입가에는 만족스런 미소가 머금어져 있었다.
무영은 말이 없었다. 단지 조그만 손을 들어 거칠게 흐트러진 소화의 머리를 쓰다듬을 뿐이었다.
"이렇게 가버렸구나……."
무영은 말끝을 흐렸다. 입가가 미세하게 떨렸다.
"즐겁게 살라고?"

무영은 목소리가 조금씩 떨려왔다.

"이 내가?"

무영은 소화에게 시선을 주었다. 그리고 가슴 한편에 담아두었던 비밀을 털어놓았다.

말할 수 없었던 것.

"너를 길가에서 주웠다고 말했지만 실상은 그렇지 않다."

무영은 계속해서 소화의 머리를 매만져 주며 말을 이었다.

"흑호문이란 무가가 있었다. 너는 문주의 금지옥엽이었지. 그리고 흑호문주를 죽인 이가 바로……"

무영은 말을 끝맺지 못했다. 웬일인지 소화가 죽기 전에 말했던 즐겁게 살라는 목소리가 뇌리에서 울리고 있었다.

올해로 여든다섯 살이 된 지인은 지팡이에 의지한 채 의자에 앉아 있었다. 소화보다 스무 살이나 많았지만 그녀는 아직까지 건강한 편이었다. 그간 소화를 시집보내고 홀로 장원을 지키며 살아왔다. 그녀에게 있어 가끔씩 들리는 소화와 무영의 소식만이 생의 활력소였다.

"…가시나요?"

혁낭을 꾸리고 있는 무영의 뒷모습을 바라보며 물었다. 무영은 묵묵히 고개를 끄덕였다.

"응."

"계속 동생 분을 찾아다니실 건가요?"

무영은 혁낭을 짊어지고 지인을 바라보며 미소를 지었다.

"그래야지. 하지만 지금처럼은 아니야. 조금쯤은 여유를 가지려 해."

지인은 눈을 살짝 치켜떴다. 그동안 보지 못했던 풀어진 미소였다.

"소화 녀석이 마지막으로 부탁했어. 즐겁게 살아달라고. 어차피 숨어 지내야 하는 인생이지만."
　무영은 방을 나섰다. 지인은 그 뒷모습을 바라보다 손을 내저었다. 그리고 자신만 들릴 목소리로 중얼거렸다.
　"언제라도 돌아오세요. 기다리고 있을 테니까요……."
　지인은 팔을 걷어붙였다. 더 이상 이렇게 축 처져 있을 시간이 없었다. 듬성듬성 자란 잡풀도 정리해야 했다.
　언제라도 무영이 돌아왔을 때 편히 쉴 수 있어야 했으니까.
　그 후로 시간은 계속 흘러 삼백 년이 지났다.

제3장
헤어짐과 두 개의 인연, 그리고 쓸쓸함

헤어짐과 두 개의 인연, 그리고 쏠쏠함

불이 꺼져 있어 한 치 앞도 보이지 않는 방. 고른 숨소리만이 낮게 가라앉은 공간을 울렸다.

평온한 표정으로 잠들어 있는 중년 부인. 사천의 대부호였던 금득용의 미망인인 연지옥은 고양이처럼 눈을 빛내고 있는 아이의 양어미이기도 했다.

아이는 의미심장한 미소를 지으며 어미의 수혈을 짚었다. 아이는 어미의 눈 위로 손을 휘휘 저어보았다. 하지만 깨지 않는다.

누가 업어가더라도 깨지 않을 것이다. 가뜩이나 신경이 예민한 어미였다. 조그마한 소리에도 쉽사리 잠이 깨는지라 시비들도 밖에 두지 않는다. 완벽하다.

아이는 휘파람을 부르며 여유롭게 경대 쪽으로 향했다.

"어디 보자."

쪼그리고 앉아 경대를 장난스레 바라보았다. 자물쇠로 봉해져 있기는 했지만 이 정도야 문제 될 것이 없다. 아이는 품 안에서 시침을 꺼내 들고는 능숙한 손길로 자물쇠를 다뤘다.

"달칵!"

이내 자물쇠가 풀리며 서랍이 열렸다.

아이는 무표정한 얼굴로 손을 뻗어 조심스레 옷가지를 치웠다. 순간 아이의 손이 멈칫거렸다.

"……."

아이는 어이없는 표정으로 잠들어 있는 어미 쪽을 바라보았다.

"야한 속곳."

천 값이 극히 들지 않았을 만한 검정색의 속옷. 아이는 살짝 들어 보이며 중얼거렸다.

"의외로 밝혔구만……?"

아이는 어깨를 으쓱거리며 속곳을 옆으로 치우고는 옷가지를 살며시 들어냈다.

자그마한 목갑.

아이는 목갑을 살며시 열었다. 그러자 몇 가지의 패물이 시야에 잡혔다.

아이가 원한 것이 바로 이것이었다. 아이는 미리 준비해 온 주머니에 패물을 쑤셔 넣은 뒤 혁낭에 넣었다. 물론 목갑과 옷가지를 제자리에 놓고 열쇠를 채우는 것도 잊지 않았다.

"이제 볼일은 끝났고……."

이제는 가야 할 시간이 되었다.

"사 년밖에 못 버텼군."

몸을 일으키는 아이의 얼굴에는 실망감이 서려 있었다.

아이는 고개를 내저으며 혁낭을 들었다.

"내가 사라지면 슬퍼하겠지?"

아이 역시 미련이 남았다. 어느 것 하나 부족함이 없는 생활. 그동안 거쳐 온 많은 집들 중에서도 이곳은 특별했다.

"흑… 맛있는 진수성찬과 어여쁜 시비들도 모두 안녕이구나."

하지만 이제는 떠나야 했다. 그동안 의탁한 어미들과는 대개 오 년을 살았으나 이번에는 일 년이나 일렀다.

아이는 괜히 부아가 치밀어 올랐다.

"슬픔에 빠진 걸 웃게 해주었더니 감히 날 가둬?"

아이는 잠든 어미의 머리카락을 매만지며 중얼거렸다.

"크지 않는 괴물이라고? 이렇게 귀엽게 생긴 괴물 봤수? 그리고 나도 아예 안 크는 것은 아니야."

아이는 자신의 얼굴을 매만지며 투덜거렸다.

사랑은 그 어떤 제약도 초월할 수 있다고들 한다.

"어떤 새끼야? 그런 개소리를 한 게."

현실은 다르다. 어미는 아이를 피한다.

"너도 여태껏 겪어온 다른 것들과 똑같아."

아이는 냉소하며 어미의 머리에 얹었던 손을 들었다. 어미는 아무것도 모른 채 잠들어 있었다.

문득 아이는 머리를 거칠게 흩뜨리며 투덜거렸다. 왠지 혼자 종알거리는 것이 우스웠다.

"몇백 년이나 이 짓을 하고 다니니 이런 말투가 입에 배지."

아마 오늘 저녁쯤이면 난리가 날 것이다. 방 안에 있어야 할 아이가 흔적도 없이 사라졌으니 말이다.

아이는 한결 묵직해진 혁낭을 툭툭 쳤다.

"이건 그동안 열심히 봉사해 준 수고비야. 너무 억울해하지는 말라고."

아이는 걸음을 옮기며 손을 흔들었다.
"그동안 사랑했어, 아줌마."

아이의 걸음이 멈춘 곳은 성문 근처 남루한 차림의 눈 먼 거지 앞이었다.
"흐음……"
아이는 턱 주위를 매만지며 거지를 바라보았다.
거지는 눈앞에 누군가 서 있는 기척을 느꼈는지 한껏 비굴하고 애처로운 표정을 지으며 말문을 열었다.
"어려서 병을 앓아 눈을 잃었습니다. 한 푼만 줍쇼."
아이는 가만히 거지를 바라보았다. 거지는 다급해졌다.
"불쌍하게 여기시고 부디 한 푼만 줍쇼."
급기야 울먹이기까지 하는 거지의 행색에 아이의 입가에 미소가 머금어졌다.
스윽.
아이는 소매에 넣어두었던 주머니를 꺼내 들었다. 아까 수고비로 챙겨온 패물 주머니였다.
"옛다."
아이는 거지의 앞에 놓인 통에 던져 넣었다.
툭!
꽤나 요란스러운 소리가 적선통 안을 울렸다. 순간 거지의 눈썹이 치켜 올라갔다.
여느 때처럼 듣던 소박한 소리가 아니었다. 거지는 재빨리 통 안으로 손을 넣어 주머니를 만져 보았다.
묵직한 무게감이 느껴졌다.

적선할 때 들렸던 거만한 어린아이의 음성. 거지는 손쉽게 현재 상황을 깨달았다.

"어떤 새끼가 돌멩이로 장난을 치는 거야!"

눈이 보이지 않는 거지는 패물 주머니를 들어 냅다 던졌다. 순간 주머니가 끌러지며 갖가지 패물들이 허공을 수놓았다.

딱!

"아얏!"

때마침 거지의 앞을 지나치던 사내가 머리에 무언가로 맞았다.

"뭐야?"

사내는 반사적으로 고개를 숙여 자신의 머리를 닿고 떨어진 그것을 바라보았다.

처음에는 돌멩이인 줄 알았다. 하지만 매끄럽게 원형의 형태를 취한 그것은 황금빛을 발하고 있었다.

"그, 그, 금… 금가락지?"

순간 때마침 옆을 지나치던 아낙네가 재빨리 몸을 숙이며 손을 뻗었다.

"봉 잡았다!"

"내 거야! 건들지 마! 내 거야!"

갑작스런 횡재에 길을 지나던 사람들이 광분한다.

그것 하나가 아니었기 때문이다. 꽤나 많은 패물들이 바닥을 구르고 있었다. 순식간에 사람들이 엉키며 난장판이 됐다.

욕설과 몸싸움이 난무했다. 하지만 영문을 모르는 거지는 고개를 갸웃거릴 뿐이었다.

"쯧쯧쯧."

아이는 거지를 바라보다가 혀를 끌끌 차며 걸음을 옮겼.

그리고 옆에서 꼬치 하나를 사서 입에 물고 나무 위로 폴짝 올라갔다.
"네놈들이 살아봤자 얼마나 살겠니?"
아이는 피식 웃으며 혁낭을 끌렀다.
"어디 보자."
아이는 혁낭을 뒤져 그간 집에서 받았던 물건들을 하나하나 꺼내 사람들 쪽으로 던지기 시작했다.
"이놈은 최상급 녹차 잎."
"우오옷!"
"이놈은 옥으로 된 벼루."
"내 거야! 건들면 다 죽어!"
그렇게 얼마나 던졌을까. 혁낭 안을 뒤지던 아이는 피식 미소를 지었다. 이제는 손에 잡히는 것이 없었다.
"자, 이제 갈까?"
나무에서 내려온 아이는 한층 가벼워진 혁낭을 들고 걸음을 옮기기 시작했다.
"흑흑! 그러고 보니 먹을 것이 다 떨어졌어."

아직 서늘했던 초봄에 시작된 여행은 어느덧 더운 여름으로 바뀌어 있었다.
아이는 발걸음을 멈추고 주위를 살폈다. 어느덧 안휘성 근처까지 다다랐다. 처음 사천에서 이곳까지 오는 데 반년여가 흘렀다.
그럭저럭 큰 마을에는 시장이 들어서 북적였다.
꼬르륵.
"그러고 보니 배고파."
아이는 배를 매만지며 눈살을 찌푸렸다.

"슬슬 또 물색해 봐야 하는데."

한동안 먹여주고 재워줄 이가 필요했다. 이런 조그만 몸으로는 제약이 너무 많았다.

아이는 주위를 슬슬 살피며 대로로 나왔다. 그리고 막 마차에 올라타는 한 여인을 보았다. 전체적으로 평범한 외모였지만 양 볼에 깊게 파이는 보조개가 매력적인 여인이었다.

"쟤가 좋겠다."

이리저리 잴 것도 없었다. 그녀와 닮은 것이 마음에 들었다.

아이는 배가 고프다는 사실도 잊고 몸을 날려 여인을 앞질러 나가 적당한 곳에 자리를 잡고 헤진 옷으로 갈아입었다.

얼마 후 아이는 그 여인과 관도 대로에서 마주칠 수 있었다.

길 한가운데로 힘없이 걸어가던 아이 때문에 마차가 멈춰 섰다. 어서 비키라고 윽박지르는 호위무사들로 인해 여인이 창밖으로 얼굴을 빼꼼이 내미는 것은 당연한 반응이었다.

여인이 관도 대로를 홀로 걷고 있는 아이에게 받은 첫인상은 의아함이었다.

오고 가는 이도 적은 이곳에 아이 혼자만 있다는 것이 무언가 이상했다.

여인은 아이를 꼼꼼히 뜯어보았다. 희뿌옇게 먼지가 앉은 옷가지와 헝클어진 머리칼, 그리고 밑창이 다 뜯어진 신발은 분명 부모의 손길이 닿지 않은 모습이었다.

여인은 아이를 바라보다가 마차에서 내렸다. 아이는 흐릿한, 그러나 처연함이 묻은 눈동자로 여인을 응시했다. 흑요석 같은 까만 눈동자에는 어두움이 담겨 있었다. 혹시라도 땅에 흘릴까 품에 꼭 안고 있는 혁낭은 여인의 마음에 파문을 일으켰다.

"혼자니?"
여인의 물음에 아이가 천천히 고개를 끄덕였다.
"부모님은?"
순간 아이의 눈썹이 축 떨궈졌다.
"아……."
여인의 표정이 굳어졌다. 괜한 것을 물은 것이다. 아이의 눈가는 금세라도 눈물이 흘러나올 것같이 떨리고 있었다.
"미안해."
여인의 눈썹이 찡그려졌다. 그녀는 아이를 바라보았다.
'안됐어… 저렇게 귀여운 아이인데.'
툭! 툭!
아이는 고개를 떨군 채 길가에 어지러이 구르고 있는 돌을 툭툭 차고 있었다. 헤진 신발 사이로 보이는 앙증맞은 발가락이 여인의 마음을 거듭 흔들고 있었다.
꼬르륵.
때마침 아이의 배에서 들려오는 소리.
"어서 가셔야 합니다!"
호위무사들이 계속 여인을 재촉했다. 하지만 외면할 수가 없었다.
"마음에 걸려."
여인은 쪼그리고 앉으며 아이와의 눈높이를 마주했다.
"배, 배고파."
아이는 그 말을 끝으로 허물어지듯 주저앉았다. 하지만 볼썽사납게 땅바닥에 구르지 않았다. 어느새 여인이 아이의 몸을 안고 있었다.
"같이 가자."
여인은 아이의 거친 머리를 손으로 쓰다듬어 주며 몸을 일으켰다.

그녀는 자신을 절강 백리세가의 백리현이라 소가했다.

그녀는 활달했지만 함부로 사람을 대하는 법이 없었다. 오히려 세심하게 남을 배려할 줄 아는 여인이었다. 그랬기에 조금이라도 아이가 지내는 데 불편함이 없도록 먹을 것에서부터 잠자리까지 편의를 봐주었다.

"어째서 처음 보는 아이를 거두신 겁니까?"

호위무사인 임유건의 물음에 불편한 기색이 묻어 나왔다. 백리현은 혁낭을 품에 안은 채 잠든 무영의 등을 살며시 쓰다듬었다.

"가엾잖아요."

"납득이 가질 않습니다."

백리현은 살며시 미소를 지었다. 임유건은 그런 백리현을 바라보며 옅은 한숨을 내쉬었다. 아이와 몇 마디 하더니 대뜸 데려와서 같이 간단다.

'귀찮게 되었어.'

임유건을 비롯한 호위무사들의 임무는 백리현을 보호하는 것이다. 백리현 혼자만으로도 벅찰 지경인데, 거기에 아이까지 신경 쓸 여력은 없었다.

"솔직히 저는……."

"쉿."

임유건이 뭐라 말하려는 찰나 백리현은 손을 입가에 가져가며 조용히 하라는 뜻을 전했다.

"휴우."

백리현은 한숨을 내쉬었다. 다행히 아이는 잠들어 있었다.

"더 이상 뭐라 하지 마세요. 이미 결정된 바입니다."

"…알겠습니다."

단호함이 묻어 나오는 백리현의 어조에 임유건은 힘없이 고개를 끄덕

헤어짐과 두 개의 인연, 그리고 쓸쓸함 83

였다.
"아이의 장난기가 심하지 않기만 바랄 뿐입니다."
"걱정 마세요. 제가 잘 돌볼 테니까."
백리현은 자그마한 모포를 무영에게 덮어주었다. 임유건은 자신의 위치로 향하며 한숨을 내쉬었다. 그때 감겼던 무영의 눈이 꿈틀거렸다.
'저런 쳐 죽일 놈.'
겨우겨우 찾은 대행이었다. 그런데 초장부터 반대를 하다니. 더욱이 처음 만났을 때 가장 험악하게 윽박지르던 놈이기도 했다.
'꼭 저런 놈들이 하나씩 있다니까.'
음험한 내심을 알 리 없는 백리현은 조심스레 무영의 머리칼을 쓰다듬어 주고 있었다. 아이는 내심 조막만한 주먹을 꼭 쥐었다.
'차근차근히 괴롭혀 주지. 흐흐흐.'
무영의 입가에 미소가 걸렸다.

그날 저녁, 또 다른 호위무사인 송천은 임유건의 얼굴을 들여다보며 혀를 끌끌 찼다. 저녁을 먹은 뒤부터 임유건은 속이 좋지 않다며 배를 움켜쥐고 있었다. 그러더니 지금은 이 모양이다.
"임씨… 이런 때에 웬 설사야?"
송천의 물음에 임유건의 눈이 부릅떠졌다.
"시끄러! …으헉!"
"오오! 또 신호가 온 건가?"
"닥치고 저리 비켜!"
임유건은 거칠게 송천을 밀치며 숲으로 뛰어들었다.
아이는 마차의 창가에 턱을 괴고 앉아 하늘을 올려다보았다.
"쏟릴 것 같아……."

백리현은 손으로 입을 가린 채 창가 쪽으로 시선을 주며 사색이 된 표정을 지었다.

"…아저씨가 많이 안 좋으신가?"

'아마 죽을 지경일걸?'

아이는 득의만만한 표정으로 콧가를 문질렀다. 소량이지만 그 약효는 확실하다. 아마도 오늘 밤 내내 고생할 수밖에 없을 것이다.

'한번 고생해 봐라.'

아이는 내심 키득거렸지만 겉으로는 보는 이로 하여금 측은한 표정을 연신 지어 보였다, 여전히 혁낭을 꼭 품에 안은 채로.

그런 모습에 백리현이 고개를 갸웃거렸다.

"품에 안고 있으면 귀찮잖아. 바닥에 내려놔."

백리현의 제안에 아이는 고개를 저었다.

"싫어."

"불편하잖니."

백리현이 부드러운 미소를 지으며 혁낭을 향해 손을 뻗었다. 순간 아이의 품에 들려 있던 혁낭이 바닥에 떨어지며 끌러졌다.

"응? 웬 보자기?"

혁낭 안에 보이는 것은 몇 가지 물품과 자그만 보자기 다섯 개였다. 순간 아이가 재빨리 혁낭을 들더니 품에 안았다. 그리고 잔뜩 몸을 움츠리며 입을 열었다.

"만지지 마!"

절박한 목소리에 백리현이 움찔거렸다. 아이는 눈물을 한가득 머금은 채 중얼거렸다.

"우리 엄마 물건이란 말이야."

"……."

백리현의 손이 멈췄다. 아이는 고개를 푹 떨구었다.
"미안… 정말 미안해."
백리현은 아이를 품에 안아주었다. 그때 아이가 중얼거렸다.
"비슷한 냄새가 나."
"응?"
백리현의 물음에 아이는 눈을 동그랗게 뜨며 고개를 갸웃거렸다.
"엄마랑 비슷한 냄새."
아이가 백리현의 품으로 깊숙이 파고들었다.
"좋은 냄새야."
나지막한 한마디에 백리현의 얼굴이 무너졌다. 그녀는 무영의 머리칼을 매만져 주며 떨리는 목소리로 말문을 열었다.
"이제부터 누나가 지켜줄게."
"…정말?"
백리현의 입가에 환한 미소가 머금어졌다.
"그래, 절대로 지켜줄 거야!"
백리현의 품에 안긴 아이의 입꼬리가 말려 올라갔다. 바로 그런 반응을 원했다.
'당연히 그렇겠지.'
모성 본능.
남자를 만나고 아이를 낳는 여인들이라면 누구라도 가지고 있다. 그것은 처녀 역시 마찬가지다.
본능적으로 갈구한다. 무영은 이것 때문에 여태껏 살아갈 수 있었다. 수십을 헤아리는 어미들을 갈아치워 가며.
사람의 감정을 가지고 이용하는 것. 누군가 알게 된다면 경멸할 것이다.
겉으로 보기에 어린아이는 무력하다. 어른처럼 힘이 있는 것도 아니니, 보호해 주어야 하는 존재로 인식되기 마련이다. 그것이 가지고 있는 선입견은 너무도 압도적이다. 이제 막 열 살 정도로밖에 안 보이는 아이의 외모로는 살아갈 수 없다.

이것이 아이의 생존 방식이었다.

그렇게 얼마나 시간이 지났을까. 백리현은 아이를 품에 안은 채 물었다.

"그러고 보니… 네 이름을 묻지 않았네?"
"이름?"
아이는 중얼거리다가 고개를 끄덕였다.
"내 이름은……."
"이름은?"
"무영."
"무영?"
"응."
아이는 고개를 끄덕였다.
'나도 모르게 본명을 말해 버렸네.'

내심 자신을 책망한 아이였지만 마음을 다잡는 것은 빨랐다. 이미 엎질러진 물이었다.

백리현은 현재 자신이 남궁세가로 가고 있노라 말하였다.
"남궁세가주인 남궁문의 환갑연에 참석차 가는 것이란다."
백리현은 무영의 보드라운 볼을 천천히 쓰다듬으며 입을 열었다.
"남궁세가?"
"남궁세가주인 남궁문의 환갑연에 참석차 가는 것이란다."
무영은 고개를 갸웃거렸다.

'그가 아니던가?'

무영의 표정이 살짝 굳어졌다.

스윽.

무영의 몸을 감싼 백리현의 손에 힘이 들어갔다. 그녀는 짧게 한숨을 내쉬었다. 어느새 그녀의 표정은 침울하게 가라앉아 있었다.

"가기 싫어."

"그럼 안 가면 되잖아?"

무영의 천진난만한 말에 백리현은 쓴웃음을 지을 수밖에 없었다.

마차 벽에 얼굴을 기댄 채 눈을 감고 있던 무영은 백리현에게 시선을 주었다.

"남궁세가는 강하니까… 그러니 갈 수밖에 없단다. 그들의 눈 밖에 난다는 거… 우리 같은 소문파들에겐 너무나 힘든 일이야."

"……."

"하지만 얼굴만 비췄다가 바로 돌아올 거야. 그러니 너도 마차에서 잠시만 기다리면 돼."

무영은 고개를 끄덕였다. 백리현은 생긋 미소를 지으며 무영의 머리에 자신의 손을 올려놓았다.

강자가 있으면 반대로 약자도 있는 법이다. 약육강식의 법칙이 철저한 곳이 바로 무림이었다. 약소국이 강대국의 눈치를 보며 조금이라도 잘 보이기 위해 진상을 하는 것과 매한가지다.

"근데 왜 누나가 가?"

무영의 물음은 타당한 것이었다. 대개 이런 경우 소문파의 가주가 직접 방문하는 것이 예의였다.

"아버지가 때마침 고뿔에 걸렸거든."

"그래……?"

자못 심각한 분위기에 무영 역시 입을 다물었다. 백리현은 그러한 모습에 무영이 이해하지 못하고 있다 생각했는지 활달하게 미소를 지었다.

"가면 구경거리는 지천일 거야. 사람도 엄청 많을 테니까."

왠지 백리현의 입가에 걸린 미소가 서글퍼 보였다.

그 후로 이십 일 정도가 지나 일행은 안휘성 합비에 도착할 수 있었다.

성안으로 들어와 처음 느낀 감상은 모두가 공통적이었다.

인해(人海).

지금의 광경을 표현하자면 이 두 글자가 가장 적절한 표현이었다. 남궁세가의 가주인 남궁문의 환갑연을 맞아 전국 각지에서 모인 이들은 아무리 적게 잡아도 수천은 되어 보였다.

남궁세가 한편에 마차를 멈춘 뒤 백리현은 무영의 머리를 쓰다듬어 주었다.

"번잡스러우니까 너는 여기 있어."

백리현의 말에 무영은 고개를 끄덕였다. 떼를 쓰지 않고 선선히 응하자 백리현은 미소를 지었다. 그녀는 무영의 입속에 사탕 과자를 밀어 넣은 후 호위무사들과 남궁세가로 향했다. 이내 그녀의 모습이 인파들 사이로 파묻히자 무영이 눈살을 찌푸리며 중얼거렸다.

"쳇! 단 거라니……."

무영은 사탕 과자를 마차 밖으로 뱉어냈다.

대략 한 시진 정도가 지나자 백리현이 돌아왔다.

"오늘은 객점에서 하루 머물다 가지요."

백리현의 말에 호위무사들의 얼굴이 한순간 환해졌다. 드디어 편하게 쉴 수 있었기 때문이다.

이곳은 남궁세가의 영역 안, 치안은 확실하다. 하기야 어떤 미친놈이 이곳에서 행패를 부릴 수 있겠는가. 만약 불미스러운 일이 발생한다면 그날로 남궁세가의 추격을 받아야 할 것이다.
 호위무사란 이곳까지 오다가 혹시라도 생길지 모르는 산적들, 그리고 어느 정도의 체면치레 때문에 붙인 것뿐이다. 무림의 일에 휘말리거나 하는 일은 백리세가에 있어서 먼 나라의 이야기일 뿐이었다.
 "임씨, 여태껏 쉬었으니 일해야지, 일."
 송천의 능글맞은 말에 임유건은 눈살을 찌푸렸으나 틀린 말은 아닌지라 객잔을 찾기 위해 나섰다. 그렇게 한 식경 정도 지났을까. 임유건이 돌아왔다.
 "방 잡았습니다."
 일행은 신속하게 객점으로 들어가 쉬기 시작했다. 그동안의 여행에 대한 피곤함을 조금은 씻어내고 싶은 마음이 간절했기 때문이다.

 그날 저녁 무영은 곁에서 잠든 백리현을 잠시 바라보았다. 말은 안 했지만 상당히 피곤했는지 저녁을 먹자마자 곯아떨어졌다.
 무영은 고개를 들어 창 바깥을 바라보았다. 얼마 전에 들었던 남궁세가주의 이름.
 "그가 물러났구나."
 자신을 지나쳐 간 수많은 이 중 한 명이 이곳에 있다.
 무영의 입가에 담담한 미소가 머금어졌다.
 "사십여 년 만인가. 지금쯤 꼬부랑 할배가 되어 있겠지?"
 무영에 대해 알고 있는 유일한 보통 사람이었다.
 아이는 조용히 중얼거렸다. 고개를 들어 저잣거리 저편을 바라보았다. 커다란 남궁세가의 건물들이 멀리 떨어진 이곳에서도 보였다. 현 무림제일의 세를 가지고 있는 곳. 그리고,
 "내게 남겨진… 얼마 되지 않는 인연의 끈이 존재하는 곳."

아이는 천천히 발걸음을 옮기기 시작했다.

현 무림에서 최고의 배분을 가진 이는 누구인가?
누군가 이렇게 묻는다면 십이면 십 남궁세가의 전대 가주인 남궁민이라 답할 것이다.
또한 현 무림에서 가장 강한 이가 누구냐 묻는다면 사파에 속한 이들은 현 명교의 태상교주인 도제 연오랑이라 답할 것이요, 정파의 이들이라면 검제 남궁민이라 답할 것이다.
남궁민의 나이는 올해로 백 세. 이미 삼십 년 전 금분세수하고 무림에서 은퇴한 과거의 인물이다. 하지만 검제의 위명은 여전히 확고한 위치를 점하고 있었다.
검 한 자루만 쥐면 능히 수십의 일류고수를 상대할 수 있다는 입지전적인 무위. 능히 전설이라 칭송받을 만한 이가 바로 남궁민이었다.
하지만 그것은 다른 이들의 평가일 뿐, 남궁민 자신은 가는 세월을 막을 수가 없다 생각하고 있었다. 하루가 다르게 떨어져 가는 근력을 남궁민은 느낄 수 있었다.
넓은 대전에는 무거운 적막만이 흐르고 있었다.
태사의에 앉아 있던 남궁민은 대전 바깥을 향해 시선을 주었다.
"가주의 환갑연은 어찌 진행되고 있는가?"
낮은 저음의 목소리가 흘러나오자 바깥에서 고운 음성이 답해왔다.
"탈없이 순조롭게 진행되고 있다 합니다."
남궁민은 만족스러운 미소를 지으며 태사의에 등을 기댔다.
"다행이구나."
"…참석하지 않으셔도 되겠습니까?"
남궁민이 미소를 지었다.

"의외로구나."

남궁민의 말에 바깥에서 반문해 왔다.

"무슨 말씀이신지……?"

"네가 나에게 말을 걸 때도 있다니 말이다."

"……."

"괜한 말을 하였구나. 나는 그저 반가웠을 따름이다."

"……."

남궁민의 표정에 씁쓸함이 감돌았다.

"적적하였다. 아무도 나에게 찾아오는 이가 없어서."

"가주께서 매일 문안 인사차 들르지 않습니까?"

남궁민은 가만히 고개를 저었다. 나이 사십이 되어 낳은 늦둥이, 애지중지 키운 아들은 가주가 되어 환갑연을 맞이할 나이가 되었다.

"그는 남궁세가의 가주다. 삼십 년 전 이후로 나에게 아들은 없었지."

남궁민은 태사의에 깊숙이 몸을 파묻으며 눈을 감았다.

"적적하구나. 정녕 적적하기 그지없어."

남궁민은 힘없는 목소리로 중얼거리며 눈을 감았다.

앞만 보고 달려왔다. 그것이 남궁민의 인생이라 말할 수 있었다. 어린 나이에 한 문파의 수장이 되어 다른 이들이 꽃다운 청춘끼리의 만남을 즐기고 있을 무렵, 그는 수많은 서류 더미에 쌓여 살았다.

다른 이들이 한잔 술로 인생의 아름다움을 찬양하며 거칠 것 없이 인생을 살아가고 있을 때, 남궁민은 몸 이곳저곳에 남겨진 깊고 작은 상처들을 바라보며 고통을 참고 있었다.

그렇게 어느 정도 남궁세가의 기반이 잡히고, 마음의 여유를 찾아 뒤를 돌아보았을 무렵 그의 곁에는 주름 진 얼굴의 아내와 장성한 아들이 자리잡고 있었다.

술로 인생의 아름다움을 논하고, 친구들과 호기롭게 어울리기에 그는 너무 늙어 있었고, 세상의 풍파를 경험한 상태였다. 마음을 터놓고 지낼 만한 친구 따위는 존재하지 않았다. 언제나 검제 남궁민라는 이름 아래 모여든 수하들뿐.

그렇게 그는 지내왔다.

'후후······.'

남궁민의 입가에 씁쓸한 미소가 걸렸다.

남궁세가라는 자신이 짊어진 숙명에 모든 인생을 허비하고 말았다.

그때는 쉴 새 없이 지나가는 시간을 잡을 수 없었다. 단지 스쳐 지나 갈 뿐 생각할 틈도, 후회할 여지 따위도 존재하지 않았다.

올해로 벌써 백 세. 언제부터였는지 기억나진 않지만 후회감이 밀려와 가슴 가득 채우고 있었다. 그것은 삼십 년 전 아들인 남궁문에게 가주 자리를 넘겨준 직후 더욱 커졌다. 때때로 주체할 수 없을 만큼의 공허함 때문에 무척이나 고통스러웠다.

"끌끌! 이러니 늙으면 죽어야 한다는 것이로군."

쓸데없는 잡생각이라 치부해 버리며 남궁민은 찻잔을 들어 한 모금의 차를 목으로 들이킨 후 시선을 바로 했다. 바로 그때,

"음······?"

남궁민은 누군가 자신의 앞에 있는 것을 인지했다.

순간 그의 목줄기가 서늘하게 가라앉았다. 기척도 느끼지 못했다.

비록 몸이 예전만은 못하다 하더라도 최절정에 이른 무인의 감은 아직 녹슬지 않았다. 누가 뭐래도 그는 이 시대 최강의 무인 중 하나였으니까.

'누구냐?'

남궁민은 안광을 돋웠다.

이제 한 열 살이나 되어 보이는 앳된 얼굴을 가진 그는 가라앉은 눈망

울로 남궁민을 바라보고 있었다.

"꼬마아이……? 가만!"

순간 남궁민의 눈이 크게 떠졌다. 그 아이의 생김새는 분명 낯익었다. 자신의 기억 속에 너무나도 뚜렷하게 남아 있는 얼굴.

"내가 늙기는 늙었나 보군. 이제는 환각까지 보이는가?"

남궁민은 눈을 살짝 감았다가 다시 떴다. 하지만 아이는 변함없이 그 자리에 서 있었다. 그제야 남궁민은 깨달았다. 환각 따위가 아니었다.

"서, 설마……?"

놀라는 남궁민의 반응에 무영은 희미한 미소를 지어 보이며 입을 열었다.

"오래간만이군."

"진짜인가? 진짜 자네가 맞나?"

어느새 남궁민은 일어서 있었다. 귀염성이 느껴지는 얼굴과 눈매. 모든 것이 똑같았다. 어떻게 잊을 수 있을까. 비록 세상에 알려지지는 않았지만 자신에게 유일한 패배를 안긴 얼굴이었으니 말이다.

"믿지 못하겠나?"

문득 남궁민의 입가에 미소가 걸렸다.

"아니, 믿는다, 무영."

그제야 무영의 입가에 스치듯 미소가 지어졌다. 남궁민은 구부정한 허리를 펴며 손을 뻗었다.

"이 친구야, 그동안 왜 연락이 없었나?"

방금 전까지 침울했던 기색은 사라졌다.

무영은 주위를 살피며 말문을 열었다.

"그동안 시간이 나질 않았어. 그것보다 손님을 이렇게 계속 세워둘 셈인가?"

무영의 말에 남궁민이 호탕하게 웃으며 이마를 락 쳤다. 너무도 오래간만에 봐서 흥분한 것이다.

"어서 저쪽에 앉게."

무영은 묵묵히 걸음을 옮겨 대전의 중앙에 자리잡고 있는 탁자에서 의자를 빼내 앉았다. 남궁민 역시 무영의 앞에 마주 앉았다.

남궁민은 무영의 얼굴을 잠시 바라보다가 입을 열었다.

"어떤 차를 좋아하는가?"

"차?"

반문하는 무영의 반응에 남궁민의 입가에 미소가 피어올랐다.

"밖에 누구 있느냐?"

"예, 노가주님."

곧바로 바깥에서 답하자 남궁민은 잠시 무영을 바라보다가 입을 열었다.

"화주를 가져오너라."

"금방 올리겠습니다."

지시를 마친 남궁민은 무영을 다시금 바라보기 시작했다. 관찰하듯 예리한 눈매로 자신을 훑는 시선에 무영은 한마디 쏘아주었다.

"얼굴 뚫리겠군. 그만 봐."

그러한 반응에 남궁민은 작은 웃음을 털어내며 편안한 자세로 의자에 몸을 비스듬히 기댔다. 기억 속에 남아 있는 얼굴과 한 치의 차이도 보이지 않았다. 남궁민은 미소를 흘렸다.

"여전하군. 전혀 변하지 않았어."

남궁민의 말에 무영은 씁쓸한 미소를 지으며 턱을 괴었다.

"전혀… 라."

"그래, 전혀."

"그럴 테지."

무영은 못내 건조한 목소리로 중얼거리듯 입을 열었다.

"자네는 많이 변했군."

"세월이 지났으니까."

남궁민의 한마디가 무영의 가슴을 후벼 팠다. 무영은 희고 고운 손을 뻗어 눈앞으로 가져갔다.

"나의 시간은 멈춰 있어. 그때도… 지금도, 그리고 앞으로도 그럴 거야."

무영은 남궁민을 바라보며 눈살을 찌푸렸다. 그런 기색을 눈치챈 남궁민은 아차 했다. 흥분한 나머지 주책을 부렸다.

"미안하네."

"괜찮아. 별다른 일도 아니니까."

무영은 짐짓 아무렇지도 않은 표정으로 고개를 저었다.

"그래… 이런 내가 부럽나?"

남궁민은 턱 주위를 매만지며 조심스럽게 말문을 열었다.

"누구라도 한 번쯤은 꿈꾸는 일이지. 나 역시 그랬으니까."

남궁민은 이내 피식 미소를 지었다.

"하지만 사람이란 본래 태어나면 죽는 것이 당연한 수순."

남궁민의 가라앉은 어조. 무영은 허탈한 웃음을 흘렸다.

"술상을 들여갈까요?"

때마침 바깥에서 시비가 조용히 물어왔다.

"들여오너라."

남궁민의 명이 떨어지자 문이 열리며 한 여인이 들어왔다. 이제 막 소녀티를 벗은 듯 앳된 얼굴이었지만 보기 드문 미색을 가지고 있었다. 하지만 무영은 그쪽으로는 시선조차 주지 않았다. 도리어 술상을 가져온 그 여인이 어떤 출입도 없었던 대전 안에 자신이 모시는 노가주 이외의 사람이 있자 놀라는 눈치였다.

"이분은……?"

"나의 오래된 친우이니라."

여인은 무언가 잘못 들었다 생각했다. 저런 아이가 노가주의 친우라니.

"하지만 아이……?"

아무렇지도 않게 중얼거리던 여인은 입을 살짝 막았다. 평소 침착하고 실언을 하지 않는 남궁민이었다. 그가 이렇게 말하는 데는 무언가 이유가 있다고 생각했다.

"죄송합니다."

"물러가거라."

재빨리 자신의 잘못을 사죄했지만 남궁민은 불편한 심기를 드러냈다. 갑자기 싸늘해진 노가주의 음색에 여인의 얼굴이 시퍼렇게 질렸다.

"그만두라고. 아가씨니까."

때마침 무영이 남궁민을 제지했다. 도리어 여인에게 시선을 주며 손짓을 했다.

"괜찮으니 나가서 일봐."

무영의 말에 여인은 탁자 위에 술상을 내려놓고는 황망히 대전을 나섰다. 그제야 남궁민은 얼굴을 펴며 무영에게 사죄의 뜻을 표했다.

"심기가 상하지는 않았는가?"

"아니."

"본시 저런 아이가 아니었건만."

투덜거리는 남궁민을 좌시한 채 무영은 술병을 들어 잔을 채우고는 한 모금을 마셨다. 따라줄 것을 기대했는지 빈 잔을 들고 있던 남궁민은 쓴 미소를 지었다.

'여전하구만.'

남궁민은 손수 술병을 집어 들었다.

쪼르르.

빈 잔에 술이 차자 남궁민 역시 한입에 술을 털어 넣은 뒤 입을 열었다.

"이번에는 사십 년 만이로군."

무영은 고개를 끄덕였다.

"그래, 그만큼 시간이 지났어."

무영이 한숨을 내쉬었다. 시간은 유수와 같다. 두 번째로 헤어진 게 엊그제 같았는데 벌써 사십 년이란 시간이 흘러 있었다.

"무심한 친구, 연락 한번 주지 않다니."

"미안."

무영은 쓴 미소를 지으며 술잔을 기울이다가 화제를 바꿨다.

"그래, 언제 물러났어?"

무영의 물음에 남궁민 역시 어색한 분위기가 마음에 들지 않던 참인지 호응했다.

"올해로 딱 삼십 년째라네."

"그렇군. 오랜 시간이 지났군."

남궁민은 손을 들어 바라보며 사람 좋은 미소를 지었다.

"이제야 손에서 피 냄새가 조금 덜 배어 나오게 되었지."

무영은 희미한 미소를 지으며 고개를 살짝 들었다. 갑자기 옛 생각이 났다.

"그때의 자네는 정말 오만했었어."

남궁민은 씁쓸한 미소를 지으며 수긍했다. 자신이 생각하기에도 그때는 너무도 급하고 거칠었으며, 또한 오만했다.

"어렸으니까."

"뭐, 그만한 실력은 있었잖아."

무영의 말에 남궁민은 조소했다.

"실력? 생전 처음 보는 꼬마아이에게 손 한번 써보지 못하고 일 초 만에 패한 게 무슨 실력이란 말인가. 지금 생각해도 참 어이없는 일이었지."

남궁민은 어깨를 으쓱하며 한숨을 내쉬었다. 그때의 일은 아직도 기억에 생생했다. 귀엽게 생긴 꼬마 녀석이 자신의 초식을 단번에 파훼하던 그 모습.

말 그대로 여태껏 살아온 인생 자체가 모두 무너지는 듯한 느낌이었다. 하지만 그것도 잠시, 그 허망함과 분노는 호기심으로 바뀌었다. 알고 싶었다. 어째서 그런 결과가 이루어졌는지. 그리그 저 괴물 같은 꼬마아이의 정체가 무엇인지도 말이다.

"그래서 자네를 뒤따른 것일세."

"그래?"

무영은 희미한 미소를 지어 보이며 고개를 끄덕였다. 그때부터였던 것 같다, 재미없던 일상이 그나마 바뀌었던 것은. 눈을 뜨고, 길을 걸으며 밥을 먹을 때도 자신의 옆에는 남궁민이 있었다. 쉴 새 없이 조잘거리며 무영의 무공에 대해 묻던 더벅머리 청년.

활달한 성격이지만 때때로는 무척이나 냉담하그 무겁던 그의 다른 면모에서 무영 역시 흥미를 느꼈다. 그것이 벌써 칠십오 년 전의 추억일 따름이다. 그리고 사십 년 전 두 번째로 만났을 때의 남궁민은 전혀 다른 사람이 되어 있었다. 세상의 풍파에 찌든 노년인의 모습.

'생각해 보니 상당한 시일이 흘렀어.'

무영은 잔을 들어 술을 입 안으로 흘려 넣었다. 세월은 흘렀고, 남궁민은 그 흐름에 순응했다. 하지만 무영은 여전히 섞여들지 못했다.

문득 무영은 볼을 매만졌다. 잔주름 하나 없는 말랑하고 부드러운 피부가 손바닥에 느껴졌다.

"그런데 어인 일이지?"

문득 물어오는 남궁민의 목소리에 무영은 상념에서 벗어나 고개를 들었다. 그러한 모습에 남궁민은 무영의 빈 잔에 술을 따라주며 말을 이어 나갔다.

"나야 옛 친구를 만나 기쁘네만 어인 일로 나를 찾아온 거냐, 이 말이지."

"아아……."

무영은 쓴 미소를 지었다. 이유? 생각해 보니 왜 온 것인가.

'생각해 보질 않았군.'

무영은 허탈한 마음에 다시금 잔을 들었다. 자신도 모른다. 그냥 남궁세가라는 말을 들었을 때 생각난 사람이 있었고, 어찌 지내고 있는가 하는 마음이 들었을 뿐이다. 그리고 무엇에 끌리듯 자신은 이미 남궁민의 앞에 서 있었다.

"지나가는 길이었거든."

"지나가는 길이었다?"

무영의 고개가 살짝 끄덕여졌다. 남궁민 역시 고개를 끄덕여 주었다. 본래 사람이란 사회적 동물이 아니던가. 누구라도 혼자 살 수는 없는 법이다. 더욱이 사람은 나이를 먹을수록 옛 추억을 회상하며 살아가게 된다.

남궁민은 피식 미소를 지었다.

"이질적이야."

"듣고 보니 그렇네."

무영은 묵묵히 고개를 끄덕였다. 남궁민의 말뜻을 알아차린 탓이었다. 그때 남궁민이 입을 열었다.

"뭐 하고 지내왔나?"

무영은 짧게 한숨을 내쉬었다.

"언제나 그렇듯… 변함없는 일상이었어."

"지금은 혼자?"

무영은 고개를 저었다.

"어린 계집아이와 다니고 있지."

"호오."

"재미난 아이야."

무영의 입가에 희미한 미소가 지어졌다. 길가에서 처음 본 자신에게 선뜻 동행을 권했던 착한 마음을 가진 백리현.

다른 한편으로는 어두움도 간직하고 있는 아이.

"자자! 그만 하고, 이제부터는 술이나 마실까?"

"그러지."

무영과 남궁민은 새벽까지 술잔을 기울였다. 그리고 어둠이 슬며시 걷힐 때쯤 무영이 몸을 일으켰다.

"왜 일어나는가?"

"이제 가봐야 하거든."

무영은 옷매무새를 추스르며 마지막 잔을 들었다. 그리고 단번에 들이킨 뒤 얼떨떨해하는 남궁민에게 마지막 인사를 전했다.

"다음에 또 기회가 있다면 볼 수 있겠지."

"이보게."

몸을 돌리려던 찰나 남궁민이 무영을 멈춰 세웠다. 남궁민은 노구를 일으키더니 침상 한편을 들어내고 묵직한 가죽 주머니를 꺼내 건넸다.
"뭐지?"
무영의 물음에 남궁민은 미소를 지으며 말문을 열었다.
"맛있는 거나 사 먹으면서 다니게."
무영은 피식 웃으며 혁낭에 돈주머니를 넣었다.
"고맙군. 잘 쓰지."
"뇌물이야, 자주 들르라는 뜻의."
"그래."
무영은 고개를 끄덕이며 몸을 날렸다.
넓은 대전, 다시금 남궁민만이 홀로 존재하고 있었다. 자신의 앞에 놓여 있는 술잔만이 방금 전까지 누군가와 같이 있었다는 사실을 증명할 뿐.
"자네는… 언제나 바람처럼 왔다가 가는구만……."
남궁민은 다시 혼자가 되었다.

휙휙!
차가운 밤바람이 무영의 얼굴을 때렸다. 무영은 얼굴에 쓴 미소가 어렸다. 남궁민은 무영이 자라지 않는다는 것을 알고 있었다. 그랬기에 같은 연배로 취급해 주었다. 하지만 이제부터는 아니다.
광대같이 웃어주고 귀여움을 떨어주어야 한다.
"다시 아이로 돌아갈 시간이야."

제4장
우리는 고향으로 간다

우리는 고향으로 간다

"허억……! 허억……!"

무영은 거친 숨을 몰아쉬었다. 핏발 선 눈동자, 꽉 다물어진 입가가 부르르 떨렸다.

"이……!"

무영은 분노를 터뜨리려다 꾹 참아냈다.

콰득! 콰득!

무언가 갈리는 소리가 방 안을 요동치고 있었다. 듣기에도 거북스러운 그것은 무영의 귓가에서 가장 크게 진동하고 있었다.

"잠 좀… 자자."

무영은 울 듯한 표정으로 사정했다. 가끔씩 이를 가는 사람들이 있다. 무영 역시 그러한 경험이 아주 없는 것은 아니었다. 하지만 이건 몇 번을 경험해도 익숙해지지 않는다. 더욱이 말만한 여자가 옆에서 이를 바득바득 갈아대는 것은 참기 힘든 고통이었다. 하지만 지금의 문제는 그것이 아니었다.

'너 원래 안 갈았잖아, 이것아!'

무영은 내심 절규했다. 여태껏 며칠을 지내오면서 본 바로 백리현은 조용한 잠버릇의 소유자였다. 하지만 오늘은 웬일인지 이를 갈고 있었다.

새벽녘이 돼서야 돌아온 무영이 한 시진이라도 눈을 붙이기 위해 누웠을 때부터 백리현의 이 갈기는 시작되었다. 마치 기다리고 있었다는 듯.

무영은 더 이상 잘 수 없음을 깨달았다.

"어쩔 수 없… 커헉!"

무영이 체념하며 몸을 일으키려 할 때 무언가 강렬한 충격이 복부에 가해졌다.

"쿨럭쿨럭! …가지가지 하는군."

자신의 배에 올려진 백리현의 다리. 무영은 한숨을 내쉬며 손을 들어 백리현을 다리를 밀어내려 했다. 하지만 이번에는 백리현의 손이 무영의 등을 감쌌다.

푹신.

순식간에 무영의 시야가 어두워졌다. 다만 푹신한 무언가가 느껴질 따름이었다.

"……."

무영의 자그마한 몸은 말 그대로 백리현의 품에 꼭 안겼다.

'몸매는 제법이란 말이야.'

몸의 굴곡도 적당하다. 가슴은 그리 크지 않았지만 좋은 감촉을 느낄 만한 수준은 되었다. 하지만 그것보다 무영의 마음에 든 것은 백리현의 내음이었다.

마치,

'그녀의 내음이다.'
잠시 눈을 감고 있던 무영은 무언가 까먹고 있음을 깨달았다.
'수, 숨을 쉴 수가……!'
"읍읍!"
무영은 몸을 버둥거렸다. 필사적인 신음 소리마저 가늘게 새어 나왔다.
"으흐흥… 간지러… 콰득! 콰드득!"
'사, 살려…….'
무영의 의식이 점차 희뿌옇게 변해가고 있었다.

"잘 잤니?"
백리현은 아침에 일어나 무영에게 인사를 건네다 무언가 이상한 낌새를 느꼈다. 무영의 굳은 표정과 예리하게 벼려진 검날 같은 눈매.
"무슨 일이니?"
너무도 천진한 백리현의 어조에 허탈한 감정마저 들었다.
"누나."
"응?"
"이 갈더라."
나지막한 한마디. 백리현은 얼굴을 살짝 붉히며 몸을 움츠렸다. 하지만 그것도 잠시, 자신의 뒷머리를 벅벅 긁으며 너털웃음을 지었다.
"헤헤헤! 이 갈았니?"
무영은 고개를 끄덕였다.
"한숨도 못 잤어."
"깨, 깨우지… 그랬어."
무영은 대답하지 않았다. 백리현은 무영의 머리를 쓰다듬어 주며 황급히 입을 열었다.
"내가 피곤하면 그래. 긴장이 풀렸었나 봐."
어떻게든 다독여 주기 위해 애쓰는 모습에 무영은 어쩔 수 없다는 듯 한숨을 내쉴 수밖에 없었다. 저렇게 저자세로 나오는데 계속해서 몰아붙이기도 뭐하지 않은가.
"나 씻으러 갈 건데. 너는?"
"씻어야지. 아침도 먹고."
"아니면 눈 좀 붙일래? 출발이야 점심 먹고서라도 하면 되니까."
무영은 고개를 저었다. 그다지 졸립지도 않았다.
"상관없어."
"정말 괜찮겠어?"
무영은 고개를 끄덕이며 한편에 걸린 수건을 어깨에 두르며 방을 나섰다.
끼익.
이내 문이 닫혔다. 방에 홀로 서 있던 백리현은 양손을 볼에 가져가며 얼굴을 붉혔다.
"차, 창피해라."
백리현은 콧소리 섞인 비음을 터뜨리며 걸음을 옮겼다. 세안을 하고 식당으로 가보니 이미 모두들 식탁에 앉아 백리현을 기다리고 있는 중이었다.
늦었다는 생각에 백리현은 황급히 자리를 잡고 앉아 점소이에게 주문을 넣었다. 이내 주문한 음식이 탁자 위에 놓여지고 식사가 시작되었다. 하지만 분위기는 냉랭했다. 무영은 조용히 음식을 먹기만 할 뿐이었고, 옆에 앉아 있는 백리현은 미안함에 어쩔 줄 몰라 하고 있었다.
상황이 그렇게 전개되니 죽을 맛인 것은 호위무사들이었다.

"무슨 일이 있었던 걸까?"

혹시라도 자신들의 말이 들릴세라 모깃소리만한 소리로 묻는 송천의 말에 임유건은 고개를 저을 뿐이었다.

그렇게 어찌어찌 식사를 마친 일행은 출발하기 위해 분주히 움직이기 시작했다. 어제 주문해 놓은 여행에 필요한 물자들을 마차 지붕에 실어 객점 앞에 대놓았다. 백리현과 무영은 어느새 바깥에 나와 있었다.

"타시지요."

송천이 마차 문을 열어주며 오를 것을 권하자 두영이 획 하니 안으로 들어갔다. 뒤이어 백리현이 걸음을 옮겼다. 무영은 안으로 들어가자마자 앉으며 눈을 감았다.

백리현은 한 켠에 잘 접어두었던 모포를 집어 들었다. 그때 무영이 잠시 뒤척거리더니 백리현의 무릎에 얼굴을 묻었다.

"어라?"

백리현은 고개를 갸웃거렸지만 이내 피식 미소를 지었다.

"출발하겠습니다."

바깥에서 호위무사가 출발하겠다는 뜻을 전했고, 이내 마차가 움직이기 시작했다.

덜컹덜컹!

마차 특유의 진동에 몸이 들썩였지만 이내 속도가 붙자 적응이 되었다. 다행히 무영은 깨지 않았다. 백리현은 곤히 잠들어 있는 무영의 모습을 바라보며 생긋 미소를 지었다.

천상의 동자 같다는 표현은 이럴 때 쓰는 말일 것이리라. 그만큼 무영의 얼굴은 눈부시게 귀여웠다.

'귀엽단 말이야.'

백리현은 조심스런 손길로 무영의 머리를 매만져 주며 무영을 응시했다. 그렇게 시간이 지나갔다.

처음 평온했던 백리현의 얼굴이 조금씩 굳어져 갔다. 급기야 반 시진 쯤 지났을 때 백리현의 얼굴은 사색이 되었다.

'바, 발 저려…….'

백리현은 좌우로 고개를 휘휘 저었다. 마치 자신의 다리가 아닌 듯, 그러나 말로 형용할 수 없는 기이한 느낌이 백리현의 신경을 압박하고 있었다.

"으으……!"

백리현은 입술을 꽉 깨물며 고개를 푹 숙였다.

탁!

백리현의 손이 마차 벽을 짚었다.

'참아야 해……!'

굳은 내심. 그러나 겉으로는 필사적인 신음성이 백리현의 닫힌 입을 비집고 새어 나오고 있었다.

한편 누워 있던 무영의 입꼬리가 슬며시 올라갔다.

산적(山賊).

간단히 말해 산 도둑놈이다.

커다란 박도를 꼬나 든 야차 같은 얼굴에 울퉁불퉁한 근육질, 그리고 거친 어투로 윽박지르는 이들.

"가진 걸 다 내놓아라. 반항하면 다 죽는다."

"가진 걸 다 내놓아라. 반항하면 다 죽는다!"

무영은 나지막이 중얼거리며 마차 벽에 얼굴을 들이박았다. 자신의 말이 끝남과 동시에 단어 하나 틀리지 않고 나오는 외침.

"진부하군."

"뭐 하니? 어서 누나한테 와!"

백리현은 다급하게 소리치며 무영을 품에 꼭 안았다. 그리고는 마차 구석에 쪼그리고 앉았다.

"아무 소리 하지 말고 여기 있어. 누나가 꼭 지켜줄 테니까."

"어? 응."

절박함이 묻어 나오는 백리현의 기세에 무영은 고개를 끄덕였다. 하지만 한편으로는 피식 웃었다. 저따위 놈들은 위협될 거리도 없었다. 겨우 스무 명 남짓 되는 수였다. 호위무사들 정도면 가볍게 퇴치할 수 있으리라.

"아가씨."

그때 송천이 마차에 다가섰다.

"괜찮으시겠어요?"

백리현은 안절부절못하는 기색이다. 송천은 희미한 미소를 지으며 고개를 끄덕였다.

"걱정하실 것 없습니다. 저 정도 조무래기들 따위… 저희가 금방 처리하겠습니다."

"몸조심하셔야 해요."

"좀 있다가 뵙지요. 어이, 임씨. 자네는 마차를 지키게."

송천은 앞서 경계하고 있던 임유건에게 시선을 주었다. 임유건은 산적들을 바라보더니 고개를 끄덕였다. 그들의 임무는 백리현을 호위하는 것. 이보다 중한 일은 없었다.

"절대 바깥을 내다보시면 안 됩니다."

때가 때인지라 임유건의 어조에는 위압감이 흘러나오고 있었다.

"나, 나도 그 정도는 알아요."

백리현은 입술을 살짝 배어 물며 무영을 품 안에 더욱 깊숙이 끌어안

있다.

　무영은 힐끗 백리현의 손을 쳐다보았다. 미약하지만 조금씩 떨리고 있었다.

　'떨고 있나?'

　무영은 희미한 미소를 지었다. 자신이 직접적으로 나서지는 않겠지만 여차하면 어쩔 수 없었다.

　'그런 상황이 닥치지 않기만을 바랄 뿐.'

　만약 그리된다면 백리현을 떠날 수밖에 없다.

　챙!

　"꺄악!"

　검이 마주치는 소리가 마차 안을 헤집었다. 그와 동시에 백리현이 뾰족한 비명성을 터뜨리며 무영의 어깨에 얼굴을 묻었다. 그런 모습에 무영은 눈살을 찌푸리며 내심 혀를 끌끌 찼다.

　'정말 여러모로 귀찮은 녀석이야.'

　슥.

　무영은 가만히 손을 뻗어 백리현의 머리에 손을 얹었다. 그리고 천천히 쓰다듬으며 중얼거렸다.

　"괜찮을 거야."

　지극히 낮은 목소리.

　그러나 불안한 마음을 아우르는 힘이 깃들어 있었다. 백리현의 거친 숨소리가 점점 차분하게 가라앉았다.

　"누나도… 나도."

　아이가 어른을 다독인다. 뒤바뀐 상황이었지만 묘하게 설득력있는 광경이었다.

　'이 점만은 닮았어.'

무척이나 겁이 많았던 그녀와.

"타앗!"

송천은 날카롭게 노호성을 터뜨리며 마주쳐 있던 검을 쳐냈다. 그리고 재빠르게 앞으로 한 발을 들이밀며 횡으로 검을 휘둘렀다.

서걱!

송천의 눈이 가늘어지며 몸이 검의 진행 방향으로 돌아갔다. 하지만 아직 끝난 것이 아니었다. 회전력을 이용해 재차 검을 찔렀다.

푹!

"어억!"

산적 두 명이 땅바닥에 널브러졌다. 극히 효과적인 움직임으로 순식간에 두 명을 제압한 송천의 눈매가 번들거렸다.

"다음!"

격양된 어조로 내뱉으며 송천의 몸이 움직였다. 피를 갈구하는 사신마냥 근육은 약동했고, 이마에는 혈관이 터질 듯 솟아나 있었다.

스무 명과 네 명의 싸움. 숫적으로 보자면 전혀 상대가 되지 않을 만한 격차였다. 하지만 백리가의 호위무사들은 쉽게 적을 제압해 나가고 있었다. 압도적인 속도와 힘, 그리고 틈이 보이는 즉시 파고드는 결단력까지 일개 산적들은 상대가 되지 않고 있었다.

송천은 자신을 둘러싸고 있는 두 명의 산적과 대치하며 살짝 고개를 돌렸다. 역시나 번뜩이는 안광을 뿜어내며 사방을 경계하는 임유건이 시야에 잡혔다. 다행히 산적들은 마차까지 밀어붙이지 못했다.

그때 맨 후방에 위치하고 있던 산적 한 명이 활을 들었다.

핑!

두꺼운 화살이 마차를 향해 날아갔다. 설상가상으로 그곳은 마차 안과 마부석을 연결하는 곳이었다. 얇은 나무 판때기로는 막아내기 힘들었다.

퍼걱!

두 치 두께의 화살촉이 나무판을 뚫고 들어갔다.

백리현을 다독이던 무영은 시선을 유지하며 손가락을 내질렀다.

콰자작!

나무판 안으로 반쯤 통과해 들어오던 화살이 허공에서 실처럼 쪼개져 나갔다.

"지, 지금 무슨 소리?"

무영의 어깨에 얼굴을 묻고 있던 백리현은 눈도 뜨지 못한 채 물었다. 무영은 백리현의 머리에 손을 얹으며 쓰다듬어 주었다.

"아무 일도 아니야."

"그, 그래?"

"응."

무영은 내심 한숨을 내쉬었다.

한편, 화살이 마차 안으로 들어간 광경을 본 송천의 눈썹이 치켜 올라갔다.

"죽여 버린다!"

송천은 방금 전 화살을 날린 산적을 향해 비도를 날렸다.

퍽!

궤적을 그리며 날아간 비도가 정확히 산적의 미간 한가운데 박혔다.

"마차다! 마차를 공격해라!"

번뜩!

순간 송천의 손이 재빠르게 품에 들어갔다 뻗어나갔다.

퍽!

동시에 들리는 둔탁한 타격음. 맨 뒤에서 지시를 내리던 산적의 이마에도 비도가 박혔다. 아마도 이들의 두목이리라. 크게 치켜떠진 검은 눈

자위가 위로 말려 올라갔다. 그리고 몸이 천천히 무너져 내렸다.
"쿵!"
커다란 땅울림과 함께 산적 두목의 몸이 널브러졌다.
"두목이 죽었다!"
산적들은 눈에 띄게 당황하며 소리를 질러 댔다. 하지만 그것도 잠시, 송천의 앞에 서 있던 한 명이 이를 갈았다.
"너, 이 새끼… 죽여 버린……!"
챙!
송천은 냉정한 표정으로 내력을 끌어올리며 산적의 검을 쳐버렸다.
딸각!
반으로 잘려진 검날이 바닥에 떨어졌다.
"……."
챙!
또 한 번의 휘두름에 다시금 검의 반이 잘려 나갔다. 그런 광경에 넋이 나간 듯 산적들은 멍하니 송천을 바라보고 있을 따름이었다.
"가라."
송천은 산적들을 바라보며 나지막이 협박했다. 이번에도 가지 않으면 다 죽여 버리겠다는 기세가 흉흉하게 뻗어 나왔다.
"으으으……."
산적들이 주춤거리며 뒤로 물러서고 있었다.
"도망치자!"
잠시간 서로의 눈치를 보던 산적들은 몸을 돌려 도망치기 시작했다. 발이 꼬여 넘어지는 볼썽사나운 광경을 보이기도 했지만, 목숨보다 소중한 것은 없다. 절뚝거리면서도 필사적으로 달렸다.
"아차!"

송천은 재빨리 마차 쪽으로 시선을 주었다. 그러자 임유건이 말문을 열었다.

"다행히 다친 곳은 없으시네."

그제야 송천은 긴장을 풀며 한숨을 내쉬었다.

횡!

송천은 검을 한 번 휘둘러 피를 털어낸 뒤 검집에 집어넣었다.

자욱한 흙먼지와 땅 이곳저곳에 흐트러진 병장기, 그리고 땅에 스며든 핏자국만이 방금 전까지 싸움이 있었다는 사실을 증명할 뿐이었다.

"다친 사람들 있나?"

송천이 몸 이곳저곳을 둘러보며 소리쳤다. 다행히 중한 상처를 입은 이들은 없었다. 약간의 타박상과 긁힌 찰과상뿐이었다.

"모두들 수고한 김에 정리도 좀 해주게."

송천의 말에 다른 이들은 아무런 불평 없이 시체들을 길옆으로 치우고 떨어진 병장기들을 모으기 시작했다. 그런 광경을 잠시 바라보던 송천이 마차 쪽으로 발걸음을 옮겼다.

"미안하네… 어떻게든 막았어야 했는데."

임유건은 고개를 떨궜다. 비록 불가항력이라고는 하지만 책임감이 든 탓이었다. 송천은 쓴 미소를 지으며 임유건의 어깨를 툭 쳐주었다. 그리고 마차 안을 향해 말문을 열었다.

"아가씨, 다 끝났습니다."

"괜찮으세요?"

백리현은 마차 문을 열며 얼굴을 내밀었다. 싸움 때문에 어지간히 놀랐는지 백리현의 얼굴은 새파랗게 질려 있었다. 송천은 읍하며 입을 열었다.

"아가씨가 염려해 주신 덕분에 괜찮았습니다."

"제가 무슨……."

백리현은 소매로 눈가를 문지르며 중얼거렸다. 기세한 떨림이 느껴졌다. 송천은 슬며시 미소를 지었다. 미친 듯이 두근거리던 마음이 조금은 가라앉는 느낌이었다.

할 일을 했을 뿐인 자신들을 위해 울어주는 백리현에게 감사한 마음이 일었다. 송천은 품에서 흰 손수건을 꺼내 백리현에게 건넸다.

"눈물을 닦으시지요."

"예? 예."

백리현은 손수건으로 눈가를 닦으며 깊은 한숨을 토해냈다.

"또 올까요?"

백리현의 물음에 송천은 잠시 생각하다가 고개를 저었다. 이만큼 혼쭐이 난 녀석들이다. 가능성이 없지는 않겠지만 섣불리 나서지도 못할 것이다.

"안 오겠지요. 만약 온다 해도 저희가 꼭 지켜 드릴 테니 걱정 마십시오."

송천은 씩 웃으며 호기롭게 자신의 가슴을 탕탕 쳤다. 그제야 백리현의 얼굴에도 안도감이 드러났다.

"잠시 실례 좀…… ."

송천은 마차 안으로 얼굴을 들이밀고 살폈다.

"어?"

분명 화살이 마차 안으로 쏘아져 들어가는 것을 보았다. 하지만 화살의 흔적은 보이지 않았다.

'분명 뚫고 들어온 흔적은 있는데?'

마부석을 연결하는 나무판자에는 구멍이 뚫려 있었다. 뚫고 나갔다 싶어 반대편을 살펴보았지만 흠집 하나 보이지 않았다.

'이상하네?'

송천은 턱 주위를 매만지며 침음성을 흘렸다. 그런 모습에 백리현이 고개를 갸웃거리며 물어왔다.

"왜 그러시지요?"

"예? 아니요. 그게 좀……."

송천이 의문스러운 마음을 참지 못하고 입을 열려는 순간이었다.

"읍읍."

그때 한줄기 애처로운 신음성이 백리현과 송천의 사이에서 흘러나왔다. 그제야 백리현이 눈을 동그랗게 뜨며 자신의 가슴팍으로 시선을 내렸다.

"사, 살려……!"

어느새 가슴팍에 안겨 사색이 된 무영이 버둥거리고 있었다.

"어머."

백리현은 깜짝 놀라 무영을 바닥에 내려놓았다. 무영은 마차 바닥에 주저앉아 캑캑거리더니 눈살을 찡그리며 백리현을 노려보았다.

"날 죽일 셈이야?"

"아! 미안. 고의는 아니었어."

백리현은 뒷머리를 긁으며 어색하게 웃음을 지을 수밖에 없었다. 무영은 자신의 볼을 매만지며 거친 숨을 몰아쉬었다. 벌써 두 번째. 이럴 수는 없었다.

죽지는 않지만 고통은 느낄 수 있다.

산적 놈들이 나타나지만 않았어도 백리현이 공포에 떨며 무영을 으스러지도록 안지도 않았을 것이다. 결국 결론은 산적 놈들 때문이다.

받은 만큼 되돌려준다.

무영은 천천히 몸을 일으켰다. 백리현은 완전히 곯아떨어져 고른 숨을 내쉬고 있었다. 하지만 언제나처럼 이불을 덮고 있지 않았다.

"정말이지……."

무영은 한숨을 내쉬며 흐트러진 이불을 들어 백리현의 몸에 잘 덮어주었다.

"어린애도 아니고 말이야."

무영은 자신의 옷매무새를 가다듬으며 중얼거렸다. 그리고 천막 바깥으로 얼굴을 빼꼼이 내밀고 주위를 살폈다. 횃불을 중앙으로 호위무사들은 잠들어 있었고, 송천만이 나뭇가에 등을 기대고 앉아 주위를 경계하고 있었다.

"하암! 졸려라."

송천이 하품을 하며 잠을 쫓기 위해 몸을 일으켰다. 그리고 그와 동시에 무영의 신형이 움직였다.

"응?"

송천은 고개를 갸웃거리며 천막 쪽으로 고개를 돌렸다.

"바람 소리였나 보군."

송천은 하품을 하며 기지개를 켰다.

휙!

무영은 땅바닥을 차며 앞으로 나아갔다.

"어디냐?"

번들거리는 눈매가 연신 바닥을 훑으며 흔적을 찾고 있었다. 그렇게 얼마나 시간이 지났을까. 무영의 눈이 커지며 입가에는 만족스러운 미소가 지어졌다.

"찾았다."

어지러이 나 있는 발자국, 그리고 휘어지거나 부러진 나뭇가지.

급하게 이동했기에 가능한 흔적들이었다. 무영은 쪼그리고 앉아 발자국의 방향을 확인한 뒤 다시금 몸을 날렸다.

그 시각, 산적들의 산채는 어수선한 분위기에 휩싸여 있었다. 본래 스물이었던 인원은 열다섯으로 줄어 있었다. 하지만 더욱 중요한 것은 자신들을 이끌던 두목의 사망이었다.

본래 두목의 방이던 곳에 자리를 잡고 앉아 있던 산적들은 침중한 어조로 이제 어떻게 할 것인가에 대해 의논하고 있었다.

"이를 어떡하면 좋지?"

벼슬아치처럼 쥐꼬리 수염을 한 산적이 좌중을 훑으며 말문을 열었다.

"……."

다른 산적들은 쉽사리 대꾸하지 못한 채 서로를 멀뚱한 시선으로 마주 보고 있을 뿐이었다. 사소한 일이라면 모를까, 앞으로 어떻게 해야 할지 짐작도 가지 않았다.

"뭐, 어쩔 수 있나요. 벌어놓은 것 한 짐씩 짊어 들고 고향으로 돌아가야지."

그들 중 가장 어린 산적이 뒷머리를 긁적이며 말했다. 다른 이들은 어린 놈을 바라보며 한심한 듯 혀를 끌끌 찼지만 대놓고 뭐라 면박을 주지는 못했다.

녀석의 말대로 이대로 돌아가 농사일이나 하는 것이 나을지도 모르는 일이었다.

"이런 젠장할! 왜 하필 걸려도 그런 것들이 걸리냐고."

답답한 마음 때문이었을까. 그들은 애꿎은 백리현 일행에 대해 성토하기 시작했다. 그런 산적들을 바라보던 쥐꼬리 수염의 산적이 땅바닥을 살짝 치며 주위를 자신에게 집중시켰다.

"이미 일어난 일을 후회해 본들 어쩌겠나? 어차피 두목이 죽은 이상 방법은 두 가지야. 첫 번째는 저 녀석 말대로 고향으로 돌아가는 것, 그리고 두 번째는 새 두목을 뽑는 거지."

쥐꼬리 수염의 산적은 헛기침을 한 번 하더니 말을 이어갔다.

"생각해 봐. 너희 고향에 가서 정착할 수 있겠어?"

그의 말에 모두들 심각하게 얼굴이 굳어졌다. 모두들 제대로 배우지 못한 이들이다. 배운 것이라고는 이 짓뿐이거늘, 이제 와서 무엇을 할 수 있겠는가. 확실하지 않은 아련한 미래는 커다란 공포다. 더욱이 나이가 적은 것도 아닌 성인이다.

다른 방도를 선택하고 도전하기에는 너무도 나이가 들어버렸다.

"끄응……."

산적들은 턱을 괸 채 생각을 해보았다. 별다른 방도가 없어 보였다. 결국 그들 중 한 명이 입을 열었다.

"그럼 새 두목을 뽑지요."

한 명이 의견을 말하자 모두들 동조하고 나섰다.

'됐어!'

자신의 의도대로 일이 흘러가게 되자 쥐꼬리 수염의 산적은 주먹을 불끈 쥐었다. 여태껏 쌓아온 인망이나 실적, 모든 면에서 자신에게 가능성이 있었기 때문이다.

어느새 쥐꼬리 수염의 산적은 자신이 두목이 되었을 때의 광경을 상상하고 있었다. 그때,

쾅!

"음?"

갑작스레 들려온 커다란 굉음에 모두의 고개가 돌려졌다.

닫혀 있던 문이 박살나 땅바닥에 뒹굴고 있었다. 그리고 그 앞에 서

있는 꼬마아이, 무영이었다.

"어라?"

쥐꼬리 수염의 사내는 고개를 갸웃거리며 몸을 일으켰다. 늦은 밤과 꼬마아이. 무언가 아귀가 안 맞는 구도이지 않은가.

"넌 뭐냐?"

쥐꼬리 수염 사내는 무영에게 다가서며 물었다. 하지만 그가 간과한 것이 있었다. 그것은 박살난 문이었다. 조금만 생각해 보면 자신들도 연장을 들지 않는 이상 불가능하다는 사실을 깨달을 터였다. 하물며 저런 꼬마아이가 문을 맨손으로 박살 냈다?

"제대로 찾았나 보네."

무영은 안도한 목소리로 중얼거렸다. 입꼬리가 살며시 말려 올라갔다.

"뭐냐고 묻잖아?"

자신의 물음이 무시당했다고 느꼈는지 쥐꼬리 수염의 어조가 올라갔다. 그때 무영이 방긋 웃으며 주먹을 올렸다.

"일단 맞고 시작하자."

"꼬마 놈이 무슨 소리를… 어? 어어? 으아악!!"

"야, 이 씹어 먹을 새끼들아!"

우당탕!

"후우… 후우……!"

무영은 바닥에 쪼그리고 앉아 거친 숨을 몰아쉬었다. 그리고 눈을 부라리며 땅바닥에 엎어져 꿈틀거리는 산적들에게 시선을 주었다.

"일어나."

후다닥!

무영의 말이 채 끝나기도 전에 열다섯의 산적이 신속하게 일어났다. 누가 시키지도 않았건만 줄 간격까지 맞춘 상태였다.

"어깨동무."

처척!

"앉아. 일어서. 앉아. 일어서… 앉을 때, 내가. 일어설 때, 왜 그랬을까."

"내가!"

"왜 그랬을까!"

"내가!"

"왜 그랬을까!"

"어쭈? 파도치지?"

"내가!"

"왜 그랬을까!"

"목소리 작아지네? 우리 좀 더 몸으로 부딪쳐 볼까?"

"내가!!"

"왜 그랬을까!!"

그들은 악에 받친 목소리로 외치기 시작했다. 그리고 무영은 그들의 절규를 음미하며 술잔을 들었다.

얼마나 시간이 지났을까. 무영이 술로 목을 적신 뒤 말문을 열었다.

"그만."

"헉! 헉! 헉!"

산적들은 그대로 땅바닥에 널브러져 거친 숨을 몰아쉬기 시작했다. 정신은 아득해졌고, 비 오듯 솟는 땀으로 인해 옷은 축축하게 젖어들었다.

무영은 잠시간 그들을 바라보다가 땅바닥을 탁 쳤다. 그러자 모두들

경기 들린 표정으로 몸을 부르르 떨며 무영을 쳐다보았다.
"아까도 말했지만 내가 오늘 너희 때문에 죽을 뻔했어. 알지?"
"네……."
순간 무영의 눈매가 꿈틀거렸다.
"목소리 그거밖에 안 나오지?"
"아닙니다!"
"그럼 여기가 안이지 밖이야?"
"죄송합니다!"
"죄송하다면 산적 생활 끝나는 거야?"
"시, 시정하겠습니다!"
"허어? 어디서 그딴 말을 배워먹었어? 지금 반항하는 거야?"
"그런 뜻이 아닙니다!"
"뭐야? 내가 말도 못 알아먹는다고 무시하는 거야? 어쭈, 표정."
방긋.
"웃어? 지금 상황 파악도 안 되지?"
쥐꼬리 수염은 죽고 싶었다. 이렇게까지 말꼬리를 잡고 늘어질 줄은 상상도 못했기 때문이다. 처음 어린 놈의 새끼라 생각한 것이 잘못이었다.

무식한 힘과 흉포함, 그리고 악랄하기까지 한 집요함에 질린 쥐꼬리 수염은 더 이상 말조차 하기 싫었다. 하지만 어쩌겠는가. 무영은 강자였고, 자신들은 약자인 것을. 그렇게 얼마나 시달림을 당했을까. 무영은 헛기침을 두어 번 내뱉은 뒤 대뜸 말했다.
"불만있냐?"
무영의 으르렁거리는 소리에 산적들은 세차게 고개를 저을 수밖에 없었다. 무영은 몸을 일으켰다.

"그렇게들 살지 말아라. 알았지? 나 간다."

너무도 상큼한 목소리. 하지만 무영의 신형은 벌써 저 앞으로 나아가고 있었다.

"저, 저기요. 우리 이제 어떻게 해요?"

멍하니 서 있던 중 어린 산적이 나서며 입을 열었다. 모두들 아직까지 충격에 휩싸여 얼이 빠진 인상이었다. 쥐꼬리 수염은 허탈한 표정으로 좌중을 돌아보았다.

"어떡하긴."

쥐꼬리 수염은 한숨을 내쉬었다.

"고향으로 돌아가자. 불만없지?"

다른 이들은 연신 고개를 끄덕이며 재빨리 짐을 싸기 시작했다.

"영이? 뭐 좋은 일 있었어?"

백리현은 마차에 오르며 연신 싱글벙글 웃고 있는 무영에게 물었다.

"왜?"

"왜라니? 오늘은 아침부터 웃고 있으니까."

백리현은 뒷말을 약간 흐리며 물었다. 어제 자신이 저지른 일로 인해 토라져 있던 무영이었다. 아이들은 앙금을 오래 쌓아두는 법이다. 그런데 오늘 아침 일어나 보니 방긋거리며 백리현에게 귀엽게 애교도 부리는 것이 아니겠는가.

"글쎄, 괜히 기분이 좋더라고."

무영은 백리현의 품에 폭 안기며 얼굴을 부볐다. 그런 모습에 백리현은 슬며시 미소를 지으며 무영을 안아 들었다.

"아가씨, 출발합니다."

"출발하세요."

우리는 고향으로 간다

백리현의 말이 끝나자 마차가 움직이기 시작했다. 무영은 창가 쪽에 턱을 괸 채 자신이 어제 방문했던 산채 쪽 방향으로 시선을 주며 중얼거렸다.
"모두들 잘살아야 해."

제5장
기억, 그리고 백리세가

기억, 그리고 백리세가

"얼마나 가야 해?"

남궁세가를 떠난 지 오 일째 되던 날, 무영은 마차 안에서 위태로이 수를 뜨고 있는 백리현에게 물었다.

원래 마차 여행이라는 것이 심심하기 그지없다. 처음에는 여유롭지만 뒤로 갈수록 질려간다.

경치를 감상하는 것도 하루 정도가 지나면 재미가 없어진다.

"하는 것도 없는데 피곤하네. 오늘은 마을에 들어갈 수 있으려나."

아무것도 하지 않고 앉아 있을 수밖에 없는 나른함. 바깥에서 말을 달리는 호위무사들에 비할 바는 아니었지만 피로해지는 것은 매한가지였다.

백리현은 창가 쪽으로 얼굴을 내밀었다.

"오늘은 마을에 들어갈 수 있을까요?"

"마을 말입니까?"

옆에서 말을 몰던 임유건은 슬며시 미소를 지었다. 아마도 심심했을 것이다.

"죄송하지만 앞으로 사흘 동안 들르게 될 마을은 없습니다."

"정말인가요?"

백리현의 얼굴이 일그러졌다. 잠깐의 기대감이 무참하게 무너졌다.

"자, 그러니 어서 들어가세요. 위험하니까요."

임유건의 당부에 백리현은 마차 안으로 얼굴을 넣으며 무영을 바라보았다.

"사흘 동안은 노숙해야 된다네."

"그래."

무영은 묵묵히 고개를 끄덕이며 마차 벽에 등을 기댔다. 백리현은 짧게 한숨을 내쉬다가 문득 손을 뻗어 무영의 머리를 매만졌다.

"영이는 머릿결이 되게 좋은 것 같아."

"응? 뭐가?"

무영의 반문에 백리현은 고개를 끄덕였다. 찰랑찰랑거리는 것이 촉감도 매우 좋았다. 백리현은 다른 손으로 자신의 머리칼을 매만지며 볼을 살짝 부풀렸다.

"나는 머리끝이 갈라져서 예쁘지가 않은데."

"흐음?"

"혹시 사분(비누) 같은 것 쓰니? 난 포도아(葡萄牙:포르투갈) 거 쓰는데."

무영은 내심 혀를 끌끌 찼다. 어지간히 심심했던 모양이다. 하지만 일단 물음에는 답해주었다.

"그냥 물만 가지고 감아."

"……."

"왜?"

무영이 고개를 갸웃거리자 백리현은 분한 표정으로 빽 소리를 내질렀다.

"너, 너무해!"

부스럭!

무영은 조심스레 천막 안으로 몸을 들여놓았다.

어느새 자리를 잡고 누워 있는 백리현이 무영을 맞아주었다.

"피곤한데 노숙까지… 미안해."

"괜찮아."

무영은 고개를 저으며 바닥에 누웠다. 등에 닿는 서늘한 감촉에 두툼한 이불을 몸에 두르고는 눈을 감았다. 백리현은 그런 무영을 지그시 바라보았다.

"어때?"

"……?"

백리현의 물음에 무영이 눈을 떴다. 그러자 백리현이 몸을 돌려 엎드리며 입을 열었다.

"춥지 않아?"

"별로……."

무영의 짧은 대답에 백리현은 배시시 미소를 지었다.

"솔직히 춥잖아."

"괜찮아."

무감정적인 무영의 말에 백리현이 입술을 삐죽거렸다. 그녀는 손을 뻗어 무영의 머리를 흐트러뜨렸다. 하지만 무영은 개의치 않는 듯 다시 눈을 감았다.

"쳇, 재미없어."

백리현은 짧게 한숨을 내쉬었다. 그리고는 손을 뻗어 무영의 가날픈 몸을 감싸 안았다.
 "……?"
 무영은 다시금 감았던 눈을 뜨며 반문하려는 찰나, 백리현의 손에 힘이 들어갔다.
 갑갑함을 느낀 무영이 몸을 빼내려 할 무렵이었다. 백리현의 낮은 중얼거림이 무영의 귓가에 들려왔다.
 "이렇게 자고 싶어."
 "……."
 백리현이 살포시 미소를 지었다.
 "허락한 걸로 알겠어."
 무영은 어쩔 수 없다는 표정으로 다시 한 번 잠을 청할 수밖에 없었다. 그렇게 얼마간의 시간이 지났을까. 문득 반쯤 잠에 취한 목소리로 백리현이 중얼거렸다.
 "자니?"
 하지만 무영은 대답하지 않았다.
 "너랑 만난 지도 한 달이 좀 넘었구나."
 백리현의 낮은 숨소리가 무영의 귓가를 간지럽혔다.
 "그러고 보니… 너에 대해 아는 것이 별로 없어."
 무영의 감긴 눈은 떠지지 않았지만 백리현의 말은 계속됐다.
 "그거 아니? 넌 분명 상냥하지만… 그건 내 착각인 것만 같은 느낌이 들어. 왜일까?"
 백리현의 코끝이 무영의 풍성한 머리칼에 파묻혔다.
 "일정한 벽을 쌓아둔 것 같아… 왜 그런지는 모르겠지만……."
 "……."

"나, 노력할 거야. 네 마음을 열기 위해서."
백리현의 손이 무영의 머리칼을 부드럽게 쓰다듬었다.
"그러니 언젠가는… 언젠가는 나에게 모두 말해주었으면 해."
"……."
"잘 자."
백리현의 부드러운 목소리가 무영의 귓가에 들려왔다.
잠시 후 백리현의 고른 숨소리가 조용한 천막 안을 흐르고 있었고, 어느새 무영의 눈은 떠져 있었다.
"노력이라……."
무영의 입이 살짝 열리며 무미건조한 음성이 흘러나왔다. 조막만한 무영의 손이 백리현의 손가에 가까워졌다. 하지만 닿지 않았다. 무영은 긴 한숨을 토해내며 들었던 손을 자신의 품 안으로 거둬들였다.
"웃기지 마."
무영은 슬며시 몸을 돌렸다. 백리현은 아무것도 모르는 평온한 미소를 지은 채 잠들어 있었다.
'너도 그들과 똑같은 년이잖아.'
사랑한다 어쩐다 하더니 모두 두려워한다.
'결국 서로를 이용하는 거니까.'
사랑을 주고받는다.
감정을 공유한다.
그것이 무영이 여인들에게 주는 대가였다
비록 오 년이라는 한정된 시간 동안일 뿐이지만.

―헉헉!
무영은 쉴 새 없이 몸을 날렸다.

한 걸음을 내디딜 적마다 십여 장씩 앞으로 뻗어나간다.

틱!

무영의 볼을 스치는 나뭇가지. 따끔한 고통이 느껴지지만 결코 걸음을 멈추지 않았다.

훅! 후욱!

귀 뒤에서 바람 가르는 소리가 점점 가까워졌다. 무영은 다급해졌다.

―크윽!

무영은 눈을 질끈 감아버렸다. 고개를 돌릴 생각은 하지도 못했다.

야수의 눈.

시퍼런 안광을 보면 그 자리에 얼어버릴 것 같았기에.

―멈춰라.

귓가를 파고드는 낮은 저음의 목소리. 무영은 양손으로 귀를 막으며 발악적으로 외쳤다.

―쫓아오지 마!

―넌 내 손에서 벗어날 수 없어, 영아.

음성이 점점 멀어졌다.

"으아악!"

무영은 비명을 지르며 몸을 일으켰다.

"아… 으아……."

무영은 허우적거리며 천막의 구석으로 기어갔다.

양손으로 무릎을 감싸며 얼굴을 묻었다.

"헉! 헉!"

거친 숨을 몰아쉬었다.

"영아?"

갑작스런 비명에 놀라 일어난 백리현이 구석에 쪼그리고 앉아 있는 무영을 바라보았다.

"왜 그래?"

"헉! 헉!"

"악몽이라도 꿨니?"

무영의 반쯤 풀린 눈동자가 불안하게 흔들렸다.

"왜 그러는 거야?"

백리현은 걱정스런 표정으로 무영을 품에 안았다.

"또… 또 그 꿈을……."

무영은 백리현의 품에 얼굴을 묻으며 떨리는 목소리로 중얼거렸다.

그토록 허물어졌던 무영은 짧은 시간 내에 안정을 찾았다. 신기한 일이었다. 보통 때라면 며칠은 여파가 계속됐을 것이다.

"미안했어."

마차에 먼저 올라 있던 무영은 백리현을 바라보며 말문을 열었다. 하지만 아직까지는 딱딱한 어조였다. 그런 모습을 바라보던 백리현은 내심 측은지심이 들었다.

아무것도 모르는 그녀는 무영이 단지 악몽을 꿨다고 생각할 수밖에 없었다.

"나라도 좋다면 상담해 줄게."

백리현의 제안이었지만 무영은 창밖으로 턱을 괸 채 말이 없었다. 백리현은 짧게 한숨을 내쉬었다.

잠시 후 마차가 출발했다.

그렇게 이틀이 지났을 무렵 일행은 청양현(靑陽縣)에 들어설 수 있었다.

"내리십시오. 앞서 간 녀석이 방은 예약해 두었습니다."

송천이 마차 문을 열어주며 말했다. 백리현은 고개를 끄덕이며 마차에서 내려 한껏 기지개를 켰다. 탁한 마차 안과는 달리 깨끗한 공기가 그녀의 혈관을 타고 흐르는 듯했다.

"아, 좋다."

"뭐, 오늘은 편히 쉬도록 하십시오."

"그래야지요. 맛있는 것도 먹고, 시장도 구경하고."

"하하… 그러시지요. 호위를 한 명 붙여드리겠습니다."

송천의 말에 백리현의 얼굴에 못마땅한 기색이 떠올랐다. 아무래도 호위가 붙으면 행동에 제약이 따르기 때문이다.

"안 그러셔도 되는데."

백리현이 괜찮다는 듯 손사래를 쳤지만 송천은 엄한 표정으로 고개를 저었다. 그들에게 있어서 그 무엇보다 중요한 것은 백리현의 안전이었다.

"그럴 수 없다는 것은 아가씨께서 더욱 잘 아시지 않습니까."

"…이잉."

백리현은 울상을 지었다.

"일정이 늦어지게 생겼어."

송천은 뜨거운 김이 솟는 찻잔을 들며 짧은 한숨을 토해냈다.

"그러게."

임유건 역시 찻잔을 들며 나지막한 목소리로 중얼거렸다. 둘은 고개를 설레설레 저었다. 몸져누워 있는 백리현 때문에 섣불리 움직일 수가 없다. 자칫 잘못하여 탈이라도 난다면 문제였다.

"고뿔에 몸살이라."

"하루빨리 돌아가야 하건만… 걱정이네."

임유건은 뒷머리를 벅벅 긁으며 답답한 감정을 다스리려 했지만 생각처럼 쉽지 않았다.

어제 마실 나간 것이 탈이었다. 그간 쌓였던 피로 때문인지 밤이 되자 고열을 호소했던 것이다.

"아가씨는 아직 누워 계시나?"

송천의 물음에 임유건이 고개를 끄덕였다. 아마도 지금쯤 죽을 맛일 터였다.

"그 꼬마 녀석이 돌보고는 있는데……."

"그 뭐라더라… 무영?"

"응."

임유건의 대답에 송천은 피식 미소를 지었다.

그 시각, 무영은 침상 옆에 앉아 몸져누워 있는 백리현을 돌보고 있었다.

백리현은 조용히 자신을 돌봐주는 무영에게 미소를 지어주며 힘겹게 입을 열었다.

"영아, 고마워. 역시 너밖에 없네."

"정말이지… 어쩌자고 무리를 하는 거야?"

무영이 가볍게 탓하자 백리현의 미간이 찌푸려졌다. 그녀는 볼을 부풀리며 손을 휘휘 저었다.

"하지만 구경해 보고 싶었는걸."

무영은 쓴 미소를 지었다.

"다행이다."

문득 백리현이 손을 뻗어 무영의 머리를 쓰다듬어 주었다. 무영은 고개를 갸웃거렸다.

"이제는 괜찮은 것 같아서."
"아… 응."
무영은 어색한 미소를 지으며 고개를 끄덕이다가 화제를 돌렸다.
"그것보다 몸은 어때, 누나?"
백리현은 금세 울상이 되었다. 온몸이 안 쑤시는 곳이 없었다.
"아파."
"아프다고 하는 걸 보니 한숨 자면 나아지겠네."
무영은 슬며시 웃으며 짐짓 백리현의 수혈을 짚었다. 이내 눈이 스르르 감기더니 고른 숨을 내뱉는다.
무영은 이불을 끌어 백리현의 몸에 잘 덮어준 뒤 자신의 봇짐을 어깨에 들쳐 멨다. 남궁민에게 받은 돈을 전표로 바꿔야 했기 때문이다.
"어디 보자."
홀로 나간다 하면 무슨 욕을 들어먹을지 모른다. 무영은 창가 쪽으로 걸음을 옮겼다.

현이다 보니 전장을 찾는 것은 어렵지 않았다.
"어서 오십시오!"
무영이 들어가자 사내는 깍듯한 어조로 인사를 올렸다. 그러다가 웬 어린아이 한 명이 서 있는 것을 보고는 고개를 갸웃거렸다.
"아이?"
무영은 발끝을 들어올리며 혁낭 안에서 남궁민이 줬던 가죽 주머니를 탁자 위에 올려놓았다.
촤르륵!
가죽 주머니를 뒤집자 동전 뭉텅이가 쏟아졌다.
무영은 혁낭에 든 패물들마저 쏟아냈다.

"전표로 바꿔주세요."

사내는 무영과 탁자 위에 올려져 있는 패물들을 차례로 쳐다보았다.

"이거 뭐냐?"

"뭐긴요. 돈이지요. 삼백 냥이에요. 그리고 패물도 있으니 셈해봐요."

사내는 눈살을 찌푸렸다.

"그건 누가 봐도 알아."

"그렇지요?"

"또한 너 같은 꼬맹이가 들고 다니기에 엄청난 액수인 것도 알지."

이제 열 살쯤 되어 보이는 아이가 삼백 냥이란 거액을 들고 와서 전표로 바꿔 달란다. 누가 봐도 의심이 갈 만한 장면이었다. 무영 역시 그러한 시선을 느꼈다.

무영은 손을 휘휘 내저으며 넉살맞은 표정을 지었다.

"이보세요. 아저씨는 상인이에요. 그렇지요?"

"그래."

"그리고 나는 손님. …정직한 척하기는? 어서 전표로 바꿔줘요."

"하여튼 나는 이거 처리 못해준다. 어른을 모시고 와."

사내는 짐짓 엄한 목소리로 무영을 윽박질렀다. 정직하고 바르게 살자. 여태껏 사내가 지켜온 신념이었다.

"허, 이것참."

일이 힘들어질 것 같다 생각한 무영의 눈썹이 일그러졌다. 하지만 그것도 잠시.

무영은 피식 미소를 지으며 어깨를 으쓱였다.

"귀찮아 죽겠는데… 웬만하면 안 쓰려고 했는데 안 되겠네."

넉살 좋게 중얼거리며 무영이 고개를 들어 사내와 눈을 마주쳤다. 어느새 무영의 눈이 불그스름한 빛을 띠기 시작했다.

"너, 뭐 하는……?"

사내의 눈빛이 몽롱해졌다. 무영은 손을 내밀었다.

"내놔."

"…네."

무영의 명령에 사내가 금고를 열고 품에서 전표를 꺼내 들었다. 무영은 폴짝 뛰어 탁자 위로 올라섰다. 그리고 사내의 손에 들린 백 냥짜리 전표 세 장을 뺏어 품에 갈무리했다.

"좋은 거래였어."

"…안녕히 가십시오."

무영은 사내의 인사를 받으며 상점을 나섰다.

밖으로 나오자 많은 이들이 오가고 있었다. 무영은 손으로 입 주위를 가리며 터져 나오려는 웃음을 참았다.

"역시 내 섭혼술은 최고야."

섭혼술, 풀이하자면 마음을 쥐는 술법이었다.

사람을 자신의 마음대로 주무를 수 있는 무공으로, 그 근원은 사파의 거두 명교였다.

"배워두길 잘했어."

섭혼술은 무영의 바로 전전 어미였던 사혼요녀 감미란에게 배운 무공이었다.

명교에서도 서열 이십 위 안에 들 만큼 고강했던 감미란은 다른 이들에게는 두려움의 대상이었다. 손속이 악랄하고 귀계에 능했기 때문인데, 그중에서도 주특기가 바로 이 섭혼술이었다.

하지만 무영에게는 상냥한 어미였다. 옷이나 먹을 것 역시 풍족했고, 시비들도 많이 들여놔 무영이 생활하기에 최적의 조건이었다. 그랬기에 통상 한 어미와는 오 년을 살았으나 감미란과는 그 이상 생활할 수 있었다.
　시비들과 어울려 놀이도 많이 했다. 더욱이 하나같이 모두 어여쁘고 몸매도 좋았다. 하지만 무영은 구 년 만에 도망칠 수밖에 없었다.
　자라지 않는 아이.
　무영의 경험으로 미루어보아 크게 두 가지 반응을 보였다. 첫 번째는 피하는 것이다. 그리고 두 번째는 집착에 가까운 애정이었는데, 감미란의 경우에는 후자였다.
　급기야 감미란은 무영에 대해 이상한 이야기가 돌게 되면 소문을 낸 당사자를 찾아내 죽이기까지 하는 지경에 이르렀다.
　하지만 도는 소문을 막을 수는 없었다.
　"그러고 보니… 아직 살아 있겠네."
　자신이 나올 때 막 사십대에 들어섰을 무렵이었으니, 이제 오십대에 이르렀을 것이다.
　무영의 얼굴이 무겁게 가라앉았다. 감미란이 워낙 무림에서도 무시 못 할 위치였기에 풍문은 들을 수 있었다. 미쳤다는 이야기도 있고, 슬픔을 이기지 못한 채 죽었다는 소문도 들었다.
　그 다음 어미였던 연지옥과는 그리 애정이 깊지 않았다. 다른 어미들도 마찬가지였다. 하지만 감미란은 그중에서도 특별했다.
　무영은 짧게 한숨을 내쉬며 괜히 뒷머리를 벅벅 긁었다.

　"절강이라."
　백리현은 슬며시 미소를 지으며 옆에 앉아 있는 무영을 꽉 안아버렸다.
　"절강이다!"
　불시의 기습에 무영이 버둥거렸다. 백리현은 무영의 얼굴에 볼을 부벘다.
"절강에 왔단 말이야. 모르겠어?"
"근데?"
무영이 쏴붙이듯 처다보자 백리현은 한쪽 눈을 찡긋거렸다.
"기억 안 나니? 우리 문파 이름."
"…아!"
그제야 무영이 감탄성을 내뱉었다. 절강성과 절강 백리세가, 바로 목적지에 다와가고 있다는 뜻이었다. 근 두 달간 계속되었던 긴 여행의 종착점이 보이고 있었다.
"이제 조금만 더 가면 집에 도착할 거야. 엄마, 아빠를 볼 수 있다는 소리지."
백리현은 활달하게 웃으며 무영의 머리 위에 손을 얹었다. 집이라는 것, 그것이 가지는 의미는 크다. 마음이 편안해지고 안락해지며, 무엇보다 집에는 가족이 있다.
문득 무영을 바라보던 백리현은 피식 웃으며 말을 붙였다.
"기대되지 않니?"
"기대라……"
무영으로서도 기대감이 들었다. 이제부터 오 년간 머물 곳이었기에.
"그럼 이제 얼마나 남은 거야?"
"음… 반 시진? 그 정도만 가면 도착이야."
무영은 짧게 한숨을 내쉬며 창가에 턱을 괴었다. 마침 옆에서 말을 몰아가던 송천이 무영을 보고 손을 휘휘 저었다.
"위험하니까 안으로 들어가 있으렴."
"아, 아저씨!"
그때 옆에서 수를 뜨고 있던 백리현이 얼굴을 내밀며 외쳤다. 갑작스런 그녀의 행동에 송천은 기겁했다.

"으악! 아가씨!"

"에?"

"위험하지 않습니까!"

송천이 울부짖듯 말하자 백리현은 어색한 미소를 지으며 무영을 이끌고 들어가 다소곳이 앉았다. 그제야 송천은 안도라며 말을 마차 옆으로 가까이 붙였다.

"정말이지… 저희도 생각해 주시라고요."

"미안해요. 안 그럴게요."

백리현의 얼굴이 시무룩하게 굳어졌다. 송천은 고개를 설레설레 저었지만 싫은 기색은 아니었다. 그도 그럴 것이 이제 조금만 더 있으면 백리세가에 도착할 테니 말이다. 길었던 임무도 끝을 향해 내달리고 있었다.

백리현은 마차 벽에 등을 기대 안도의 한숨을 내쉬며 입을 열었다. 그녀의 얼굴은 싱글벙글이었다.

"정말 고생 많으셨어요."

그리고 이번에는 무영에게 시선을 주었다.

"그럭저럭 살기에 불편함은 없어. 기대해도 좋아."

"……?"

"우리 집 말이야."

무영은 고개를 끄덕였다. 기대가 되지 않을 리 없다.

"도착했어! 도착!"

때마침 들려온 백리현의 외침에 무영은 상념에서 벗어날 수 있었다. 무영은 창밖으로 얼굴을 내밀었다.

백리현은 잔뜩 상기된 표정으로 무영의 자그마한 손을 마주 잡고 앉은 채로 폴짝폴짝 뛰었다.

"이제 내 방에서 편하게 잘 수 있어. 너무 좋아!"

그동안 계속 노숙을 하거나 객점이었다. 후자의 경우는 나았지만, 그래도 집만은 못했다.

"워! 워!"

때마침 바깥에서 말을 멈추게 하는 소리가 들려왔다. 이윽고 마차가 완전히 멈춰 섰다.

끼이익!

송천이 마차 문을 열어주며 살짝 읍했다.

"도착했습니다. 내리시지요."

백리현은 고개를 끄덕여 준 뒤 마차에서 내렸다. 호위무사들은 모두 백리현의 곁에서 포권지례를 취하고 있었다.

"모두들 수고 많으셨어요."

백리현 역시 감사의 뜻을 담아 인사를 건넸다. 백리현의 볼이 살짝 부풀어 올랐다.

"돌아왔다!"

흥을 참지 못한 백리현이 손을 활짝 펼치며 교성을 내질렀다.

무영은 엉덩이를 쓰다듬으며 주위를 둘러보았다.

덕청현(德淸縣)은 그렇게 크지도 작지도 않은 현이었다. 특출난 것은 없지만 서호나 항주에서 가장 가까운 현이라 유동 인구는 많은 편이었다.

이번에는 백리세가 쪽으로 시선을 주었다.

'그렇게 작지도 않구만.'

남궁세가 같은 명문세가들에 비해서는 작은 규모였지만, 그래도 꽤나 넓어 보였다.

끼익!

때마침 세가의 문이 열리더니 누군가가 달려 나왔다. 사십대 정도의 중후한 인상을 가진 사내였다.
 "딸!"
 순간 백리현의 얼굴이 환하게 퍼졌다. 그녀는 다시금 팔을 활짝 펼치며 사내에게 달려들었다.
 "이제야 돌아왔구나! 기다리느라 목이 빠지는 줄 알았다."
 "아빠!"
 사내는 백리현을 안고 이리저리 돌리며 호탕한 웃음을 터뜨렸다.
 "어디 보자? 오오오! 우리 딸, 그새 더 예뻐졌구나!"
 "헤헤? 정말요?"
 무영은 송천의 소매를 당기며 물었다.
 "가주님이신가요?"
 송천은 짧게 한숨을 내쉬며 고개를 끄덕였다.
 "어떠냐? 재미있으신 분이지?"
 무영은 고개를 끄덕였다. 격식과는 거리가 멀어 보이는 소탈한 성격인 것 같았다.
 "아빠, 고뿔은 다 나으셨어요?"
 "금방 나았단다. 미안하구나. 먼 길을 가게 해서."
 "아니에요."
 둘은 서로 부여안고 수다를 떨고 있었다.
 "가주님."
 "오오! 우리 딸!"
 "가주님, 저희도 좀 봐주시지요?"
 결국 보다 못한 송천이 백리준에게 다가가며 투덜거렸다. 그제야 백리준은 헛기침을 두어 번 내뱉으며 표정을 진중하게 굳혔다.
 "모두들 그동안 수고가 많았네. 어서들 들어가지."

"예."

백리준의 치하에 송천과 임유건은 포권을 취했다. 그때 차분한 음성이 들려왔다.

"잘 돌아왔다."

척 듣기에도 마음이 차분히 가라앉을 만한 좋은 목소리였다.

무영이 고개를 돌려보니 문밖으로 나서는 중년 부인이 시야에 들어왔다. 음색에 걸맞는 단아한 외모였다. 통통하기는 했으나 전체적으로 보자면 보기 좋은 몸매였다.

어른들이 말하는 맏며느리의 외향을 갖춘 여인이었다. 유순하면서도 무언가 고집이 있어 보이는, 전형적인 외유내강형의 자태다.

무영은 슬며시 미소를 지었다. 왠지 지인이 생각나는 외모였다.

"어머니!"

백리현은 여인을 보자 활짝 웃어 보였다. 집을 나가 오래간만에 돌아온 딸내미다. 하지만 여인은 백리준처럼 흥분하지는 않았다. 다만 유순한 미소로 화답하며 다가가 백리현의 머리를 한차례 쓰다듬어 줄 뿐이었다.

항주의 조그만 상점집 맏이로 태어난 신연은 어려서부터 생각이 깊은 여인이었다. 열여섯이라는 어린 나이에 백리세가에 시집와 여태껏 큰 풍파 없이 백리세가의 안일을 지혜롭게 처리해 왔다.

"어디 몸 상한 데는 없고?"

신연은 백리현의 몸을 훑어보며 물었다. 백리현은 싱긋 웃으며 고개를 끄덕였다.

"저야 늘 건강한걸요. 어머니는 어떠셨어요?"

"나야 집 안에 있었으니까."

"다행이에요."

신연은 빙그레 웃으며 다시금 백리현의 머리를 쓰다듬어 주었다. 그리고 주위에 모여 있는 호위무사들을 쭉 둘러보며 살짝 고개를 숙였다.
"모두들 고생 많으셨지요?"
신연이 감사의 뜻을 표하자 호위무사들은 어쩔 줄 몰라 하는 눈치였다. 그럴 만도 한 것이 여인이기는 했지만 신연은 백리세가의 안주인이다. 그들보다는 훨씬 높은 위치에 있는 것이다. 그러할진대 일개 호위무사들에게 고개를 숙이다니.
"저희가 어찌할 바를 모르겠습니다."
송천과 임유건은 포권을 취하며 식은땀을 흘렸다. 언제나 조용한 그녀다 보니 대하기가 어려웠다. 도리어 세가주인 백리준이 편하다. 워낙 소탈한 사람이다 보니 어울리기가 편했다.
신연은 고개를 들어 좌중을 살피다가 한곳에 시선이 멈췄다. 갈 때는 보지 못했던 일행이 눈에 들어왔기 때문이다.
"아이?"
신연의 중얼거림. 어느새 볼이 상기되어 있었다.
십 년 전 임신을 한 적이 있었다. 백리준 역시 말은 하지 않고 있었으나 백리세가를 이어받을 아들을 내심 기대하고 있었다. 그것은 신연 역시 마찬가지였다. 하지만 하늘도 무심했는지 신연은 유산을 하고 말았다.
끔찍했던 하혈. 결국 그 이후로 아이를 가질 수 없는 몸이 되었다. 백리준은 괜찮다며 내색하지 않았지만 신연은 그렇지가 못했다. 그녀는 아직도 아들을 간절히 바라고 있었던 것이다.
백리현 역시 신연의 중얼거림을 들었다.
"영아, 이리 와봐."
백리현의 부름에 무영이 쪼르르 다가갔다.

"어머."

총총거리며 다가오는 모습이 귀여우면서도 애처롭게 보인다.

'컸으면 저 나이 또래쯤 되었겠지?'

신연의 마음 한편이 찡하니 울렸다. 어느새 그녀의 시선은 온통 무영에게 쏠려 있었다.

백리현은 무영의 양 어깨에 손을 얹으며 조심스럽게 말문을 열었다. 긴장한 어조였다.

"제가 거둬들였어요."

"응?"

신연의 반문에 백리현이 귓가에 대고 속삭였다. 아무래도 무영에게 상처 줄 수도 있는 말을 해야 했기 때문이다.

"부모가 없어요."

"아."

"너무도 가여워서 어쩔 수 없었어요."

신연은 무영을 바라보았다. 무영의 얼굴에 감정이라고는 거의 보이지 않았다. 그저 입을 꼭 다물고 있을 따름이었다.

백리현은 살며시 미소를 지으며 무영의 머리를 쓰다듬었다.

"우리 엄마야. 인사드리렴."

백리현의 말에 신연은 기대감을 갖고 무영을 내려다보았다.

'한 번 튕겨주고.'

"엄마, 받아줄 수 있지요?"

아이를 거두어 이곳에서 돌봐주는 것은 문제가 되질 않는다. 조그만 문파기는 하지만 세간에 아주 여유가 없는 것은 아니었다.

"그래."

신연은 미소를 지으며 고개를 끄덕였다. 그리고 무릎을 굽히고 앉아 무영과 시선을 맞췄다.
"이름이 뭐니?"
신연의 물음에 무영은 천천히 말문을 열었다.
"영입니다."
"영이?"
신연의 반문에 무영은 고개를 끄덕였다.
"이리 와보렴."
"……."
"괜찮아."
신연의 어조에는 기대감이 서려 있었다. 무영은 잠시 백리현을 바라보며 살며시 다가왔다.
'귀여워.'
신연은 자기도 모르게 손을 벌렸다. 그러자 무영이 살며시 안겨들었다.
"아……!"
신연의 팔 안에 쏙 들어오는 자그마한 몸집. 그러나 따뜻한 포만감이다. 어린아이 특유의 내음이 신연의 오감을 감쌌다.
어느새 신연은 무영을 안아 들고 있었다.
"가벼워."
신연은 조용히 읊조렸다.

이곳에 도착한 지 벌써 일주일이 지났다. 그동안 무사히 일을 마치고 돌아온 이들을 위한 연회가 이루어졌다.
끼익…….
"영이, 자니?"

"아니요."

무영은 몸을 일으키며 방 안으로 들어서는 신연을 맞이했다. 신연은 침상에 앉아 무영의 머리를 쓰다듬어 주었다.

"오늘 피곤하지 않았니?"

"아니요."

폭!

신연은 무영을 끌어 자신의 품에 안았다.

신연은 무영을 안은 채 침상에 누웠다. 요즘 들어 신연은 무영과 같이 잠자리에 들고 있었다. 이 자그만 것을 품에 안는 것이 신연의 일과가 되어버렸다.

일어나서 잘 때까지 한시도 떨어져 있으려 하지 않았다. 목마른 새가 샘을 찾듯 신연은 무영에게 빠져들었다. 무영 역시 아직까지는 어색해하는 감이 없지 않아 있었지만 처음에 비해서는 많이 나아졌다. 보는 백리준과 백리현이 질투심을 느낄 정도였으니 말이다.

무영은 내심 씁쓸한 기분을 감췄다.

모두가 그랬다.

처음에는…….

이내 무영이 잠들자 신연은 이불을 덮어준 뒤 방을 나섰다.

"아이는 잠든 거요?"

백리준은 문을 열고 들어오는 신연을 맞았다.

"예."

신연은 흐뭇한 미소를 지으며 침상으로 올라와 누웠다. 백리준은 그런 신연을 뚫어지게 쳐다보았다. 그런 시선을 느낀 탓일까. 신연이 얼굴을 매만지며 입을 열었다.

"얼굴에 뭐가 묻었나요?"

"아니, 요즘 들어 잘 웃는다 싶어서."

신연은 배시시 웃으며 머리를 잘 다듬었다.

"그런가요?"

"그 아이 때문인가?"

백리준의 말에 신연의 눈가가 초승달 모양으로 휘었다.

"이제 그 아이 없이는 살아갈 수 없을 것 같아요."

"……."

백리준은 자신의 입가를 매만져 보았다. 어느새 자신의 얼굴 역시 미소를 머금고 있음을 발견했다.

'확실히… 그렇기는 해.'

불과 일주일 만에 신연의 마음을 사로잡은 아이. 하지만 간간이 서글퍼 보이는 미소가 백리준의 뇌리에도 선명히 들어가 있었다.

"그 아이… 정에 많이 굶주려 있는 것 같아요."

"그랬구려."

말을 마친 백리준의 입가가 굳게 다물어졌다.

"당신……."

"예?"

백리준의 물음에 신연은 고개를 갸웃거리며 묻는다. 백리준은 잠시 주저하다가 말문을 열었다.

"그 아이… 정식으로 양자로 맞는 것은 어떨까?"

벌떡.

순간 누우려던 신연의 몸이 튕기듯 곧추세워졌다.

"당신, 지금 뭐라고 하셨어요?"

신연의 다급한 물음에 백리준은 머리를 긁적이며 말문을 열었다.

"당신이나 현아나 그 아이를 너무 좋아하는 것 같고… 솔직히 현아가이 가문을 이어가기에는 좀 그러니…….”

"단지 그것뿐?"

"아니… 뭐, 나도 아들 하나 있으면 좋겠다 싶으니까."

백리준은 더듬더듬 말을 이어나갔다. 순간 신연이 한숨을 내쉬며 주저앉더니 미소를 지었다.

"그 말… 기다리고 있었어요."

"그래?"

백리준의 입가에도 미소가 머금어졌다.

다음날 아침, 식사를 끝마친 백리준은 무영을 바라보며 말문을 열었다.

"영이는 나와 이야기 좀 하자꾸나."

그런 모습에 먼저 이야기를 들어 알고 있던 신연과 백리현의 얼굴에 화색이 돌았다.

"당신은 현이와 먼저 나가 있도록 해."

신연은 백리준을 잠시 응시하다가 고개를 끄덕이며 백리현을 데리고 방을 나섰다.

"일단 차부터 한잔하자."

"예."

분위기로 보아 지금 이곳에서 결정이 날 것 같았다. 가족으로 받아들여지느냐, 아니냐가 말이다.

"그래, 생활하기는 어떻더냐?"

"잘 지내고 있어요."

무영은 최대한 환하게 웃으며 답했다. 그런 모습에 백리준은 고개를 끄덕였다. 내색하지 않았지만 가끔씩 드러나는 슬픈 기색을 백리준은 알고 있었다.

"네 본래 성을 버릴 수 있겠니?"

무영의 얼굴에 순간적으로 미소가 스쳐 지나갔다. 여태껏 고심해 오던 백리준이 결정을 내린 것이다.

"그럼 무영이 아닌 백리영이 되는 건가요?"

백리준은 슬며시 미소를 지어 보이며 찻잔을 매만졌다. 성을 바꾼다는 건 말처럼 쉬운 일이 아니다. 하물며 친부모에게 물려받은 성이지 않은가.

"그럼 저는 여기서 살 수 있는 건가요?"

무영이 대뜸 물어왔다.

백리준은 쓴 미소를 지었다. 아직 어리기 때문에 잘 모르는 것이라 생각했다. 무영이 나이가 들면 후회하게 될지도 모른다. 방황하며 겉으로 나돌 수도 있다.

백리준은 그 점을 걱정하고 있었다.

"그래."

하지만 신연과 백리현의 웃는 얼굴을 생각하며 애써 자위했다. 너무 어두운 쪽으로만 생각하는 것일지도 모른다. 만약 걱정했던 상황이 닥치더라도 어쩔 수 없는 일이다. 부모 된 자로서의 업보일 테니까.

"언제까지고."

백리준이 말을 끝맺었다. 무영은 잠시 고심하는 눈치였다. 그런 모습에 백리준은 내심 놀라웠다.

이 어린 녀석은 이미 지금 상황에 대해 인지하고 있었다.

"네 결정에 맡기겠다."

백리준은 살며시 눈을 감았다. 결코 강권하지는 않는다. 사람의 판단은 존중받아 마땅한 것이니까.

"…나, 아주머니 좋아요. 누나도 좋고……."

잠시 말을 흐리던 무영이 백리준을 올려다보았다.

생긋.

무영의 입가가 부드러운 곡선을 그렸다.

"아저씨도 왠지 좋아요. 웃는 게 우리 아버지랑 닮았어요."

"그래?"

백리준의 입가에 미소가 머금어졌다.

"바꿀래요."

무영은 고개를 끄덕였다. 백리준은 차를 한 모금 마시고는 입을 열었다.

"되었다. 이제 나가도 된다."

"예, 아저씨."

"아저씨?"

"아… 버지."

무영의 얼굴이 살짝 붉어졌다. 그리고 이내 도망치듯 방을 나섰다.

"아버지라……."

백리준은 닫힌 문을 바라보았다.

"기분은 좋군."

그의 입가에 깃든 미소가 얼굴 전체로 퍼져 나갔다.

한편, 밖으로 나간 무영을 신연과 백리현이 맞아주었다.

신연은 무영을 품에 꼭 안아주며 빙그레 웃음을 지었다. 옆에 서 있던 백리현 역시 이마를 소매로 닦으며 고개를 끄덕였다.

"진짜로 우리 가족이 된 거구나."

신연은 가만히 무영의 볼 주위를 매만지며 흡족한 듯 입을 열었다.

"그래, 오늘부터는 백리영이구나."

드디어 온전한 자신의 아이가 되었다.
"연회라도 열어야겠어."
"엑? 또요?"
백리현의 얼굴이 사색이 되었다. 벌써 며칠째 계속된 술자리로 지친 상태였다. 하지만 신연은 살포시 미소를 짓고 있을 따름이었다.
"그거는 그거. 이거는 이거."
백리현은 한숨을 내쉬었다.
"힘들다고요."
"어라? 무슨 소리?"
"허구한 날 이렇게 연회나 열면 몸이 남아나질 않겠어요."
백리현이 툭 내뱉듯 말했다. 신연은 어깨를 으쓱거렸다. 신연 역시 그 점을 알고 있었다. 긴 여행 후의 여파는 상당히 오래가기에, 본래대로라면 차분히 쉬는 시간을 주어야 함이 마땅했다.
"그래도…. 알리고 싶은걸."
"엄마……."
아마도 신연은 맞아들인 아들에 대해 알리고 싶은 것이리라. 그동안 간절히 원해왔던 아들이다. 그것이 입양일지라도 말이다. 결국 백리현은 고개를 끄덕였다.
"뭐, 어쩔 수 없나."
백리현은 고개를 들며 주먹을 꼭 쥐었다.
"맡겨두시라고요! 분위기는 확실히 띄울 테니까!"
백리현의 말에 신연은 밝은 표정으로 무영을 꼭 안았다.
신연은 무영의 볼에 입을 맞추고는 백리현의 어깨에 손을 둘렀다.
"이번에는 확실히 돈 풀 거니까."
"맞다. 그러고 보니 이번 연회 자금은 어디서?"

백리현의 물음에 신연은 한쪽 눈을 찡긋 감았다. 그리고 백리현의 귓가에 속삭이듯 말했다.
"아버지의 비자금. 어디에 감춰놓았는지 알아냈거든."
"엑? 진짜?"
"당연하지."
신연이 엄지손가락을 치켜들며 말하자 백리현은 팔짱을 끼며 득의만만한 웃음을 지어 보였다.
"엄마… 사악해."
"호호호."
신연은 손으로 입가를 가리며 웃었다.
무영은 신연의 품에 안긴 채 눈을 껌벅거렸다. 왠지 이맛가에 솟은 한 줄기 땀이 볼을 타고 흘러내렸다.

그날 저녁, 백리준은 여느 때와 같이 서재에 들어와 책상 서랍을 빼냈다.
"룰룰!"
입가에 스민 미소와 쉴 새 없이 흘러나오는 콧노래 소리. 백리준은 기쁜 마음으로 쪼그리고 앉아 빈 서랍 안쪽으로 손을 뻗었다.
"어?"
백리준의 눈이 크게 치켜떠졌다.
"없다?"
백리준의 손놀림이 바빠졌다. 신연 몰래 한두 푼씩 모아오던 소중한 자금. 이른바 유흥비!
"그럴 리가!"
백리준은 재빨리 꺼낸 서랍 안을 뒤졌다. 하지만 보이질 않는다.

아무것도 생각나지 않는다. 머리 속이 백지로 변해갔다. 친구들과의 모임에 쓰려고 한두 푼씩 모아두었던 소중한 비자금이 사라진 것이다.
 털썩!
 백리준은 바닥에 주저앉았다.
 뚝…….
 한줄기 눈물이 땅바닥을 적셨다.
 백리준은 망연자실한 얼굴로 멍하니 서랍을 바라보고 있었다.

 그 시각, 신연은 무영의 잠자리를 봐주며 홍얼거리듯 중얼거렸다.
 "남자란 단순한 동물이거든."

제6장

악연

악연

"꼬마 도련님, 왜요?"
저녁 식사 준비를 하던 아낙들은 주방 안으로 얼굴을 빼꼼이 들이밀고 있는 무영에게 활짝 미소를 지어주었다. 반년 전 백리세가에 양자로 들어온 아이는 언제나 귀여운 모습이었다.
"배고파요."
무영의 말에 아낙 중 한 명이 미소를 지으며 부침개를 건넸다.
"헤헷! 고마워요."
무영은 날름 부침개를 받아 들고 쫄래쫄래 주방을 나섰다.
"귀여워!"
주방 안에서 들려오는 감격스런 외침.
무영은 내심 득의만만한 미소를 지으며 걸음을 옮겼다.
"안녕하세요, 도련님."
"아! 송천 아저씨도 안녕하셨어요."

때마침 연무장에서 나오는 송천이 무영을 보며 인사를 건넸다.

"아침 수련은 하셨나요?"

"당연히 했지요."

"그동안 기초는 닦으셨으니 내일부터는 차츰 본격적으로 시작하지요."

"와아! 진짜요?"

무영의 외침에 송천은 고개를 끄덕이며 미소를 지었다.

"내일 아침에 뵙지요."

"예, 수고하세요."

송천이 지나쳐 가자 무영의 표정이 일그러졌다. 반년 동안 매일같이 기초 체력을 키우고 검에 관한 기본기를 닦았다. 시키니 하는 척은 하지만 이놈의 것이 은근히 귀찮았다. 더욱이 모두들 무영에게 은근히 기대하고 있는 눈치였다.

대전으로 가자 어느새 가족들이 모여 앉아 있었다.

"어머니, 아버지, 늦어서 죄송합니다."

"어서 와라, 영아."

신연은 미소를 지으며 자신의 옆 의자를 빼주었다. 무영은 의자에 폴짝 앉았다. 그리고 점심 식사가 시작되었다.

"그래… 수련은 잘되고 있니?"

식사를 하던 백리준이 무영에게 시선을 주며 물었다.

무영은 시선을 살짝 내리며 공손하게 대답했다.

"그저 가르쳐 주시는 분들께 폐가 안 되도록 노력하고 있어요."

백리준의 입가에는 미소가 머금어져 있었다. 오늘도 송천에게 무영에 관한 칭찬을 들었기 때문이다.

괜찮은 자질에 무공 수련에도 열심이다. 더욱이 머리도 총명하다.

글은 처음부터 읽고 쓸 줄 알았으며, 한 번 설명을 해주면 좀처럼 잊어먹지 않는다. 송천은 잘만 키우면 백리세가 사상 최고의 무인이 될 수 있다고 칭찬했다.

백리준이나 백리세가에 있어 무영은 촉망받는 기대주였다. 더욱이 백리준 그 자신의 자질이 보잘것없었기에 무영에 대한 애착이 남다를 수밖에 없었다.

"열심히 하거라."

"더욱 정진하겠습니다."

"당신은 식사 자리에서 딱딱하게……."

신연이 가볍게 눈을 흘기자 백리준은 껄껄 웃었다.

요 반년 동안 세가 내에는 많은 변화가 있었다. 두사들도 십여 명이나 늘었고, 재정적으로도 조금씩이지만 수입이 늘어나고 있었다.

"그러고 보니 요즘 들어 세가가 많이 활기차졌지."

백리준은 나지막하게 중얼거리다가 무영의 머리를 한차례 쓰다듬어 주었다.

"예? 왜요?"

"생각해 보자면 모두 네 덕분이야."

그것은 무영이 스쳐 지나가는 것처럼 말한 것에서 시작되었다.

세가 내에 남는 공간이 많으니 도장 같은 것이라도 있으면 애들이 많아져서 어울려 놀기 좋겠다는 말이었다.

명문무가들을 비롯한 대부분의 무가에서는 사군들을 받아들이는 데 있어 상당히 까다롭다. 신분적으로 확실해야 함은 물론이고 돈도 많이 든다. 그렇기에 일반인들이 무술을 배우는 것은 하늘에서 별 따기나 다름없었다.

백리준은 곧바로 도장을 세우고 현 내에 홍보를 시작했다. 한 달에 열

문만 내면 아이들을 받아 무술을 가르쳐 준다는 것이었다.
 효과는 곧바로 나타났다. 한 달에 열 문 정도의 돈으로 아이들을 반나절 동안 맡길 수 있다. 더욱이 무술까지 가르쳐 준다는 말에 너도나도 호응하고 나선 것이다.
 지금 당장 수입에 있어서 도움이 되지만, 미래를 도모할 수도 있다. 이곳에서 자란 아이들의 뇌리에는 자연스럽게 백리세가가 와 닿는다. 어려서부터 배우고 놀아온 곳의 무사로 들어가 꿈을 키워 나가는 아이들이 생길 것이다.
 일이 되려는지 요즘 들어 현 내의 어른들도 가끔 문의를 하고 해서 저녁에는 성인반을 새로 신설했다.
 강호를 홀로 질타하는 무림인의 꿈. 무술을 배우고 땀을 흘리며 간접적으로나마 체험해 보고 싶은 마음을 파고든 것이다.
 자연스럽게 사람들이 드나드는 횟수가 많아지다 보니 무사들도 더욱 채용하게 되었다.
 "이놈이 복덩어리야."
 백리준은 무영의 머리를 연신 쓰다듬으며 만족스러운 웃음을 지었다. 그런 모습에 무영은 내심 투덜거렸다. 스쳐 지나가는 것처럼 말했지만 실은 계산된 행동이었다.
 지나치게 남는 공간들이 많았고, 무사들이 비효율적으로 놀아나는 경우가 많았다. 다행히 백리준은 그렇게 격식을 따지는 이가 아니었기에 가능한 일들이었다.
 '뭐, 됐어.'
 무영은 내심 미소를 지었다.

 다음날 아침 식사를 하러 간 무영은 아직 백리준이 오지 않은 것을 깨닫고 고개를 갸웃거렸다.

"아버지는요?"

무영의 물음에 신연의 얼굴에 살며시 그늘이 졌다.

"용무문에서 손님이 오셨다."

"용무문?"

무영은 잠시 생각하다가 손바닥을 탁 쳤다. 송천에게 용무문에 관한 이야기를 들은 적이 있었다.

용무문은 벌써 삼백 년째 이 절강에 자리잡고 있는 전통의 무가였다. 물론 처음에는 백리세가와 같이 미약했지만 초대 가주였던 갈기호의 빼어난 도법은 무림일절로 불리기에 손색이 없을 정도였다.

그것이면 족했다. 갈기호라는 존재 하나로 용무문은 절강에서 급격하게 세를 확장할 수 있었다. 그리고 그 전통은 지금까지 쭉 이어져 내려오고 있었다.

근래 들어 용무문은 무시무시한 기세로 세력을 확장하고 있었다. 그리고 그 중심에는 현 용무문의 가주인 갈현창이 자리잡고 있었다.

그의 빼어난 도법은 초대 가주인 갈기호를 뛰어넘을 것이라 했다. 모두들 처음에는 믿지 않았다. 그만큼 갈기호가 남긴 무위는 용무문에 있어 하나의 신화와도 같았기 때문이다. 하지만 갈현창이 남무림의 절대고수 중 하나인 혈신검 마지우를 패퇴시키자 미심쩍음은 사라졌다.

마지우는 무림의 명문무가에서도 인정해 마지않는 검법의 달인이었다. 더욱이 그의 독문절기인 화천검법은 타 명문무가의 검법과 비교하여도 결코 뒤떨어지지 않는다는 평가를 받을 정도였다.

그런 마지우가 겨우 백여 초 만에, 그것도 압도적으로 밀리며 패했으니 갈현창이 그 정도의 찬사를 받는 것은 당연한 결과였다.

"그런데 무슨 나쁜 일이라도 있어요?"

악연 165

문득 무영은 백리현과 신연의 표정이 어두움을 깨닫고 물었다. 하지만 둘은 쉬쉬하는 눈치였다. 그렇게 얼마나 시간이 지났을까. 백리준이 방 안으로 들어왔다.

"아, 오래 기다렸니?"

"오셨어요?"

무영은 미소를 지으며 맞이했다. 하지만 그 역시도 씁쓸한 표정을 입가에 머금고 있었다.

"휴우."

백리준은 의자에 털썩 주저앉으며 긴 한숨을 내쉬었다. 그런 모습에 신연이 어두운 기색으로 말문을 열었다.

"뭐라고 하던가요?"

"언제나 똑같지 뭐."

백리준의 대답에 백리현은 얼굴 주위를 손으로 감쌌다.

"현아."

백리준은 백리현을 다독여 주었지만 무거운 기색은 풀리지 않았다. 무영은 가만히 그 모습을 바라보고 있었다. 쉽사리 물어보기가 어려운 분위기였다.

"그냥… 갈까요?"

"싫은 상대에게 굳이 갈 필요는 없지."

백리준은 낮은 어조로 중얼거렸다. 하지만 백리현은 고개를 살짝 저었다.

"하지만 우리 가문에게는 좋은 기회예요."

말을 잠시 멈춘 백리현이 옆에 앉아 있는 무영을 살며시 내려다보았다. 그때 신연이 참지 못하고 끼어들었다.

"나는 반대다."

"어머니."

"너는 젊어. 그런 늙은 사내에게 주려고 여태껏 키우지 않았다. 더욱이 첩이라니!"

신연은 언성을 높였다. 그제야 듣고 있던 무영은 이 상황을 대강 파악할 수 있었다.

백리준 역시 고개를 끄덕이며 동조하고 나섰다.

"아비도 같은 생각이다. 네가 희생할 필요는 없다."

"아버지… 어머니……."

백리현의 눈가에 눈물이 맺혔다. 그녀는 고개를 떨구며 몸을 일으키더니 방문을 나섰다. 무영은 그런 상황을 바라보다가 슬그머니 일어섰다.

백리현의 방 앞에 선 무영은 조그만 흐느낌 소리를 들을 수 있었다. 무영은 잠시 동안 가만히 그 자리에 서서 기다렸다. 이윽고 방 안이 조용해지자 방문을 두드렸다.

"누나, 나 들어갈게."

끼익.

방문을 열고 들어가니 백리현이 황급히 옷소매로 눈 주위를 부비며 맞이해 주었다.

"어? 왔니?"

"울었구나?"

"…바보같이 들켜 버렸네."

백리현은 못내 미소를 짓는 모양새다. 무영은 짧게 한숨을 내쉬며 말문을 열었다.

"누나, 울지 마."

무영은 슬그머니 백리현의 옆으로 가 앉았다. 그리고 살며시 얼굴을 기댔다. 백리현은 무영의 머리를 쓰다듬어 주었다.

"미안… 걱정시켜 버렸구나."
백리현은 짧게 한숨을 내쉬며 고개를 들었다.
"용무문에서 나보고 가주의 첩으로 들어오라네?"
"……."
"나는 이제 스물인데……."
무영이 듣기로 용무문의 가주인 갈현창은 올해로 사십 중반에 이른 사내였다.
'색마 자식이군.'
무영은 내심 혀를 찼다. 그런 놈들이 가끔 있다. 나이를 그렇게 먹고도 어린 여자들에게 성욕을 품는 변태 같은 쓰레기들.
"정말 죽기보다도 싫지만… 용무문은 누가 뭐래도 절강 최고의 무가 중 하나야."
백리현의 넋두리를 듣고 있던 무영은 슬금슬금 기분이 나빠졌다.
"그건 우리 가문에 있어서도……."
"누나, 뭔가 착각하는 거 아니야?"
"어?"
중간에 말을 자르고 들어오자 백리현의 눈이 동그랗게 떠졌다.
"마치 가문을 위해 고귀한 희생을 하는 것마냥 말하고 있잖아."
"……."
"단단히 착각하고 있네?"
무영은 싸늘한 표정으로 몸을 일으켜 방을 나섰다.
달칵.
문이 닫고 나온 무영은 나지막하게 중얼거렸다.
"웃기고들 있어."

며칠 후 백리세가에 청천벽력 같은 소식이 들려왔다. 갈현창이 직접 이곳을 방문하기로 한 것이다.

가족들은 침울해졌다. 그런 분위기는 무사들에게도 전해졌다.

연무장에 들른 백리현은 송천을 바라보며 처연하게 웃었다.

"뭘 준비해야 할까요?"

백리현은 나지막한 목소리로 송천에게 말했다. 송천은 침울한 표정으로 한숨을 내쉬었다.

백리세가에서 거절할 수도 없는 처지였다.

"어떻게 해야 할지 모르겠어요……."

백리현이 말끝을 흐렸다.

"무슨 꼬투리를 잡을지……."

백리현의 처연한 어조에 송천은 이를 갈았다.

"빌어먹을 새끼들… 아, 죄송합니다."

자기도 모르게 욕지기를 내뱉은 송천은 아차 싶은 표정으로 백리현에게 사죄의 뜻을 표했다. 윗사람 앞에서 거친 욕설을 내뱉는 것은 분명 도리에 어긋나는 것이었다. 하지만 백리현은 쓴 미소만 지을 따름이었다. 그녀 역시 마음 같아서는 욕설이라도 내뱉고 싶은 심정이었다.

'하지만……'

그럴 수 없었다.

자신은 이름없는 삼류무가의 여식.

'이렇게라도 살 수밖에 없는 것이지.'

조금 억지스럽긴 했지만, 이렇게 수긍해 보았지만 조금도 마음이 담담해지지 않았다. 그것은 며칠 전 무영이 한 말이 자꾸 마음에 걸렸기 때문이다.

'착각하고 있다고……? 내가?'

백리현은 한숨을 내쉬며 자신의 볼 주위를 매만졌다.

'하지만 현실이 이런걸.'

힘이 없으니 이런 수모를 받을 수밖에 없는 것이다. 단지 백리세가에 몸을 담고 있음에, 그리고 그곳에서 태어나서 자랐다는 이유만으로.

'진절머리 나.'

백리현은 입술을 꽉 깨물었다.

'만약 백리세가가 힘이 있었더라면······.'

이러한 일은 없었으리라.

'하지만······.'

문득 연무장 한가운데에 서서 목검을 휘두르고 있는 무영을 바라보았다. 그 이후로 왠지 말을 걸기가 두려웠다. 무슨 소리를 들을지 몰라 피해왔다.

분명 무영이 한 말은 옳다. 하지만 현실은 현실, 피하고 싶다고 해서 피할 수는 없다.

'그래도······.'

백리현 자신이 희생한다면 무영은 조금이라도 더 나은 생활을 할 수 있을 것이다. 그리고 언젠가는······.

"가볼게요."

백리현은 입술을 살짝 배어 물며 걸음을 옮겼다.

송천은 그런 백리현의 뒷모습을 바라보며 나지막이 읊조렸다.

"불쌍하신 분."

누구보다 활기찬 아가씨였다. 저렇게 물에 빠진 생쥐마냥 어깨를 축 늘어뜨리며 힘없이 걸음을 옮기는 여자가 아니었다.

'아가씨는 절대로 행복하게 사셔야 되는데 말이야.'

백리세가에 몸담은 지 올해로 십 년째였다. 비록 약소 문파이기는 했지만 가족 같은 분위기의 백리세가를 송천은 사랑했다.

마을에서는 힘깨나 쓰던 송천이 끓어오르는 웅심을 가슴에 한가득 안고 백리세가의 문을 두드려 들어왔을 때였다. 하나의 무가가 가지는 무게는 상당한 것이었다. 비록 그것이 보잘것없기는 했지만.

그런 한 무가의 가주가 우쭐해하던 송천에게 와줘서 고맙다며 덥석 손을 잡아주었다.

그때 본능적으로 느꼈다, 이곳이야말로 자신이 뼈를 묻을 만한 곳이라고.

하지만 시간이 흐르자 송천 역시 현실에 조금씩 눈을 떴다.

실망도 했지만 그는 나갈 수 없었다. 그들은 이미 그에게 또 다른 가족이었다.

'하늘도 무심하시지.'

송천은 하늘을 올려다보았다. 청명한 하늘에는 구름 한 점 없는, 누구에게나 햇살을 내려주는 풍요로움이 가득한 하늘이었다. 송천은 백리현에게 시선을 주었다.

햇살이 그녀를 비추고 있었으나 어찌 된 일인지 어두워 보이는 것은 그만의 착각일까.

아니었다. 그만의 착각이 아니었다. 어느새 수련을 멈춘 무사들 역시 침울한 표정으로 백리현을 바라보고 있었다.

송천은 쓴 미소를 지었다. 우매한 놈들이었다. 미래도 보이지 않는 곳에서 죽어라 붙어 있는 골 빈 놈들이다.

"그러는 나도 골이 비었지."

송천의 중얼거림에 밀려서 목검을 휘두르던 두영은 검을 내팽개쳤다.

그날 저녁.

"잘 자라, 영아."

언제나처럼 잠자리를 봐준 신연이 방을 나서기 전에 한숨을 내쉬었다.

"우리 현이 불쌍해서 어떻게 해……."

신연은 방을 나서며 나지막하게 중얼거리더니 방문을 닫았다. 그와 동시에 감겨 있던 무영의 눈이 떠졌다.

무영은 침상에서 내려와 한숨을 내쉬었다.

"…답답한 새끼들. 이번 한 번만 도와준다."

무영은 몸을 날렸다.

그 시각, 항주를 나서서 오고 있던 갈현창은 턱을 괸 채 중얼거렸다.

"감히 내 청을 거절해?"

보잘것없는 가문에서 감히 자신의 청을 거절해 올 줄은 몰랐다.

"결국 이렇게 될 것을."

아마도 갈현창을 맞을 준비를 하느라 분주할 것이다. 문득 창밖으로 가마가 보였다. 화려하게 치장된 그것은 백리현을 데리고 올 때 쓰일 용도로 만든 것이었다.

"내일은 최대한 근엄한 표정을 유지하십시오."

문득 들려온 소리에 갈현창은 미소를 지으며 시선을 줬다. 갈현창의 앞에 앉아 있는 중년 사내.

"자네는 너무 생각이 많아."

갈현창의 가벼운 책망에 중년 사내는 부드러운 미소를 지어 보였다.

유약한 문사풍의 외모를 지닌 사내였다. 하지만 그것은 겉모습일 뿐이다. 실상 이 사내가 일신상에 지니고 있는 무위는 대단한 것이었다.

가이후.

이것이 절강의 절대강자인 용무문에서 호법 직을 꿰차고 있는 사내의 이름 석 자였다. 하지만 대개의 무인들이 그러하듯 이름보다는 별호가 더 유명했는데, 외모와는 정반대였다.

투견(鬪犬).

특별한 독문절기 같은 것은 없었다. 하지만 어려서부터 가리지 않고 온갖 무공을 익혀왔다. 본시 절정에 오르기 위해서는 잡학은 금물이었다. 한 우물만 파야 한다는 뜻이다. 이것저것 찔러보면 죽도 밥도 안 되는 게 무공이라는 녀석이었다.

하지만 가이후는 달랐다. 본래부터 영특했던 그는 자신이 익힌 무공의 장단점을 파악하고 분석했다. 그리고 결국 자신의 몸에 꼭 맞게 익혔다. 그리고 지금에 와서는 용무문의 호법 직함을 자신의 것으로 만들었다.

"생각이 많아서 나쁠 것도 없지 않습니까?"

가이후의 말에 갈현창은 미소를 지었다.

"그렇게 좋으십니까?"

가이후는 살짝 눈살을 찌푸렸다. 하필이면 그런 별 볼일 없는 무가의 여식이라니.

가이후는 백리현을 본 적이 있었다. 하지만 그렇게 눈에 띄는 미색은 아니었다. 하지만 웬일인지 갈현창은 그녀를 퍽이나 마음에 들어했다.

"난 그런 여자를 좋아하지. 속으로 욕망을 가지고 있는… 길들이는 맛이 있거든."

갈현창의 음습한 어조에 가이후는 짧게 한숨을 내쉬었다.

그렇게 얼마나 시간이 지났을까.

덜컹.

갑자기 마차가 서버렸다. 그로 인해 두 사람의 몸이 세차게 흔들렸다.

"괜찮으십니까?"

가이후의 물음에 갈현창은 짜증스런 표정으로 고개를 끄덕였다. 가이후가 이를 빠득 갈며 창밖으로 고개를 내밀었다.
"도대체 무슨 일인가!"
가이후의 외침에 옆에서 말을 몰던 무사가 말에서 내리며 어쩔 줄 몰라 하는 표정으로 입을 열었다.
"갑자기 누가 끼어드는 바람에……."
"어떤 미친 녀석이!"
"저희가 곧 처리하겠습니다."
"내가 간다."
가이후는 분을 삭이며 마차에서 내렸다.
앞쪽으로 걸음을 옮기니 호위무사들이 모여 있었다.
"길을 터라!"
가이후의 외침에 호위무사들이 황급히 옆으로 갈라섰다. 그리고 그곳에는 한 사내가 서 있었다.
이제 막 삼십대에 들어선 외모에 옆구리에는 장검을 찬 사내였다.
'무림인?'
검을 찬 것으로 봐서 무림인이라 생각한 가이후는 짐짓 헛기침을 하며 자세를 잡았다. 자신은 용무문의 호법이 아니던가.
"귀하가 앞을 막으셨소?"
"……?"
"잠시만 옆으로 비켜주시오. 마차가 지나가야 하오."
"너희가 비켜 가."
갑작스런 반말.
호위무사들의 표정이 험악해지기 시작했다. 하지만 가이후의 뇌리에 스치는 것이 있었다. 이 정도 인원을 앞에 두고도 자연스러운 하대에 오만한 자세라면?

"혹시 군부 쪽 분이십니까?"

가이후의 물음에 호위무사들의 안색이 살짝 굳어졌다. 군부의 사람을 건드리면 골치 아파진다.

사내는 잠시 가이후를 바라보다가 히죽 웃으며 대답했다.

"아닌데?"

순간 가이후를 비롯한 호위무사들의 눈썹이 치켜 올라갔다.

"네놈이 죽고 싶어서 환장한 게로구나!"

호위무사 중 한 명이 검을 빼 들었다. 순간 사내의 손이 움직였다.

스걱!

툭! 데구르르.

순간 가이후의 발 앞에 호위무사의 머리가 떨어졌다.

'아……'

가이후의 눈이 커졌다.

'보, 보지 못했다.'

어느새 그의 검은 검집에 들어가 있었다. 그저 눈을 한 번 깜박이는 순간, 수하의 목이 베어졌다.

'고수다… 그것도 엄청난!'

가이후의 본능이 이자를 피하라 말하고 있었다. 그때,

"죽여!"

"그, 그만둬!"

가이후가 애처롭게 외쳤다. 하지만 분노를 머금은 호위무사들은 소리를 지르며 검을 빼 들고 사내를 향해 달려들었다.

"하기는, 영이를 보는데 몸을 안 풀고 갈 순 없지. 크흐흐."

사내의 입가에 잔혹한 미소가 지어졌다.

"일단 하나."

스각!

"둘!"

사내는 검을 휘두르며 미소를 지었다. 그의 손이 닿은 곳에선 어김없이 무사들의 목이 허공으로 치솟고 있었다. 막아도 소용없었다. 무사들의 검은 그에게 있어서 두부와 같았다.

순식간에 호위무사들의 시체가 땅바닥에 널렸다.

"스물다섯. 이것으로 끝?"

사내는 비릿한 미소를 지으며 검끝을 땅바닥에 내리 끌었다.

"괴, 괴물!"

가이후가 몸을 떨며 뒤로 한 걸음 물러섰다. 그제야 사내가 눈을 동그랗게 뜨며 말문을 열었다.

"한 놈이 남아 있었군. 아니, 두 놈인가?"

사내의 시선이 닿은 곳에는 가이후와 마찬가지로 몸을 떨고 있는 갈현창이 서 있었다. 가이후는 입술을 꽉 깨물며 검을 꼬나 쥐었다.

"도망치십시오!"

가이후는 사내의 앞을 막아섰다. 저자가 누군지, 무슨 목적으로 이러한 짓을 벌였는지는 모른다. 하지만 한 가지 분명한 사실은 어마어마한 초고수라는 것이었다.

'말도 안 돼.'

숨 몇 번 들이마실 시간 동안 벌어진 일이었다. 스물다섯 명의 직속 호위무사가 반항 한번 해보지 못하고 학살당했다.

이런 일은 천하제일인으로 추앙받는 검제 남궁민 정도나 되어야 가능한 일이었다. 물론 시간이 충분히 주어진다는 가정 하에 말이다.

결론적으로 저 사내는 검제를 훨씬 뛰어넘는 초고수였다. 그리고 가이후는 이런 곳에서 자신의 주인을 잃을 수 없었다.

"어서 가십시오! 제가 막겠……!"
파밧!
문득 가이후의 시선에 하늘이 보였다.
'뭐지? 도대체 무슨 일이 일어난 거지?'
천천히 시선이 아래로 떨어지던 중 목을 잃은 채 바들거리는 몸뚱아리를 보았다. 낯이 익은 옷차림.
'어? 저건 내 몸이잖아?'
솟구치는 피의 압력으로 볼썽사납게 흔들리던 몸뚱아리가 바닥에 넘어졌다. 그리고 가이후의 의식 역시 그에 맞춰 사라졌다.
툭!
가이후의 수급이 바닥을 굴러 사내의 발끝에 닿았다. 사내는 한쪽 눈을 찡긋거리며 말문을 열었다.
"스물여섯. 이제 너 하나 남았다."
사내는 갈현창에게 다시금 시선을 주며 말문을 열었다.
"으으으!"
갈현창은 눈을 부릅뜬 채 고개를 가로저었다. 온몸이 사시나무처럼 떨렸다. 왠지 손가락 하나 까닥할 수 없었다. 마치 맹수 앞에 선 초식 동물과도 같았다.
압도적인 공포는 의지를 빼앗아갔다.
사내는 천천히 걸음을 옮기며 말문을 열었다.
"실력으로는 이들 중 으뜸이지만, 정신적으로는 쓰레기군."
사내는 어느새 갈현창의 바로 앞에 다가와 있었다.
"그렇지?"
사내는 갈현창의 볼을 툭툭 치며 이죽거렸다. 하지만 갈현창은 아무런 대답도 하지 못했다.

"휙! 휘익!"

무영의 발이 땅을 한 번 구를 때마다 십여 장씩 앞으로 나아갔다.

"젠장! 젠장! 젠장! 내가 왜 이런 귀찮은 일을 해야 해!"

무영은 끊임없이 투덜거렸다. 왜 이래야 하는지 모르겠다. 힘도 없는 것들이 끊임없이 한탄하는 볼썽사나운 모습이 보기 싫었다.

"내가 미쳤지. 쌍!"

무영은 그 와중에도 열심히 머리를 굴렸다. 듣기로는 오늘 저녁에 출발한다고 들었다. 마주치면 어떻게 해야 할 것인가를 고심해 보았다.

깔끔하게 모두 죽이는 것과 겁을 줘서 쫓아 보내는 것, 두 가지 방법이 있다. 전자의 경우 백리세가가 구설수에 오를 수 있다. 물론 백리세가의 규모나 무사들의 실력 됨됨이를 보자면 신빙성이 없다. 하지만 세상일이란 어떻게 될지 모르는 일이다.

'그렇다면 쫓아내는 것이 가장 좋은데……'

가만히 생각해 보아도 한정적이다. 하지만 그것만큼 깔끔한 것도 딱히 없다.

'전대 고수 흉내라……'

무영은 턱 주위를 매만지며 피식 웃었다. 뭐, 그것도 좋다. 얼굴만 제대로 가리면 별문제 없을 것이고, 존재만 드러나지 않으면 관계없다.

그렇게 얼마나 달렸을까. 역한 혈향이 느껴졌다.

"음?"

무영은 잠시 고개를 갸웃거렸다.

"많은 숫자다."

무영의 눈빛이 가라앉았다.

"쳇!"

왠지 심상치 않은 기분이었다. 무영이 더욱 내기를 끌어올리며 발걸음에 속도를 붙이려는 찰나였다.
"가면 안 돼!"
갑작스레 들려온 가냘픈 목소리. 무영은 순간 발걸음을 멈췄다.
"그쪽으로는 안 가는 게 좋아."
"어? 어디서 많이 들어본 목소리다."
무영은 고개를 갸웃거리며 몸을 돌렸다. 그리고 한 어린 소녀를 보았다.
무영과 마찬가지로 어린 꼬마 계집이었다. 무영과 한 가지 공통점이 있다면 사람의 눈길을 잡아끌 만한 깜찍한 외모의 소유자라는 것이었다.
"어, 넌?"
무영은 눈을 동그랗게 뜨며 소녀를 가리켰다.
"오랜만이지?"
소녀는 초조한 기색이 역력한 표정으로 인사를 건넸다. 순간 무영의 표정이 굳어졌다.
"귀찮은 녀석이 나타나 버렸군."
무영의 무뚝뚝한 대답에 소녀가 볼을 살짝 부풀렸지만 이러고 있을 틈이 없었다.
"빨리 도망치자."
"응? 무슨 소리야?"
"일단 따라와. 얼른."
소녀는 다급한 기색이었지만, 무영은 고개를 갸웃거렸다. 난데없이 나타나서 도망쳐야 한단다.
그때 소녀가 한숨을 내쉬며 침울한 표정으로 고개를 설레설레 저었다.
"늦어버렸어."

"뭐?"

반문하던 무영의 몸이 갑작스럽게 경직되었다. 온몸에 스멀스멀 느껴지는 징그러운 기분.

잊을 수 없는 그의 기운이 느껴졌다.

"아······!"

무영은 천천히 고개를 돌렸다. 처음에는 조그만 점이었던 것이 급속도로 커지며 다가왔다.

"이렇게 된 이상 싸워야 해."

소녀는 주먹을 움켜쥐었다. 무영은 소녀에게 시선을 주며 힘 빠진 목소리로 물었다.

"녀, 녀석인 거야?"

소녀는 단지 고개를 끄덕일 뿐이었다.

"정말?"

소녀는 앞으로 한 걸음을 내디뎠다.

"안됐지만··· 일랑이야."

무영은 이를 꽉 물었다. 그리고 잠시 뒤 그 사내, 일랑이 멈춰 섰다.

"호오······?"

일랑은 무영과 소녀를 바라보며 눈동자를 빛냈다.

"이렇게 둘을 한꺼번에 보게 될 줄이야."

일랑은 고개를 끄덕이며 징그런 미소를 지었다.

"오래간만이구나, 둘 다."

"정확히 사백오십오 년 만이지요?"

소녀는 싸늘한 미소를 지으며 대답했다. 그 모습에 일랑은 턱 주위를 매만지며 고개를 끄덕였다.

"많이 컸구나."

"그러는 당신은 그동안 하나도 안 변했네요?"
"그렇지. 그게 나랑 너희가 다른 점이니까."
일랑은 비릿하게 웃더니 이번에는 뒤에 서 있는 무영에게 시선을 줬다.
"영이는 내가 안 반갑니?"
불끈.
순간 무영의 주먹이 움켜쥐어졌다.
"다, 닥쳐."
"예의가 없어졌구나? 예전의 영이는 언제나 내 말을 잘 듣는 착한 아이였는데."
일랑은 고개를 설레설레 저으며 한숨을 내쉬었다.
"그러면 안 되지."
일랑은 무영을 향해 걸음을 옮기며 손을 들었다. 순간 그 모습을 보고 있던 소녀의 손이 휘둘러졌다.
철썩!
강렬한 타격음과 함께 일랑의 손이 허공으로 치솟았다.
"영이한테 손대지 마!"
소녀는 날카로운 눈매를 번들거리며 무영의 앞을 막아섰다. 그녀의 몸 주위로 서늘한 한기가 솟구치기 시작했다.
"……."
일랑은 벌겋게 달아오른 손을 매만지며 피식 웃었다.
"우리 소령이도 마찬가지네?"
"어디다 대고 우리 소령이야!"
"이러면 혼난다."
일랑의 어조가 조금씩 낮아졌다. 하지만 소녀, 소령은 지지 않고 맞받

악연 181

아쳤다.
"네가 우리한테 한 짓을 생각하면 일천 번을 찢어 죽여도 분이 안 풀려!"
일랑은 차갑게 웃으며 고개를 비스듬히 까닥였다.
"그런 멋진 신체를 선물해 줬잖니?"
일랑은 어깨를 으쓱였다.
"남들에게는 동경의 대상이란다."
"이 빌어먹을 몸이? 웃기는 소리!"
그 말과 동시에 소령의 몸에서 내기가 폭사되었다.
엄청난 굉음과 함께 그녀의 반경 삼 장 주위의 땅이 갈라지며 터져 나갔다. 그리고 그 폭발은 순식간에 일랑을 집어삼켰다.
휘오오!
매쾌한 먼지가 허공을 어지럽게 수놓았다.
"흐흐흐."
낮은 웃음소리. 그와 동시에 반원형의 검기가 먼지를 뚫고 소령을 향해 날아왔다.
"어딜!"
소령은 일검을 비스듬히 내리그었다.
창!
그녀의 검이 얇은 검기를 반으로 갈랐다.
"영아, 지금이야!"
소령은 무영을 향해 소리쳤다.
"어?"
하지만 무영은 얼빠진 표정으로 고개를 갸웃거릴 뿐이었다.
"칫!"

소령은 이를 꽈득 갈며 짙은 먼지 속으로 몸을 날렸다. 뒤이어 요란한 금속성의 울림이 쉴 새 없이 쏟아졌다.

쾅! 쾅! 쾅!

"꺄악!"

잠시 후 세 번의 강렬한 굉음이 지축을 울렸다. 그리고 소령이 아직까지 자욱한 먼지 바깥으로 튕겨 나왔다.

"으윽……!"

소령은 눈을 질끈 감은 채 한쪽 팔목을 부여잡고 있었다. 꼭 쥐어진 손가락 마디 사이로 피가 울컥울컥 솟아 나왔다.

"비, 빌어먹을… 잘릴 뻔했잖아?"

소령의 팔목은 반쯤 잘려 덜렁거리는 상태였다. 식은땀이 쉴 새 없이 이맛가에 솟고 있었다. 필사적으로 꼭 다문 이가 부르르 떨리고 있었다.

"다, 다친 거야?"

무영이 멍한 표정으로 소령에게 다가가려 했다.

"영아! 빨리 도망쳐! 빨리!"

소령은 필사적으로 무영을 향해 외쳤다. 하지만 무영은 고개를 저으며 발걸음을 옮기기 시작했다.

"아저씨한테 버릇없이 구니까 그렇게 되는 거야."

일랑은 검을 늘여뜨린 채 비릿한 미소를 유지하고 있었다.

"우리 영이도 버릇없이 굴면 소령이처럼 된다."

"아……."

"그러고 보니… 네놈과 현아는 언제나 버릇이 없었지. 그 덕분에 나한테 많이 혼났지?"

문득 소령의 상세를 살피던 무영의 입이 열렸다. 꾸물꾸물 솟는 피, 양 손목이 잘려 울부짖던 그 처절한 절규.

악연 183

그때와 똑같은 상황이었다.

"이이!"

무영은 몸을 일으키며 소매를 펄럭였다.

철컥! 철컥!

소매 밖으로 검이 철컥 소리를 내며 튕겨 나왔다.

"죽인다."

무영의 눈이 풀렸다. 순간 일랑이 아차 했다. 그제야 너무 자극했음을 깨달은 것이다.

"죽여 버린다!"

툭!

무영이 자리에서 사라졌다. 그와 동시에 무영이 나타난 곳은 일랑의 품 안이었다.

"뭐?"

일랑의 눈이 휘둥그레졌다. 무영은 무표정한 얼굴로 검을 수직으로 올려 베었다.

서걱!

무영이 베고 지나간 것은 일랑의 옷 앞섶이었다. 찰나의 순간 횡으로 보법을 밟으며 무영의 쾌검을 피한 것이다. 하지만 이것으로 끝이 아니었다. 무영의 검끝이 순식간에 수십 개로 불어났다.

피비비빗!

무영의 검이 쉴 새 없이 일랑의 몸을 향해 찔러 들어갔다.

콰콰콰쾅!

무영의 검은 일랑의 몸에 닿지 못했다. 도리어 그 방향에 있던 숲이 터져 나가기 시작했다.

그 순간 다른 방향에서 찔러 들어오는 날카로운 소검.

재빠르게 상처 부위를 동여맨 소령이 지척까지 다가선 것이다.

"웃!"

처음으로 일랑의 표정에 당혹스러운 빛이 흘렀다.

그때 무영의 몸 바깥으로 환한 빛이 쏟아져 나오기 시작했다.

피빗! 피비빗!

무영을 감싼 빛 주위로 실타래 같은 빛이 넘실거리고 있었다.

"검강?"

일랑은 눈을 부릅떴다. 저 실타래 같은 기운 줄기 하나하나가 천하의 명검. 닿는 순간 몸이 조각나고 말 것이다.

"크읏!"

일랑은 내기를 끌어올리기 시작했다. 잠시 후 그의 몸 주위에서도 똑같은 반응이 일어나기 시작했다.

일천 년에 이르는 무림사에 있어서도 검강이란 경지는 절대무적이었다.

그 깨달음도 깨달음이지만 문제는 엄청난 내력의 소모를 요하기 때문이다. 오백 년 전 절대고수였던 명교의 천마가 검강을 시전할 수 있었다 한다. 고금제일이라 칭해지는 그였지만 실전에서 쓴 적은 없었다. 아니, 쓸 수가 없었다는 것이 옳은 말이었다.

단 한 번, 교도들 앞에서 시범을 보였다는 기록만이 존재했다. 그마저도 일 다경가량의 짧은 시간.

하지만 그 여파로 천마는 반년 넘게 운기조식을 운용하며 소비된 내력을 채워야 했다. 그런 지고한 절대경지인 검강과 검강이 격돌했다.

피빗!

무영의 빛이 쭉 뻗어 나왔다. 일랑의 강기 역시 지지 않고 맞부딪쳐 갔다.

쿠쿵!

검강과 검강이 부딪친 곳을 중심으로 폭발이 일어났다. 그리고 그것이 시작이었다. 양쪽에서 강기 다발이 쉴 새 없이 뻗어나갔다.

소령 역시 놀고 있지는 않았다. 그녀 역시 마주 검강을 시전하며 앞뒤 양면에서 일랑을 압박해 들어갔다. 하지만 두 명을 상대하고 있음에도 일랑은 좀처럼 밀리는 기색이 없었다.

시간이 계속 흐르고 공방이 지속되었다. 어느덧 주위는 형상을 알아볼 수 없는 지경에 이르렀다.

"이대로 가면 끝이 없겠는데!"

가까스로 동수는 이루고 있었지만 조금씩 밀림을 느꼈다.

"어쩔 수 없군."

일랑은 낮게 중얼거리더니 몸을 훌쩍 날렸다.

"쿨럭!"

일랑의 몸이 단번에 이십여 장 밖으로 물러나더니 검은 핏물을 울컥 토해냈다.

"으… 단전 전체가 헤집어지는 느낌이군."

내공을 극도로 소모하는 검강이었다. 갑작스럽게 멈추고 몸을 빼냈으니 몸에 무리가 가는 것은 당연했다.

"죽인다!"

무영이나 소령 역시 충격을 받기는 마찬가지였다. 하지만 무영은 이를 으득 갈며 일랑을 향해 몸을 날리려 했다. 그 순간 소령이 무영의 등을 꽉 안았다.

"영아, 더 이상 안 돼!"

"죽인다! 죽여 버릴 거야!"

"제발, 영아!"

소령은 무영의 얼굴을 팔로 감싸 가슴에 안았다. 하지만 무영은 격렬히 발버둥쳤다.
"어차피 더 이상의 싸움은 무리군."
그 모습을 바라보던 일랑은 자신의 상태를 대강 살펴보았다. 그리고 턱 주위를 매만졌다.
"굳이 지금이 아니라도 상관없겠지… 어차피 영이나 너, 그리고 그 영감님도 나에게 돌아오게 돼 있어."
일랑은 비릿한 미소를 지었다.
"어차피 너희는 내 것이니까. 피조물이 창조자에게 돌아오는 것은 당연한 것이지."
일랑은 그 말을 끝으로 사라졌다.
"으아! 죽여 버릴 거야!"
무영의 악에 받친 외침만이 황폐하게 변한 숲을 울리고 있었다.

제7장
이별, 그리고 여행

이별, 그리고 여행

*꿈*을 꾼다.

어린 시절의 꿈.

그 즐거웠던 시절의 아련한 추억. 가난했지만 둘이 함께라면 두려울 것이 없었다.

여느 날처럼 같은 방에서 잠들었다. 그리고 눈을 뜨고 일랑을 보았다.

처음에는 아무것도 몰랐다. 하지만 얼마 지나지 않아 자신들의 신체가 뭔가 달라진 것을 알 수 있었다.

그 후로 두 형제에게는 지옥과 같은 나날이 시작되었다.

그렇게 백삼십 년이 지났을 무렵, 두 형제는 도망치기로 결심했다. 그 계획에는 같은 처지에 있던 소령과 영감님도 동의했다.

운이 좋았다.

그를 따돌리고 그 지옥 같은 곳에서 탈출한 후 각기 헤어지기로 결의했다.

철저히 숨어 살아야 했다. 그 지옥 같은 나날을 생각하기도 싫었기에.
"영아, 정신이 드니?"
눈을 뜨자 여자 아이가 보인다. 자신과 같이 탈출했던 여자 아이, 소령이다.
"으응……"
무영은 살며시 몸을 일으키려 했다. 그때 소령이 무영을 제지하며 부드러운 미소를 지었다.
"괜찮아. 조금 더 누워 있어도 돼."
뒷머리로 느껴지는 포근한 느낌. 무영은 소령의 무릎을 배고 있다가 말문을 열었다.
"그 자식은……?"
"갔어."
"그래?"
무영은 안도의 한숨을 내쉬었다. 소령은 손을 들어 무영의 머리를 살며시 쓰다듬어 주었다.
"이제 좀 안정이 됐니?"
"응?"
"너… 이성을 잃었었어."
그제야 무영의 뇌리에 아까의 기억이 스치고 지나갔다.
"그랬구나."
무영은 표정을 굳혔다. 그리고 살며시 몸을 일으켰다.
"이제 괜찮아."
"응."
몸을 일으키던 무영의 눈에 붕대로 감싸져 있는 소령의 팔목이 보였다. 피가 묻어 더러워져 있었다. 기억을 더듬어보니 아까 일랑의 일검을 맞았었다.

"손은?"

"아! 이거?"

소령은 씁쓸한 미소를 지으며 말문을 열었다.

"반쯤 잘렸는데 결국 떨어져 나가더라. 다시 붙여놨으니 걱정할 것 없어."

무영은 고개를 끄덕였다.

"삼 일이면 완전히 낫겠지. 우리 몸이야 원래 이렇잖아."

언제나 이런 식이다. 어떠한 상처도 두려울 것이 없다. 어딘가 잘려나가도 온전히 수습해서 가져다 붙이면 그만이다. 그때 소령이 눈을 질끈 감으며 식은땀을 흘렸다.

"그래도… 아프긴 하다."

"당연하지. 고통은 똑같으니까."

무영은 씁쓸하게 중얼거리다가 소령의 머리를 쓰다듬어 주었다.

"고마워. 네가 있어서 다행이야."

"사실 우연이었어."

소령은 무영의 부드러운 손길에 미소를 지었다. 문득 무영은 짧게 한숨을 내쉬었다.

"이제 어떻게 해야 하지?"

이곳에 왔다는 말은 위치가 파악되었다는 뜻이다.

"더 이상 이곳에는 못 있을 거야."

소령의 말에 무영은 고개를 끄덕였다. 그 자신도 그렇지만 자칫하다가는 백리세가의 존폐가 걸린 문제로 번질 수도 있었다. 만약 무영이 백리세가에 계속 머문다면 언젠가 일랑이 다시금 찾아올 것이다.

"겨우 자리를 좀 잡나 했는데……."

무영은 이맛가를 손으로 감쌌다.
"할아버지한테 갈까?"
갑작스럽게 소령이 제안해 왔다. 무영이 눈을 뜨며 고개를 갸웃거렸다.
"영감님?"
"응."
"영감님 돌아오셨어?"
"얼마 전에."
이백 년 전 구라파(유럽)로 떠났던 영감님. 같이 있을 무렵에 듣기로는 꽤나 잘나갔던 학자라고 했다. 일랑으로부터 도망칠 세부적인 계획을 세운 것도 그였다.
"영감님이라면 분명히 뭔가 도움이 될 만한 이야기를 해주실지도 몰라."
"그럴까?"
무영은 잠시 고심하는 눈치였다. 그런 모습에 소령이 무영의 팔짱을 끼며 말문을 열었다.
"그러자."
"어쩔 수 없지. 지금은 그 수밖에 없으니까."
"바로 갈까?"
무영은 고개를 저었다.
"아니, 짐도 좀 챙겨오고 해야지."
"그래, 일단 같이 가자. 난 밖에서 기다리고 있을게."
"응."
생각을 끝낸 무영과 소령은 몸을 날렸다.
무영과 소령이 백리세가에 도착한 것은 새벽이 지나 날이 밝아올 무렵이었다.

"잠시만 기다려. 곧 올게."

무영은 단번에 몸을 날려 담장을 넘었다. 이제 막 사람들이 일상을 시작할 시간이라 움직임에 은밀함이 더해졌다.

처소에 도착한 무영은 창가에 붙어 안의 인기척을 살폈다. 다행히 아무도 없었다.

"휴우."

방으로 들어온 무영은 짧게 한숨을 내쉬며 주위를 살폈다.

자그만 방에는 의자와 탁자, 그리고 침상이 알맞게 배치되어 있었다. 짧은 시간이었다. 하지만 이제는 이곳과도 작별을 해야 했다.

어질러진 이불을 곱게 개고 창문을 열어 공기를 환기시켰다. 그리고 차근차근 방 안을 정리하기 시작했다. 마지막으로 침상 밑 구석에 놓인 혁낭을 꺼내 들었다. 그동안 그랬던 것처럼 언제라도 떠날 수 있도록 꾸려져 있는 상태였다.

'이것으로 완벽해.'

무영은 잠시 씁쓸한 미소를 지었다.

사백 년에 가까운 도피였다. 처음으로 인연을 시작한 소화와 지인. 그 후로 만남과 이별을 반복하며 살아왔다. 만남의 시작이 있듯 이별의 끝은 항상 그를 따라다녔다.

'나는 이용하면서 살아온 인생이었지…….'

무영은 짧게 한숨을 내쉬며 창가 쪽으로 걸음을 옮겼다. 이별 인사 따위는 할 수 없었다. 그저 이렇게 조용히 사라져 주는 것이 도리일지도 모른다.

'내 이기적인 생각일지도 모르지만.'

무영은 혁낭을 들었다.

똑똑.
문득 방문을 두들기는 소리에 무영이 고개를 돌렸다.
"영아, 누나야."
문 바깥으로 백리현의 그림자가 비쳤다. 무영은 혁낭을 침상에 내려놓았다.
"잘 잤니?"
"……."
무영은 잠시 고심해 보았다. 물음에 답할 것인가, 말 것인가.
"없나?"
달칵.
백리현이 손잡이를 잡는 소리와 동시에 무영은 혁낭을 꼭 쥐며 창밖으로 몸을 날렸다. 그와 동시에 문이 열렸다.
"응? 없네?"
백리현은 방 안을 둘러보며 턱 주위를 매만졌다.
'정말 어린아이답지 않게 아침잠이 없다니까.'
백리현은 살짝 미소를 지으며 연무장 쪽으로 발걸음을 옮겼다. 새벽부터 갈 곳이라면 연무장밖에 없을 테니까.
"탕!"
문이 닫히자 무영이 창밖에서 얼굴을 빼꼼이 내밀었다.
"웬만하면 빨리 잊어라. 내가 해줄 말은 그것밖에 없네."
그리고 무영은 몸을 날렸다.
무영이 돌아왔을 무렵 소령은 나무 기둥에 등을 기댄 채 두 눈을 부릅뜨고 있었다.
"그 여자 뭐야?"
"여자?"

계집아이의 눈꼬리가 치켜 올라갔다. 무영은 팔짱을 끼며 대수롭지 않은 어조로 답했다.

"또 언제 본 거야?"

"말이나 해."

"내가 머물고 있는 집 딸."

"예뻐?"

볼을 부풀리고 있는 모습이 귀여워 보였다. 순간 무영의 등줄기가 쭈뼛거렸다. 무영은 황급히 말문을 열었다.

"너보다는 못났어."

"정말?"

"응, 정말이야."

소령은 배시시 웃으며 무영의 팔을 더욱더 꽉 부여잡았다.

"한눈팔면 알지?"

본래 저런 성격의 소령이다. 무영이 고개를 설레설레 젓자 소령은 볼을 부풀리며 투덜거렸다.

"싫어."

"뭐가?"

무영의 무심한 물음에 소령은 양 볼을 손으로 감싸 쥐며 몸을 배배 꼬았다.

"나한테는 상냥한 모습만 보여줘."

"휴우, 넌 여전하구나."

"여자애한테 그런 소리라니… 못됐어."

그러면서도 얼굴에 깃든 미소는 가시지 않았다.

"그렇지만 너의 그 빈정거리는 말투도 매력적이야."

"……."

무영은 이마에 손을 얹으며 한숨을 내쉬었다.
"장난은 그만 하고, 영감님은 어디에 있어?"
"아, 이 옷 어때? 비싼 건데."
소령은 치맛단을 살짝 들어 보이며 그 자리에서 한 바퀴 돌았다.
"어이."
"예쁘지?"
"이봐."
"싫어."
"뭐가 또?"
"그런 사무적인 말투."
소령은 과장스럽게 울먹이는 흉내를 낸다.
'아, 머리가 지끈거려.'
무영은 머리를 부여잡았다.
"귀여운 척 그만 해."
"원래 여자 아이는 좋아하는 남자 앞에서 귀여워 보이고 싶은 법인 걸."
무영은 고개를 설레설레 저었다. 소령에게는 이길 방도가 없었다. 말이 통해야 하는 법이건만.
"그만 하자. 영감님 어딨어?"
"지금은 광주에 계신다고 하더라."
소령의 대답에 무영은 한숨을 내쉬었다.
"광주(廣州)라."
"가자."
"응."
무영이 힘없는 발걸음으로 터벅터벅 걸었다. 소령은 무영을 잠시 바라보다가 물었다.
"인사… 안 했지?"
소령의 물음에 무영은 쓴 미소를 지었다.
"할 수 있겠니?"
"그 집 가족들 슬퍼하겠네."
"어쩔 수 없지."
"헤헤, 그런가?"
무영은 피식 미소를 지으며 소령의 머리를 부벼주었다. 소령은 배시시 웃었다.
"왠지 다정하네."
"응, 그런가?"
소령은 힘차게 고개를 끄덕였다. 그녀의 눈가가 몽롱하게 변했다.
"드디어 굳게 닫혔던 마음이 열리는 순간이구나?"
"뭐야, 그게?"
무영의 표정이 일그러졌다.

     *   *   *

"싫어!"
소령은 짜증스럽게 외치며 고개를 저었다.
"그만 고집 피워."
"건량 싫어! 고기가 먹고 싶단 말야!"
무영은 소령에게 국자를 들이밀며 지지 않고 마주 외쳤다.
"그래서 죽 끓였잖아!"
"그래 봤자 건량죽이잖아!"

"그럼 사냥해 와. 구워줄 테니까."

무영의 외침에 소령은 몸을 웅크리며 울먹거리는 어조로 항변한다.

"어머, 연약한 여자한테 사냥이라니? 너무해, 영이."

"하아! 연약? 네가 지금 연약이라고 했니?"

문득 예전 같이 다녔을 때의 일이 주마등처럼 스쳐 지나갔다. 맨손으로 성벽을 허물고, 높은 절벽에서도 거리낌없이 뛰어내리던 소령이었다.

"배고파, 배고프단 말이야. 하지만 건량 싫어. 죽도 싫어."

소령은 계속해서 칭얼거렸다. 결국 무영은 백기를 들 수밖에 없었다.

"사냥해 올 테니까 죽이나 잘 젓고 있어."

"응. 빨리 갔다 와."

소령은 방긋 웃으며 몸을 날리는 무영을 배웅해 주었다.

"이러다 내 명에 못 살지."

무영은 숲 속을 빠른 속도로 내달리며 주위를 살폈다. 그리고 잠시 후 산토끼 한 마리를 발견할 수 있었다.

"좋아."

무영은 혀로 입 주위를 한차례 적시며 손가락을 튕겼다.

뽁!

털썩.

토끼가 바닥에 쓰러지자 무영은 희미한 미소를 지으며 걸음을 옮겼다. 토끼의 미간에는 자그마한 구멍이 뚫려 있었다. 탄지공이 정확하게 명중했다. 무영은 휘파람을 불며 단도를 꼬나 들었다. 능숙한 손길로 토끼의 가죽을 벗긴 다음 배를 갈라 내장을 제거했다.

"이 정도면 한 끼 식사는 되겠지?"

무영은 손질한 토끼를 들고 소령에게 돌아왔다.

"자기야, 왔어?"

"하지 말아라."

"쳇, 사냥해 왔어?"

무영은 고개를 끄덕이며 가죽이 홀랑 벗겨진 토끼를 보여줬다. 그러자 소령은 눈을 가리며 외쳤다.

"잔인해."

"네가 먹고 싶다고 한 거야."

"그래도 잔인해."

무영은 고개를 설레설레 저으며 물었다.

"구울까, 삶을까?"

"굽자."

무영은 나뭇가지를 들고 대강 검기를 방출해 껍질을 벗겨낸 다음 토끼를 꽂았다.

타닥! 타닥!

토끼가 타지는 않을까 싶어 무영은 나무를 돌렸다. 소령은 그런 무영을 주시하고 있었다.

소령은 두 발을 손으로 모아 가슴팍에 가져가며 말문을 열었다.

"영아."

"응?"

"아니야."

"말을 시작했으면 끝맺음을 해."

무영의 책망에 소령은 잠시 주저하는 기색을 보이다가 어렵사리 말문을 열었다.

"그 이야기 들었어. 현아 이야기……."

무영의 손이 멈칫 했다.

"그 이야기는 그만 하자."

"미안."

무영은 짐짓 아무렇지도 않은 표정으로 고기를 구웠다. 그런 모습에 소령의 입가에 희미하게나마 미소가 머금어졌다.

"다행이다."

"응?"

"생각보다 밝아 보여서. 나 솔직히 좀 걱정했거든."

무영은 쓴 미소를 지었다.

"오래된 일인걸."

무영은 짧게 한숨을 내쉬었다.

"보고 싶니?"

"안 보고 싶다면 거짓말이지. 하지만 조금은 여유를 가지려고 해."

"하지만… 하지만 진짜 네 마음은 어떤데?"

어느새 소령은 무영의 손을 꼭 쥐고 있었다. 무영은 쓴 미소를 지으며 고개를 설레설레 저었다.

"글쎄… 여유를 가진 것도 같고… 아닌 것도 같고… 잘은 모르겠네."

"찾긴 할 거지?"

소령의 물음에 무영은 뭐라 대답하려다가 멈칫거렸다.

"쉿."

무영은 한쪽 손으로 입가를 가리며 눈동자를 굴렸다. 소령은 고개를 끄덕였다. 갑작스레 인기척이 느껴진 탓이다.

그리고 잠시 후 길 저편에서 걸어오는 인영이 둘의 시야에 들어왔다. 점점 가까워져 오자 불길이 비쳤다.

이십대 중반쯤으로 보이는 사내였다. 그는 도복 차림에 허리에는 긴 검을 차고 있었다.

"지나가는 여행객인데 불 좀 같이 쬘 수 있겠… 어라?"

도복 사내는 불에 앉아 있는 무영과 소령을 보며 고개를 갸웃거렸다. 이제 막 열 살 내외로 보이는 꼬마아이들이었기 때문이다.

"꼬마?"

"무슨 일이죠?"

무영과의 오붓한 시간을 방해받은 탓인지 소령의 어조는 냉랭하기 그지없었다.

도복 사내는 소령의 말투에 박힌 가시를 느꼈는지 어색한 미소를 지으며 뒷머리를 벅벅 긁었다.

"앉으세요."

무영은 자리를 권했다. 순간 옆구리에 느껴지는 끔찍한 고통에 눈물이 찔끔 배어 나오기는 했지만.

"아, 고맙다. 그런데 부모님들은?"

도복 사내는 넉살 좋게 웃으며 땅바닥에 털썩 주저앉았다.

무영은 옆구리를 손으로 매만지며 말했다.

"없어요."

"없다니?"

"안 계시거든요."

"아……."

도복 사내가 나직하게 침음성을 내뱉었다. 괜히 아픈 곳을 들쑤신 것 같아 표정이 가라앉았다. 무영은 피식 웃으며 고개를 저었다.

"그런 표정 지으실 것 없어요. 이제는 생각도 안 나니까."

"그럼 옆에 이 아가씨는?"

"아, 이 녀석은……."

"약혼자요."

소령이 무영의 말을 자르며 끼어들었다. 순간 무영이 표정을 일그러뜨렸다.

"또 헛소리를 하시는구만."

"사실이잖아?"

소령은 무영의 어깨에 기대며 그윽한 목소리로 반문했다. 무영은 도복 사내를 바라보며 손을 내저었다.

"믿지 마세요."

"흐음… 조숙하군."

도복 사내는 턱 주위를 매만지며 무영과 소령을 바라보다가 미소를 지었다. 그런 모습에 무영은 눈을 감으며 뒷머리를 벅벅 긁었다.

도복 사내는 두 사람을 바라보다가 자신에 대해 말문을 열었다.

"내 이름은 청월이라고 한다. 무당의 제자지."

"무당이요?"

소령이 관심의 빛을 띠었다. 무당이라면 청파무림의 명문대파가 아니던가.

"혹시 청월이라면 섬검(閃劍)?"

"나를 아니?"

청월의 얼굴에 화색이 돌았다. 자신에 대해 알고 있는 이가 있다는 사실이 놀라웠기 때문이다.

소령은 고개를 끄덕였다. 현 무림의 후기지수 중 가장 빠른 검을 구사하는 이가 섬검이었다.

"유명한 아저씨야?"

무영의 물음에 소령은 고개를 끄덕였다.

"후기지수 중 한 명이야."

"역시 싸돌아다니기 좋아하는 소령 씨답군. 별걸 다 아네?"

감탄 섞인 무영의 말에 소령이 입술을 삐죽이며 물었다.

"칭찬이지?"

"당연하지."

둘이 속닥거리는 것을 듣던 청월이 말을 걸어왔다.

"저기……."

"예?"

무영이 반문하자 청월은 쑥스러운 미소를 지으며 머리를 긁적였다.

"아저씨는 좀……."

"아… 미안해요."

무영은 희미하게 웃으며 장작 거리를 불에 놓았다.

"아, 다 익었다."

무영은 토끼의 뒷다리를 뜯어 소령에게 건넸다. 그리고 청월을 바라보며 고기를 권했다.

"드시겠어요?"

"아니, 난 이게 있거든."

청월은 벽곡단이 든 주머니를 흔들었다. 그런 모습에 소령은 고개를 끄덕였다.

"그러고 보니 무당이면 도사님이지."

"상관은 없지만 요즘 몸이 좀 무거워서. 탁기를 몰아내 볼까 생각했거든."

"그래요?"

소령은 고개를 끄덕이며 토끼 고기를 한입 베어 물었다. 조금 질기기는 했지만 못 먹을 정도는 아니었다. 무영은 소령의 얼굴을 바라보다가 물었다.

"간은 맞니?"

"응, 괜찮네."

소령은 만족스런 표정으로 배시시 웃었다.

청월은 잠시 두 꼬마아이를 바라보다가 물었다.

"그런데 너희는 이런 곳에서 뭐 하니?"

"여행 중이요."

소령은 열심히 고기를 뜯어 먹으며 답했다. 청월은 근심 어린 표정을 지었다. 어린아이 둘이 여행이라니, 언뜻 이해가 가질 않았다.

'사정이 있는 걸까?'

"아저씨… 아니, 오빠는 어디 가는데요?"

소령의 물음에 청월이 씩 웃었다.

"나는 전진파에 볼일이 있어서."

"어? 전진파면 광동이잖아?"

소령은 깜짝 놀라며 반문했다. 무영과 소령의 목적지는 광주, 광동성의 성도였다.

결국 가는 방향이 같다는 뜻이다.

"전진파란 게 광동에 있는 거야?"

무영의 물음에 소령이 고개를 끄덕였다.

"바보, 넌 그런 것도 모르니?"

"미안하군요."

무영이 투덜거리자 소령은 혀를 날름 내밀었다. 그리고 청월에게 시선을 주며 말문을 열었다.

"저희는 광주에 가요."

"광주? 광주면 광동성이니 방향이 같구나. 그런데 이곳에서는 엄청난 거린데 어찌 너희 둘이 여행할 생각을 했니?"

소령은 깜찍하게 웃었다.

"제 한 몸 지킬 정도는 돼요."

청월은 내심 혀를 찼다. 그래 봤자 열 살 내외의 아이들이었기에 철없는 소리로만 들릴 뿐이었다.
'지나칠 수는 없겠구나.'
청월은 내심 마음을 굳혔다. 이왕 가는 길이 같으니 데려갈 심산이었다. 조금 골치가 아파지기는 하겠지만 어쩔 수 없었다.
"그럼 나랑 동행할까?"
"정말요?"
소령의 표정이 환해졌다. 무영은 소령을 주시하며 전음을 날렸다.
"무슨 생각이야?"
"바보야, 어른이랑 가면 방 같은 걸 얻는 것도 수월하잖아. 생각해 봐. 꼬마 둘이 가서 방 달라고 하는 거… 뭔가 이상하다고 생각하지 않아?"
무영은 내심 고개를 끄덕였다. 그 점은 맞는 말이었다. 아무래도 어린 아이들에 대한 선입견이란 것이 남아 있으니 말이다.
"그렇기는 해도……."
"그리고 우리한테는 일석이조야."
"응?"
소령은 한쪽 눈을 찡긋거렸다.
"설마 우리한테 돈을 부담시키겠니?"
무영은 짧게 한숨을 내쉬었다.
"…그런 속셈이었니?"
"어찌할 거니?"
청월의 물음에 소령이 고개를 끄덕였다.
"잘 부탁드릴게요."
"네 마음대로 정하다니……."
무영이 짐짓 굳은 어조로 나무라자 소령은 눈을 깜박이며 되물었다.

"싫어?"

동행을 시작한 지 열흘이 지났다. 일행이 도착한 곳은 복건성의 성도인 복주였다.
한 성의 성도답게 상당한 인구가 밀집되어 있어 활발하기 그지없었다.
"오빠, 저 꼬치 사줘요."
"크흠……."
청월은 품에 든 돈주머니를 슬쩍 만지며 침울한 표정을 지었다.
청월은 울고 싶은 심정이었다. 활동 자금으로 무당에서 받아온 은자를 아끼고 아껴왔다. 하지만 이 소악마, 정확히는 소령이 은자 주머니의 반을 빼나간 데 걸린 시간은 정확히 열흘이었다.
'아직 반도 채 오지 못했는데…….'
청월은 고개를 설레설레 저었다.
"오빠, 나 꼬치 먹고 싶어. 배고프단 말이에요."
급기야 소령이 울먹거리기 시작했다. 주위를 지나치는 사람들이 귀여운 여자 아이와 청월을 바라보며 수군거렸다.
"어머, 여자 아이가 배고프데요."
"불쌍도 해라."
"어머? 저 남자 생긴 거는 멀쩡하게 생겨 가지고 애를 굶기나 봐요?"
"저런 못된 사람."
"…가서 골라라."
결국 청월이 굴복했다.
"와아!"
소령은 환호성을 지르며 꼬치를 골랐다. 청월은 돈을 계산하다가 무영에게 시선을 주며 물었다.

"넌?"

"저는 괜찮습니다."

무영은 차분한 어조로 고개를 저었다.

'그나마 남자 아이는 어른스러우니 다행이야.'

계산을 치른 청월은 다시 한 번 돈주머니를 매만졌다.

겨우 동전 한 냥이 빠졌을 뿐인데 한층 가벼워진 것 같았다.

소령은 맛나게 꼬치를 베어 물며 무영을 바라보았다. 무영은 한숨을 내쉬며 소령의 시선을 외면했다.

"이거 진짜 맛있는데."

하지만 무영은 대답이 없었다. 소령은 볼을 살짝 부풀리며 청월에게 엉겨 붙었다.

"오빠, 사랑해."

소령이 청월의 옷소매를 부여잡으며 매달렸다. 총기 어린 눈망울을 반짝이며 귀엽게 웃는 모습에 청월은 미소를 지었다.

'어쩔 수 없군.'

누구라도 시선이 갈 만큼 빼어난 외모를 가진 여자 아이가 애교를 부리니 침울한 상념이 눈 녹듯이 사라졌다.

"객점을 알아보자."

"응!"

소령은 활기차게 외치며 청월의 옷소매를 꼭 쥔 채 걸음을 옮겼다.

"캬캬캬, 멍청하긴. 정말 다루기 쉽다니까?"

소령은 대답하지 않는 무영에게 끊임없이 수다를 떨며 히죽 웃었다.

객점을 찾는 것은 그리 오래 걸리지 않았다. 바로 코앞에 자리잡고 있었기 때문이다.

청산루.

이층의 목조 건물인 객점으로 들어선 청월은 큰 방 하나를 잡았다. 어린 두 녀석 때문이었다.

돈을 많이 잡아먹어서 그렇기는 하지만 좋은 점도 상당히 많았다.

무영의 경우 노숙에 있어서는 상당히 능숙했다. 요나 불을 피우는 등의 잡다한 일에 있어서 청월의 손이 갈 필요가 거의 없었다. 청월은 사냥만 해오면 끝이었다.

그리고 소령은 분위기를 잘 띄웠다.

특히 무영과 티격거리는 모습을 보고 있자면 시간 가는 줄 모를 지경이었다.

마지막으로 무영과 소령이 청월의 발걸음에 뒤쳐지지 않는다는 것이다. 이것이 가장 중요한 점이었다.

어린아이다 보니 지칠 만도 하건만 둘은 그렇지가 않았다. 처음 제 한 몸 지킬 수준은 된다던 소령의 말처럼 말이다.

전체적으로 만족스러운 여행이기는 했다.

"저녁부터 먹을 테냐?"

"예."

무영이 고개를 끄덕였다.

"나는 세수 좀 하고 올 테니 기다리렴."

"오빠, 빨리 갔다 와."

소령은 귀여운 목소리로 청월을 배웅했다.

탕.

이내 문이 닫히자 소령이 무영의 옆에 다가와 앉았다. 무영은 옆으로 살짝 움직였다.

"왜?"

"요즘 오붓한 시간이 없었잖아."

"아, 그래?"

무영은 나지막이 중얼거리며 혁낭을 침상 밑으로 내려놓았다. 소령은 무심한 무영을 향해 혀를 살짝 내밀었다. 무영은 흐트러진 옷매무새를 가다듬으며 말문을 열었다.

"아직 한 달은 더 가야겠지?"

"그렇겠지."

무영은 턱 주위를 매만졌다. 확실히 돈이 안 들어서 좋은 점은 있었지만 조금 느린 것이 아닌가 싶었다. 둘이 마음먹고 달린다면 보름 만에 당도할 수 있는 거리였다. 하지만 소령은 굳이 이런 여행을 고집했다.

바로 얼마 전에 일랑이 나타나 마음에 여유가 없는 무영으로서는 조급해질 수밖에 없었다.

"어쩔 수 없어. 너나 나나 내상을 입었잖아. 무리하면 안 좋아. 일랑 역시 당분간은 요양해야 할 테니까 당분간은 괜찮을 거야."

소령의 말에 무영은 고개를 끄덕였다. 소령 역시 잘린 팔목은 나았지만 내상은 아직 치료되지 않았다. 그것은 무영도 마찬가지였다. 한 달 정도는 요양을 해야 했다.

하지만 일랑은 달랐다. 무영과 소령의 합공을 받았기에 몇 달은 쥐 죽은 듯이 요양을 해야 할 것이다.

"그런데 조금 불쌍하지 않아?"

"응?"

소령이 고개를 갸웃거리자 무영은 짧게 한숨을 내쉬었다.

"청월이란 사람 말이야. 보니까 계속 돈주머니를 만지던데."

무영의 걱정스런 말에 소령은 피식 웃었다.

"왜, 걱정돼?"

"미안하잖아. 그러다 돈 떨어지면 결국 우리가 부담해야 하는데."

"흐음? 결국 그런 심보였구나?"

소령은 음흉하게 웃었다. 무영은 어깨를 으쓱였다.

"하여튼 이제는 좀 자중하자고."

"알았어. 근데 왜 안 오지? 슬슬 배고파지는데."

소령이 배를 매만지며 중얼거렸다. 무영은 허탈한 표정으로 고개를 설레설레 저었다.

"네 배에는 거지가 들어찼냐? 꼬치 먹은 지 얼마나 됐다고 벌써 배고파?"

"그러게… 요즘은 먹어도 먹어도 배고파. 혹시……?"

"……?"

무영이 고개를 갸웃거렸다. 소령은 짐짓 얼굴을 붉히며 양 볼을 감싸 쥐었다.

"나, 네 아이를 임신했나 봐."

"…화낸다."

"이름은 뭐라고 지을까?"

"이 화상아!"

무영은 결국 참지 못하고 빽 소리를 질렀다. 때마침 밖에서 문을 열기 위해 서 있던 청월은 고개를 설레설레 저었다.

"또 시작했나?"

청월은 문을 열고 들어가 날뛰기 일보 직전이던 무영을 말렸다. 소령은 양 볼을 감싸 쥐고 대담한 이야기를 거듭 내뱉으며 무영의 화를 돋웠다.

하지만 청월은 간단하게 둘을 진정시켰다.

"내려가서 밥 먹자."

그것으로 상황 종료.

무영과 소령은 밑으로 내려왔다. 하지만 아직 여파가 가시지 않았는지 무영은 청월의 옆에 앉았다. 소령은 무영의 맞은편에 앉아 볼을 부풀리고 있었다.

청월이 씩씩거리는 무영을 다독이고 있을 무렵이었다.

"아니, 자네, 무당의 청월이 아닌가?"

누군가 청월을 불렀다.

"누구……?"

청월은 고개를 돌려 목소리의 주인공을 바라보았다. 순간 청월의 얼굴이 환하게 펴졌다.

"아니, 자네는?"

"하하하, 혹시나 했는데 정말 청월이 맞구만."

청월과 마찬가지로 이십대 중반의 훤칠한 사내였다. 옆에는 동년배로 보이는 여인이 서 있었다.

선남선녀.

둘을 표현하기에 딱 알맞은 말이었다. 수려한 이목구비의 훤칠한 사내와 어여쁜 여인.

무영과 소령은 짐짓 고개를 갸웃거렸다.

"남궁창, 자네가 여기는 웬일인가? 그리고 모용 소저까지?"

청월은 반가운 기색으로 둘을 맞이했다. 모용 소저라 불린 여인은 가볍게 미소를 지으며 인사를 대신했다.

'남궁창? 남궁세가의 사람인가?'

무영의 눈가에 호기심이 떠올랐다.

"우연이군, 이런 곳에서 만나다니."

남궁창은 환하게 웃으며 청월의 손을 마주 잡았다.

"그러게 말일세. 작년 모임 이후로 처음이지?"

"그렇군. 벌써 일 년이나 지났군."

청월은 고개를 끄덕였다. 그러다가 손뼉을 탁 치며 말문을 열었다.

"그래, 자네도 전진파로 가는 중이었군."

"올해는 전진파에서 모이기로 했으니까."

청월은 고개를 끄덕이다가 문득 미소를 지으며 남궁창의 어깨에 손을 둘렀다.

"그것보다 언제 초대할 텐가?"

"응? 아아, 내년 초로 잡고 있네."

"그럼 일정이 잡힌 게로군. 모용 소저, 축하합니다."

청월이 모용소에게 미소를 지으며 축하의 뜻을 전했다. 모용소는 얼굴을 살짝 붉혔다.

남궁창은 청월의 어깨를 다독이며 호탕하게 입을 열었다.

"축의금이나 넉넉히 들고 오라고."

"하하하! 걱정 말게."

청월은 호탕하게 웃었다. 그런 모습에 남궁창은 미소를 지으며 은근하게 말을 붙였다.

"그것보다 부지런히도 가는군? 아직 여유있구만."

"뭐, 시간도 남아돌고 해서 말이지. 그러는 자네도 마찬가질세."

"아, 나야 여행도 겸해서 말이야. 뭐, 그런 거지."

남궁창의 말에 청월이 고개를 끄덕였다. 청월은 잠시 미소를 짓다가 이윽고 말소리를 낮췄다.

"그런데 이번 모임 주제는?"

남궁창은 씁쓸한 미소를 지었다.

"뭐겠나? 그저 윗어르신들에 대한 성토 자리지……."

"하긴… 오십 년 전의 치욕 이후로 어르신들이 너무 몸을 사리시는 경향이 있지."

"그건 그래. 그래서 말인데……."

그 후로 잠시 동안 남궁창과 청월은 뭐라 속닥거리고 있었다. 무영은 별로 신경 쓰지 않았지만 무림사에 관심이 많은 소령은 살포시 미소를 지으며 둘의 대화에 귀를 기울였다.

"흠… 예전 정사대전 이야기구나? 하긴 이쯤 되면 저런 말이 나올 법도 하겠네."

소령의 전음에 무영은 피식 웃으며 손을 내저었다.

"보아하니 비밀 이야기 같은데 엿듣다니… 악취미야."

"그래도 재미있는걸."

소령의 말에 무영은 고개를 설레설레 저었다. 때마침 이야기를 끝낸 남궁창이 화제를 무영과 소령에게로 돌렸다.

"그런데 이 아이들은?"

"아아! 자, 인사하거라. 형의 친우인 남궁창이라고 한다. 그리고 저분은 남궁창의 약혼자인 모용 소저다."

"안녕하세요."

"오빠, 언니, 안녕?"

무영과 소령이 각각 귀엽게 인사를 했다. 순간 뒤에 서 있던 모용소의 안색이 환하게 펴졌다.

보기 드물게 귀여운 꼬마아이들이었다. 그런 모습을 본 남궁창이 껄껄 웃었다.

"귀여운 아이들만 보면 정신을 못 차린다니까."

"놀리지 마요."

모용소가 슬며시 남궁창의 옆구리를 꼬집으며 투덜거렸다.

"아, 여행 중에 우연히 만나게 된 아이들이야. 일단은 보호자라고 해

두지.”
 그 말이 끝남과 동시에 소령이 청월에게 쪼르르 달려와 폴짝 안겼다.
 “아!”
 순간 모용소의 얼굴에 부러운 기색이 흘러나왔다. 청월은 왠지 모를 우월감을 느끼며 무영과 소령을 양팔에 꼭 안고 둘을 주시했다.
 “정말 귀엽지?”
 “정말 그렇네.”
 남궁창과 모용소는 고개를 끄덕이며 의자에 앉았다.
 “그런데 어쩌다……?”
 남궁창의 물음에 청월은 무영과 소령을 바라보았다. 말해도 되겠느냐는 뜻이었다.
 무영은 선선히 고개를 끄덕였다.
 “상관없어요.”
 청월은 무영의 머리를 쓰다듬어 주며 입을 열었다.

 “뭐, 이 정도네.”
 청월의 말이 끝남과 동시에 주문해 두었던 음식이 나왔다.
 “와, 밥이다!”
 “와!”
 무영과 소령이 환호하며 경쟁적으로 음식을 먹기 시작했다. 하지만 그 모습을 바라보고 있는 남궁창과 모용소의 얼굴은 편치 않았다.
 가여운 마음이 들기는 했지만 함부로 내색하지는 않았다. 섣불리 동정하는 모습에 상처받을 수도 있기 때문이다.
 청월은 남궁창을 바라보며 말문을 열었다.
 “그런 표정 짓지 않아도 돼.”

"미안."

그때 무영이 배시시 웃으며 음식이 든 그릇을 남궁창과 모용소의 앞으로 밀었다.

"식사하세요."

"그래."

남궁창 역시 미소를 지어주며 음식을 들기 시작했다.

"언니."

"응?"

소령은 음식을 집어 모용소의 입가에 가져갔다.

"무지 맛있어요."

"고마워."

모용소는 음식을 받아먹으며 환하게 웃었다.

"정말 맛있다."

"그렇지요?"

소령은 천진난만하게 웃었다.

"넘어간 것 같지?"

"그러냐?"

"물주가 늘었다."

"불쌍한 중생들이군."

소령은 무영에게 열심히 수다를 떨며 내심 음흉한 미소를 지었다.

제8장

착각

착각

촤악!

붉은 물방울이 튀었다.

데구르르. 툭!

무영의 발치에 무언가 부딪쳤다. 무영은 고개를 숙여 그것을 바라보았다. 산발된 머리칼과 크게 치켜떠진 눈. 그것은 무영의 집안일을 맡아 관리하던 왕 서방의 머리였다.

무영은 왕 서방의 머리를 가만히 내려다보았다. 가끔씩 이런 저런 맛난 것을 사다 쥐어주며 넉넉한 웃음을 지어 보이던 왕 서방의 표정이 참혹하게 구겨져 있었다.

무영은 혼란스러움에 몸을 부르르 떨었다.

―내 아이.

저벅저벅.

나지막한 목소리와 함께 누군가 다가왔다. 무영은 고개를 들었다. 붉은 경장을 입은 여인은 새하얀 손에 한 자루 검을 쥐고 있었다.
—어머니?
—걱정하지 마.
창백한 인색의 중년 여인은 힘겨운 목소리로 무영의 볼을 매만져 주며 미소를 지었다. 그리고는 천천히 무영을 품 안에 안고는 머리를 쓰다듬었다.
—어머니?
무영의 물음에 중년 여인은 초점없는 눈동자를 떨궜다.
—너에 대해 지껄이는 놈들은 다 죽어.
여인은 다시금 싱긋 미소를 지어주었다.
—귀여운 내 아이, 이 어미가 영원히 지켜줄게.
—어머니.
언제나 흔들림이 없었던 여인의 어깨가 축 늘어져 있었다. 무영은 여인의 목을 손으로 감아 안을 수밖에 없었다.

무영은 눈을 떴다.
머리가 텅 빈 듯 공허함만이 감돌고 있었다.
"…또 같은 꿈을……."
무영은 짧은 한숨을 내쉬었다. 꿈속의 여인은 감미란이었다. 자신을 아꼈던 어미. 하지만 그 사랑이 너무도 지나쳐 불행했던 명교의 여인.
무영은 가끔씩 어미였던 여인들의 꿈을 꾸고는 한다. 감미란 역시 마찬가지였다.
즐겁거나 슬프거나.
꿈에 등장하는 어미들과의 상황은 모두 제각각이었다. 하지만 감미란이 등장하는 꿈은 언제나 똑같았다.

감미란은 일 년여 전 어미였던 연지옥 이전에 인연을 맺었던 양어미이다. 하지만 연지옥과는 달리 우연히 만나 양자로 들어가게 되었다.

연지옥과는 그리 애정이 깊지 않았다. 하지만 감미란을 비롯한 몇 명은 아직도 생각이 난다. 대표적인 것이 소화와 지인이었다.

거듭되는 이별. 많이 적응은 되었다.

하지만… 가끔씩 가슴 한편이 찡하니 저린다.

"마음이 울적해져 버렸다."

무영은 짧게 한숨을 내쉬며 괜히 뒷머리를 벅벅 긁었다.

"으음……."

그때 옆에서 비음성이 들렸다. 무영은 고개를 갸웃거리며 고개를 돌렸다.

소령이 무영의 침대에서 잠들어 있었다.

"헤헤."

소령은 무슨 꿈을 꾸는지 헤실거리며 웃고 있었다.

"훗!"

무영은 살포시 웃었다. 그리고 잠시 뒤,

"어서 썩 안 나가!"

객점 전체가 한 소년의 욕설로 쩌렁쩌렁 울렸다.

그렇게 소란스러운 아침이 지났다. 이제는 떠날 시간이 된 것이다. 대충 아침을 먹고 객점 밖으로 나가보니 마차가 서 있었다. 바로 남궁창의 것이었다.

"이제부터는 마차를 타고 가자."

남궁창은 마차 문을 열며 말했다. 소령은 폴짝폴짝 뛰며 좋아했다.

"와아, 마차다!"

"자아, 올라가자."

청월이 소령을 마차 안으로 안아 올렸다. 소령은 의자에 앉더니 폴짝거렸다.
"푹신푹신해!"
"정말?"
"안에서 뛰면 안 돼."
"네에."
소령이 활기찬 목소리로 대답한다. 그에 비해 무영은 차분한 표정이었다. 모용소는 미소를 지으며 두 아이를 바라보고 있었다.
이왕 만나게 되었으니 같이 동행하자는 남궁창의 제안을 청월이 받아들였다.
마차를 타는 것이 시간도 절약되고 안전했다. 아이들 역시 힘들게 걷지 않아도 되었다.
"정말 고맙네."
"무슨 소리를. 어차피 방향도 같지 않은가."
"그렇게 말해주니 몸 둘 바를 모르겠군."
청월과 남궁창이 마주 미소를 지었다.
"영아."
"응?"
"이리 와."
소령이 자신의 옆 자리를 손으로 탁탁 치며 말했다. 무영은 눈살을 찌푸렸다.
"싫어."
"사랑이 식은 거야?"
"식을 사랑이 있었나?"
무영은 차갑게 잘라 말했다. 순간 소령의 표정이 침울해졌다.

"…어떻게 사랑이 변하니?"

"뭘 변해?"

무영은 투덜거렸다. 그 모습을 보고 있던 모용소가 풋 하고 웃었다. 어제부터 쭉 이어진 티격거림을 봤기 때문이다.

"부정하려 들지 마."

"아니, 그러니까 뭘 부정해."

"다 알고 있어, 차가움 속에 숨겨진 나에 대한 사랑을."

"미친다, 미쳐."

"이해해 줄게. 나는 이해심이 많은 여자야."

무영은 언제나처럼 이마에 손을 얹으며 눈을 감았다. 상대해 주는 것이 손해다.

"나 이외의 여자한테는 눈길도 주지 마. 죽어."

"…이해심이 많은 여자라며?"

무영은 한숨을 내쉬었다.

"여태껏 심심하지는 않았겠군."

"보고 있기만 해도 재밌어."

마차 밖에 있던 남궁창과 청월은 피식 웃었다.

남궁창은 다재다능한 사람이었다. 명문무가인 남궁세가의 장남임에도 불구하고 요리에 능했다. 또한 분위기를 재미있게 가져갈 줄 아는 사람이었다.

"확실히 편해지기는 했어."

무영의 중얼거림에 대뜸 소령이 끼어들었다.

"영이보다 요리도 잘해. 농담도 잘하고, 훨씬 재밌어."

"…그래?"

무영은 대강 답하며 창밖으로 고개를 내밀었다. 벽에 살짝 가려졌지만 흩날리는 남궁창의 머리칼이 보였다.

무영은 피식 미소를 지었다. 그때 소령의 뾰족한 목소리가 들려왔다.

"나빴어."

"뭐가?"

무영이 감흥없는 표정으로 되묻자 소령의 볼이 부풀어 올랐다.

"이 정도 했으면 반응을 좀 보여야 하는 것 아니야?"

무영은 고개를 갸웃거렸다.

"응?"

"너는 나를 사랑하지도 않니?"

"별로."

"영이 바보!"

휘익!

순간 섬광같이 뻗어오는 주먹에 무영은 화들짝 놀라며 피했다.

"놀랐잖아."

"나는 이토록……"

나지막이 중얼거리던 소령의 눈이 번뜩이며 수십의 주먹이 무영을 향해 찔러 들어왔다.

"이토록 영이를 사랑하는데!"

파바방!

"우, 우와악!"

"바보팅이!"

마차가 들썩이자 밖에서 마차를 몰던 남궁창이 피식 웃었다.

"청춘이군."

청월이 고개를 끄덕였다.

"그래… 청춘이군."
"아, 저기 보게."
"응?"
"바다가 보이는군. 아마도 여기가 하문(夏門)일 거야. 여기서 배를 타고 해안선을 따라 광동으로 갈 수 있지."
남궁창의 설명에 청월은 넋 빠진 시선으로 바다를 바라보며 감탄성을 터뜨렸다.
"저게 바다인가? 과연 장엄하구나."
"나도 바다는 처음 보는데. 정말 멋지군."
청월의 외침에 남궁창 역시 감탄스러운 표정이었다.
남궁세가가 위치한 안휘성은 내륙이었기 때문이다. 태어나서 처음으로 본 바다였다.
"끝이 안 보이는군. 당신은 처음 아니지?"
남궁창은 힐끗 고개를 내밀고 있는 모용소에게 시선을 주며 물었다. 모용세가가 자리한 요녕에는 바다가 있었다.
"멋지지요?"
"응. 호수랑 뭔 차이가 있겠나 싶었는데……."
"다르지요. 당연히 그럴 수밖에요."
모용소는 살며시 미소를 지었다.
"하문이라……."
소령은 주먹을 내려놓으며 중얼거렸다.
"하아! 하아!"
무영은 거친 숨을 몰아쉬며 놀란 가슴을 진정시키고 있었다.
"기억나니?"
"뭐가?"

무영은 가슴을 쓸어내리며 물었다. 소령은 살포시 웃었다.
"예전에 하문에 놀러 왔었어."
무영은 잠시 생각하다가 고개를 끄덕였다.
"확실히 기억나. 그해에 악비가 죽었으니까."
"사백 년도 훨씬 넘었구나."
무영은 얼굴이 어두워졌다.
"그때 정말 재미있었어. 그때 현아도 있었으면 좋겠다고… 아!"
종알거리던 소령이 입가를 가렸다. 무영은 쓸쓸한 미소를 지었다.
"괜찮아."
하지만 소령은 금세라도 울음을 터뜨릴 기세였다. 무영은 소령의 옆에 앉으며 머리를 쓰다듬어 주었다.
"내가 바보 같은 모습을 보였구나."
"하지만."
"울지 말고."
무영은 턱을 괴며 한숨을 내쉬었다. 그런 모습을 바라보던 소령은 슬며시 미소를 지었다.
"나중에 다시 한 번 여행 오자."
소령이 살며시 무영의 어깨에 얼굴을 기대며 말을 이어나갔다.
"신혼 여행으로."
무영은 희미한 미소를 지으며 답해주었다.
"절대로 싫어."

하문에 도착한 청월은 배편을 알아보기 위해 항구로 나갔다.
육로를 통한다면 한 달 가까이 걸리겠지만, 배를 타면 시일이 반으로 줄 수 있었다. 해안선을 따라가다가 주강(珠江)으로 들어가면 바로 광주였다.

"요즘 해적들이 기승이라고 하던데 괜찮을까요?"

무영의 말에 남궁창은 씩 웃었다.

"걱정되냐?"

"그런 것은 아니고요."

"걱정하지 않아도 된다. 든든한 형이 둘이나 있지 않니?"

남궁창의 호언장담에 창가 밖으로 얼굴을 내밀고 있던 소령이 말을 받았다.

"네가 무림 정세에 어두워서 모르겠지만 두 오빠가 무림에서 차지하는 비중은 상당해."

"그래?"

"십룡회 소속 중 두 명이 있는데 무슨 걱정이니?"

"십룡회?"

"현 정파무림의 가장 뛰어난 후기지수 열 명이 모여 만든 모임이 십룡회야."

무영이 고개를 끄덕였다.

"과연 그렇군."

"험험! 이제 알겠냐?"

남궁창은 헛기침을 내뱉으며 말했다. 자신의 이야기가 나오자 얼굴이 살짝 붉어져 있었다.

"무림에서 가장 뛰어난 후기지수? 그 정도야?"

"어."

무영은 내심 침음성을 흘렸다.

"그렇군……."

"바보, 뭐든지 네 기준에 맞추려 들지 마."

소령이 한심하다는 표정으로 바라보자 무영은 머리를 긁적였다.

"니들, 서로 뭘 그렇게 빤히 쳐다보고 있냐?"

무영이 고개를 저으며 말했다.

"아니, 아무것……."

"눈빛으로 사랑을 속삭이고 있었어요."

소령은 무영의 팔에 찰싹 달라붙으며 발랄하게 말했다.

무영은 고개를 떨궜다. 소령은 배시시 웃으며 말을 이어나갔다.

"감동한 나머지 젖은 눈을 애써 감추려 들지 마. 그저 한 번 안아주면 돼."

"진짜 요즘 애들은 조숙하구나."

남궁창은 혀를 내둘렀다.

때마침 배편을 알아보러 갔던 청월이 돌아왔다.

"배편이 있던가?"

"어, 다행히 있더군. 반 시진 뒤에 출발이네."

"다행이군. 어서 가세."

"그래."

마차를 이끌고 항구에 가니 배들이 정박해 있었다. 청월은 이내 한쪽을 가리켰다.

"저 배네."

상당히 규모가 큰 배였다. 남궁창은 고개를 끄덕이다가 청월을 바라보며 말문을 열었다.

"마차를 실을 수 있나?"

"걱정 말게. 말을 해놨으니까."

"그거 다행이군."

남궁창과 청월은 잡담을 나누는 동안 선원들이 배 위로 마차를 실었다. 무영은 갑판에 올라서 짭짜름한 바다 내음을 같고 있었다.

"상쾌하다."

"짐을 주십시오. 객실에 가져다 놓겠습니다."

선원이 다가와 친절하게 맞이했다. 일행은 선선히 짐들을 건넸다.

잠시 후 배가 움직이기 시작했다.

"오오오! 간다."

"이렇게 큰 배가 움직이다니."

남궁창과 청월은 뭐가 그리 신기한지 계집아이들처럼 조잘거리고 있었다.

항해는 지루하기 짝이 없었다.

"마차 여행이랑 다를 것이 없군."

첫날에는 신기해 어쩔 줄 몰라 하던 남궁창은 삼 일쯤 지나자 감흥없는 표정이다. 그럴 수밖에 없었다. 오로지 똑같은 풍경이었기 때문이다. 도리어 나쁜 점도 있었다.

"으으……."

청월이 배를 움켜쥐며 객실에서 나오자, 남궁창은 걱정스런 표정으로 다가가 물었다.

"자네, 괜찮은가?"

"…죽을 맛이야……."

"신기하군. 멀미약이 안 듣는 체질이라니."

"그러게 말일세."

"알려줬으면 그냥 육로로 갔을 터인데… 쯧쯧."

남궁창의 말에 청월은 고개를 저었다.

"내가 어찌 그럴 수 있겠나… 우욱!"

"쏠라나? 어서 뱃머리로 가지. 내가 등을 두들겨 주겠네."
남궁창은 황급히 청월을 데리고 뱃머리로 갔다.
"우웩!"
배 밖으로 몸을 내밀기가 무섭게 청월이 토악질을 하기 시작했다. 남궁창은 역한 냄새에 눈을 찡그리면서도 청월의 등을 정성스럽게 두들겨 주었다.
"쿨럭쿨럭! 하아… 고맙네."
청월은 갑판 바닥에 주저앉아 숨을 몰아쉬었다. 핏기가 싹 가신 얼굴에 남궁창은 혀를 끌끌 찼다.
"괜찮아요?"
때마침 갑판으로 나온 무영이 축 처져 있는 청월을 보며 물었다. 청월은 손을 설레설레 내저을 수밖에 없었다. 말하는 것조차 부담스러울 정도로 지독한 뱃멀미였다.
무영은 혀를 끌끌 차며 청월의 옆에 앉았다.
"말씀을 하시지 그러셨어요."
무영의 책망 어린 말투에 청월은 힘겹게 웃었다.
무영은 잠시 청월을 바라보다가 문득 말문을 열었다.
"알고 있어요? 공기의 흐름이 바뀌었어요."
"영아, 뭔가가 오고 있어."
때마침 갑판으로 나온 소령이 흩날리는 머리칼을 귀 뒤로 넘기며 말했다. 무영은 소령에게 고개를 끄덕였다. 그리고 아직까지 멍한 얼굴로 주저앉아 있는 청월을 바라보다가 피식 웃었다.
"아무것도 아니에요."
"뭐?"
뒤늦게 자신의 말에 반응하는 청월을 뒤로하고 무영은 피식 웃으며 소령에게 다가갔다.

"들어가 있자."

"응? 저 오빠도 알고 있어?"

"아직. 가서 한숨 자야겠어."

"영이 옆에서 잘래."

"제발 그러지 좀 말아라."

무영은 소령의 머리에 꿀밤을 먹이며 휘적휘적 객실로 들어갔다.

"무슨 소리를 하는 건지……."

"나는 이만 들어가 볼 건데, 자네는?"

남궁창의 물음에 청월은 복부를 부여잡으며 입을 열었다.

"난 바람이나 쐬야겠어."

"그러게."

남궁창은 선실로 걸음을 옮겼다.

홀로 남게 된 청월은 선상에 앉아 숨을 몰아쉬었다.

철썩!

따스한 햇빛이 청월의 눈가를 간질거렸다. 몸이 나른해지며 눈꺼풀이 점점 무거워졌다. 파도 부딪치는 소리가 조금씩 좁아져 갔다.

그렇게 얼마나 시간이 지났을까.

"…적이다!"

잠결에 희미한 소리가 들려왔다.

'시끄럽게.'

청월은 몸을 뒤척였다. 하지만 뒤이어 들린 소리에 눈이 퍼뜩 떠졌다.

"해적이다! 해적이 나타났다!"

"뭐, 뭣?"

청월은 재빨리 몸을 일으키며 바다 쪽으로 시선을 줬다. 하지만 해적선은 보이지 않고 지평선만이 광활하게 펼쳐져 있었다.

"어디? 어디지?"

"반대쪽인데요?"

"……."

마침 부산을 떨던 선원 하나가 청월에게 말해줬다. 청월은 머리를 긁적이며 반대쪽으로 다가갔다.

"저것인가?"

온통 검은색으로 칠해진 커다란 배에는 해골 그림이 위압적으로 그려져 있는 깃발이 꽂혀 있었다.

"맙소사! 백골단이잖아?"

"거짓말! 어째서 백골단이 이곳에!"

선원들은 머리를 쥐어뜯으며 울부짖었다. 청월은 그중 비교적 상태가 양호한 자를 붙잡고 물었다.

"백골단이라니?"

"…보통 무역 선단을 전문적으로 터는 녀석들입니다."

청월은 고개를 끄덕였다.

"수법이 대담하면서도 잔혹하기 그지없는 녀석들입니다. 빨리 몸을 숨기십시오. 절대 객실 바깥으로 나오시면 안 됩니다!"

선원은 다급히 말하더니 동료들을 향해 달려갔다.

"무기!"

선원들은 보급 창고로 달려가 무기들을 지급받고 부산을 떨었다. 모두들 불안한 눈빛으로 서서히 다가오는 백골단의 배를 바라보고 있었다.

"무슨 일이기에 이리 부산스러운가?"

마침 객실 바깥으로 나온 남궁창이 청월에게 물었다.

"해적일세."

"해적?"
남궁창은 놀란 얼굴로 되물었다. 청월은 허리춤의 검집을 매만졌다.
"자네 검은?"
"객실에 놓고 나왔는데?"
"가져오게."
청월의 굳은 어조에 남궁창이 되물었다.
"나서야 할까?"
"아무래도… 들어보니 보통은 넘는 놈들이라더군. 애들도 있고, 모용 소저도 있으니 어쩔 수 없지."
남궁창은 선원들을 둘러보다가 고개를 끄덕였다. 싸움이 시작되지도 않았지만 선원들은 벌써부터 움츠러든 기색이 역력했다.
"알겠네. 검을 가지고 나오지."
"모용 소저랑 아이들을 한방에 몰아넣고 절대 나오지 말라 이르게. 꼭이네."
"알겠네."
남궁창은 빠른 걸음으로 객실로 향했다.
"제기랄, 피를 보겠군."
자신이 광주까지 맡은 녀석들이었기에 아이들을 보호해야 한다고 굳게 다짐했다.
'절대로!'
청월은 검집을 꼭 쥐었다. 그때 남궁창이 헐레벌떡 선상으로 나오며 외쳤다.
"애가 하나 없어!"
"뭐?"
"영이가 보이질 않아!"

그 말이 끝나기가 무섭게 청월과 남궁창은 선상 위를 뒤졌다. 하지만 무영의 모습은 보이지 않았다.

"내가 들어가서 찾아보지. 자네는 창고 쪽을 뒤져 보게."

"알았어!"

청월과 남궁창은 각기 흩어져서 무영을 찾기 시작했다.

그때 돛대 위에서 그 모습을 바라보고 있던 무영은 몸을 일으키며 짧게 한숨을 내쉬었다. 귀찮은 일은 싫건만 항상 이렇게 돌발 변수가 생긴다. 소령이 상당히 강한 축에 드는 두 사람이라 이야기했지만, 무영이 보기에는 미덥지가 못했다.

"대충 시선은 분산시켰으니 빨리 끝내야겠지?"

무영은 팔을 휘둘렀다.

찰칵! 찰칵! 찰칵!

쇳소리와 함께 소매에서 검이 튕겨 나왔다.

무영은 자세를 잡았다.

"흐으읍!"

숨을 깊게 들이마시며 검을 뒤로 뺐다.

"후우우!"

벌려진 입가로 뜨거운 김이 뿜어졌다.

우웅……! 우웅!

뒤로 늘어진 검날이 울리기 시작했다. 그리고 뒤이어 무형의 기운이 검날 주위에 이글거렸다.

"무기! 무기!"

선상에서는 선원들이 분주히 움직이고 있었다. 무영은 냉소를 지었다.

"알았다, 알았어. 처리해 주마."

거리는 이십여 장.

"흐읍!"

숨이 목을 타고 넘어감과 동시에 무영의 발이 바닥을 살짝 밟았다. 순간 뒤로 빠져 있던 검날이 번뜩이며 대각선으로 베어져 갔다.

쐐에엑! 스겅!

깔끔하게 베어지는 소리가 이십 장이나 떨어진 이곳까지 들려왔다.

끼이이익!!

빠르게 다가오던 해적선이 멈췄다. 잠시 후 굉음과 함께 돛대가 기울어지기 시작했다.

쾅!

쓰러지던 돛대의 일부분이 해적선의 갑판에 내리찍혔다.

무영은 차가운 미소를 머금었다.

"이제 못 따라올 거라고."

그 광경에 모두들 어안이 벙벙해진 표정이었다. 남궁창의 경우도 마찬가지였다. 무영을 찾다 말고 멍하니 침몰하는 해적선을 바라보고 있었다. 무영은 그 틈에 돛대 밑으로 내려왔다. 그리고 살며시 남궁창의 옆에 섰다.

"저게 해적선인가요?"

"어? 너, 어디 있었어!"

남궁창은 그토록 찾던 무영이 옆에 서 있자 다급하게 외쳤다. 그런 모습에 무영은 짐짓 눈을 깜빡이며 고개를 갸웃거렸다.

"뱃멀미가 나서 잠깐 나왔는데 햇빛이 너무 따듯하더라고요."

"하아……."

남궁창은 바닥에 주저앉으며 한숨을 내쉬었다.

"찾았잖아."

"죄송해요. 그런데 저게 해적선이지요?"

"응? 응. 그렇다고 하더구나."

남궁창이 고개를 끄덕이자 무영은 손가락을 물며 고개를 갸웃거렸다.

"뭔가 문제가 있는 걸까요?"

"글쎄다."

"배 관리를 잘 안 해줬나 봐요."

"그런가 보네."

남궁창은 고개를 끄덕일 수밖에 없었다.

"보고 싶어서 어떻게 하니?"

모용소는 무영과 소령을 꼭 안으며 울먹였다. 광주에 도착한 이들의 앞에 기다리는 것은 이별이었다. 모두들 서운해했지만 여자인 모용소의 슬픔은 더욱 컸다. 나름대로 정도 많이 쌓였고, 더욱이 그동안 소령과 같이 있었기에 너무 심심하지 않게 올 수 있었기 때문이다.

"언니랑 언젠가 또 볼 수 있었으면 좋겠어요."

소령의 천진난만한 말에 모용소는 다시금 눈물을 터뜨릴 뻔했다. 그 모습을 바라보던 무영은 청월에게 시선을 주며 미소를 지었다.

"그동안 감사했습니다."

청월은 무영의 머리를 쓰다듬어 주며 서운한 표정을 지었다. 모용소처럼 겉으로 드러내지는 않았지만 그 역시 내심 정이 많이 들기는 마찬가지였다.

"잊고 있었어."

"응?"

"언젠가는 헤어져야 하는 사이라는걸."

무영은 씩 웃었다.

"덕분에 편하게 왔어요."

"오빠, 고마워요. 언니도."
소령은 모용소의 볼에 살포시 입을 맞춰주었다.
"나중에라도 꼭 연락해 주렴."
"응! 언니도 나 잊으면 안 돼?"
"잊지 않을 거야."
그런 모습을 바라보던 남궁창도 무영에게 다가와 머리를 쓰다듬어 주었다. 그리고 품에서 자그마한 패를 꺼내 건네주었다.
"혹시라도 안휘성에 들르게 되면 찾아오거라. 이걸 보여주면 들여보내 줄 거다."
"고마워요."
그런 모습을 본 청월은 당혹스러운 표정으로 품을 뒤졌지만 무언가 증표가 될 만한 것이 없었다.
"무당산에 오면 그냥 내 이름 말해."
"…뭔가 성의가 없어 보이는데요?"
무영의 말에 청월은 애꿎은 뒷머리를 벅벅 긁었다.
"그래도 우리가 너희를 보호해 줬잖니. 그거면 됐지."
청월의 말에 무영은 고개를 갸웃거렸다.
'착각은… 보호받은지도 모르고.'
하지만 입 밖으로 내지는 않았다. 그때 소령이 청월에게 오더니 방긋 웃었다.
"오빠, 소령이가 이별 기념으로 뽀뽀해 줄게."
"귀여운 것."
청월이 안아 올리자 소령이 살짝 볼에 입을 맞췄다. 그리고 대뜸 무영을 돌아보며 변명하듯 말했다.
"오해하지 마. 이건 오빠랑 헤어지니까 해주는 거야."

착각 239

"누가 뭐라고 했냐?"

"아니, 영이가 날 값싼 여자로 생각할까 봐."

"안 해!"

빽 소리를 지른 무영이 혁낭을 메며 떠날 채비를 했다. 그런 모습에 청월이 못내 걱정스럽다는 표정으로 말문을 열었다.

"정말 데려다주지 않아도 괜찮겠니?"

무영은 피식 웃으며 고개를 끄덕였다.

"괜찮아요."

"아직 여유가 있으니 목적지까지 데려다주고 가도 상관없는데."

"정말 괜찮아요."

"…그래?"

무영의 말에도 청월의 안색은 영 편치 않아 보였다. 무영은 피식 웃으며 남궁창에게 시선을 줬다.

"나중에 한번 찾아갈게요."

"그래."

"만나볼 사람도 있으니까요."

무영의 말에 남궁창이 눈을 동그랗게 뜨며 고개를 갸웃거렸다.

"응? 남궁가에 아는 사람 있니?"

무영은 천천히 고개를 끄덕였다.

"네. 친구가 한 명 있어요."

"누군지 이름을 알려줘. 내가 가서 안부는 전해줄 테니까."

무영은 살짝 고개를 저었다. 여기서 남궁민이라고 말해 버리면 웃음거리가 될 것이 뻔했다.

"됐어요. 불시에 가야 재밌으니까."

"그래? 알았다. 아, 잠깐."

남궁창은 품에서 자그만 가죽 주머니를 꺼내 무영의 소매에 찔러 넣었다. 무영은 묵직해진 소매를 들어 보이며 물었다.
"이게 뭐지요?"
"가는 동안 돈이 필요할 것 아니니?"
무영은 환하게 웃었다.
"고마워요. 소령아, 가자."
"응? 응. 언니랑 오빠들, 모두 안녕."
"빨리 안 오면 놓고 간다."
무영의 외침에 소령은 눈을 동그랗게 뜨며 반문했다.
"어머? 무슨 소리니? 부부는 일심동체인데. 같이 가."
"니가 죽고 싶구나?"
"매일 밤마다 날 죽이면서 또?"
"야!"
무영과 소령은 언제나처럼 투닥거리면서 걸음을 옮겼다. 그 모습을 바라보던 청월 일행은 미소를 지었다. 이내 둘의 모습이 완전히 보이지 않게 되자 청월은 입맛을 다셨다.
"녀석들… 뒤도 한 번 안 돌아보네."
"무정한 녀석들."
남궁창 역시 서운한 표정이다.
모용소는 마차 안의 빈자리를 바라보며 한숨을 내쉬었다.

제9장
색마 영감님

색마 영감님

종화(縱化)는 광주에서 이백 리 정도 떨어져 있는 관광 도시다. 경치가 아름답기도 하지만, 발달된 온천업 때문에 많은 이들이 찾는 곳이었다.

"드디어 도착했네."

"재미나게 왔어."

무영은 고개를 끄덕였다. 소령의 손에는 꼬치가 들려 있었다.

"배불러."

"너, 진짜 많이 먹는 것 알아?"

무영의 말에 소령은 혀를 내밀었다.

거리에는 무영이 보기에도 많은 관광객들이 있었다. 하지만 한 가지 특이한 점은 여인의 비중이 남자에 비해 훨씬 높다는 점이었다.

"피부 미용 때문인가?"

"응?"

"아무것도 아니야. 그것보다 영감님이 굳이 이곳을 고집하는 이유 말이야."

소령은 고개를 갸웃거리다가 미소를 지었다.

"맞아. 여자가 많잖아."

"못 말리겠어, 그 영감님."

"뭐, 그렇지."

소령은 배시시 웃었다.

"슬프구나."

그때 갑자기 뒤에서 들려오는 목소리에 무영과 소령의 몸이 한순간 움찔거렸다.

"설마?"

무영은 천천히 고개를 돌렸다. 그곳에는 한 노인이 서 있었다.

백발에 흰 수염까지 멋들어지게 늘어뜨린 모습이 청수한 인상이었다.

"영감님?"

"나를 그렇게 보고 있었더냐?"

휭!

"헉!"

무영은 헛바람을 삼키며 바닥에 주저앉았다. 그와 동시에 노인, 염무학의 주먹이 빛살처럼 허공을 갈랐다.

"할아버지!"

소령은 깡총거리며 염무학에게 안겨들었다.

"어이구! 우리 소령이!"

"다녀왔어요, 할아버지."

"귀여운 것."

염무학은 소령을 안아 들고 머리를 부벼주었다. 할아버지와 손녀 간의 다정스러운 모습이었다.

"이게 무슨 짓이에요?"

무영은 빽 소리를 지르며 몸을 일으키며 벌렁거리는 가슴을 부여잡았다.

염무학은 눈살을 찌푸렸다.

"나를 색마 취급하다니."

"매번 볼 때마다 그러시니까……."

"아니, 그래도 이 녀석이?"

염무학은 다시금 주먹을 치켜들었다. 순간 무영은 화들짝 놀라며 뒤로 물러섰다.

잔뜩 경계 어린 눈빛을 유지하던 무영의 어깨어 염무학이 손을 얹었다. 굳어져 있는 표정이 애처로웠다.

무영은 얼떨떨한 표정으로 염무학을 바라보았다.

"영감님."

"선물은 안 사왔더냐?"

"……."

무영은 고개를 떨궜다.

"일단 자리부터 옮기지요?"

소령의 말에 염무학이 고개를 끄덕였다. 셋은 곧바로 걸음을 옮겨 자그만 객점으로 들어갔다.

무영은 자리를 잡고 앉으며 염무학에게 물었다.

"구라파(歐羅巴:유럽) 쪽에 갔다 오셨다고요?"

염무학은 고개를 끄덕였다.

"구라파의 소격란(蘇格蘭:스코틀랜드)이란 섬나라에 우리와 같은 자들이 산다는 풍문을 들어서."

염무학의 말에 무영은 잠시 생각하다가 고개를 끄덕였다.

"그건 저도 들어봤어요. 코쟁이들 언어로 하이… 뭐시기라고 했던 것 같은데?"

"그래, 그놈들."

"그래서 어떻게… 찾으셨어요?"

무영의 호기심 어린 물음에 염무학은 침울한 안색으로 한숨을 내쉬며 고개를 저었다.

"없더구나. 혹시 몰라서 이백 년 넘게 구라파 이곳저곳을 들쑤시고 다녔건만… 그냥 전설이었던 것 같아."

무영은 한숨을 내쉬었다.

"그렇군요."

"그건 그렇고, 사백 년이 좀 넘었구나."

"예?"

"현아가 사라진 지."

염무학의 중얼거림에 무영은 쓴 미소를 지으며 고개를 끄덕였다.

"좀 진전은 있었느냐?"

순간 무영과 소령의 표정이 딱딱하게 굳어졌다. 염무학은 둘의 얼굴에 깃든 그림자를 보며 한숨을 내쉬었다.

"단서조차 없더냐?"

무영은 고개를 끄덕였다.

"전혀요."

"…그렇구나."

염무학은 살며시 눈을 감으며 침묵으로 일관했다. 무영은 씁쓸하게 미소를 지으며 말문을 열었다.

"만약 찾게 되더라도 어찌 될지 모르겠어요."

"영아."
 소령이 그늘진 얼굴로 무영의 옷소매를 꼭 쥐었다.
 "그렇잖아? 그렇게 날 증오했으니……."

"살릴 수 있었어! 살릴 수 있었다고!"

 무영은 고개를 떨궜다.

"네놈 때문이야!"

 그 칼날 같던 처절한 목소리가 아직도 귓가에 선했다.
 "아마 돌아오지 않을지도……."
 무영은 시름 어린 한숨을 내쉬었다.
 "너무 괴로워하지 말거라… 그것은……."
 염무학이 말끝을 흐리며 창밖으로 시선을 돌렸다. 그리고 무언가를 찾는 듯 이리저리 둘러보더니 중얼거렸다.
 "곡선미가 참 착하군. 구라파(유럽)의 여인들마냥 쭉쭉빵빵이로다."
 뜬금없는 염무학의 말에 무영은 못마땅한 얼굴로 힐끗 창가 쪽을 바라보았다. 때마침 경장을 입은 여인이 지나가고 있었다.
 염무학은 가만히 손을 뻗었다.
 홀렁!
 "꺄악!"
 순간 여인의 치마가 홀렁 올라가며 속곳이 보였다. 여인은 뾰족한 비명성을 지르며 치맛단을 부여잡고 주저앉았다.
 "오오오!"

색마 영감님

순간 길거리를 지나는 사람들의 시선이 여인에게 꽂혔다. 여인은 너무도 부끄럽고 수치스러워 눈가에 눈물이 그렁그렁 매달렸다. 그리고 잠시 후,

"으앙! 엄마야!"

여인은 사색이 된 얼굴로 대성통곡하기 시작했다.

그런 모습을 객잔 안에서 바라보던 염무학이 뻗었던 손을 거두어들였다.

무영은 만족스러운 표정을 짓고 있는 염무학을 째려보았다.

"역시나······."

염무학이 고집스럽게 이쪽에서 머무는 이유였으며, 그것은 염무학의 취미 생활이자 수련 때문이었다.

"정열의 빨간 속곳이라··· 멋지군."

염무학은 턱 주위를 매만지며 고개를 끄덕였다.

"내 허공섭물이 어떠냐? ···한층 정밀해진 것 같은 느낌이 들지 않느냐?"

염무학은 뿌듯한 미소를 지었다.

"감동한 나머지 젖은 눈을 감추기 위해 고개를 떨구는 불민한 아이야, 그러지 않아도 된다. 마음 놓고 감탄하며 찬사를 늘어놓도록 하거라."

"할아버지는 할 줄 아는 것이 허공섭물밖에 없잖아요."

무영은 머리를 거칠게 긁적이며 중얼거렸다.

"아무리 그래도 이렇게 저열한 수련법이라니······."

"무슨 소리더냐? 나는 이 수련법으로 인해 허공섭물의 극의를 깨달을 수 있었다."

염무학은 턱 주위를 매만지며 거만한 목소리로 읊조렸다.

"말 그대로 님도 보고 뽕도 따는 멋진 수련법이지."

염무학이 환하게 웃자 옆에 앉아 있던 무영이 한숨을 내쉬었다.

"그건 그렇고, 둘이 동시에 이곳에 온 것을 보면… 일랑의 일이겠지?"

염무학의 물음은 화제를 바꾸기에 충분했다.

무영은 짧게 한숨을 내쉬며 고개를 끄덕였다. 소령은 무영의 어깨에 얼굴을 기대며 말문을 열었다.

"사백오십 년의 평화도 끝이 왔어요."

"흐음……."

염무학은 침음성을 내뱉으며 턱 주위를 매만졌다.

일랑에게서 도망친 후 철저히 숨어 살아왔다. 혹시라도 잡힐 것을 대비해 흩어졌고, 각자의 처소를 끊임없이 이동시켰다.

연락은 오십 년에 한 번씩 누가 잡혀 들어갔나를 확인하는 용도가 전부였다. 그런데 이렇게 모여서 염무학에게 왔으니 일랑 이외에는 생각할 것이 없었다.

"제가 살던 곳으로 오고 있더군요."

무영의 말에 염무학은 고개를 끄덕였다. 그런 모습에 소령이 말을 덧붙였다.

"우연히 일랑의 이동 경로를 잡을 수 있었어요. 보니까 아무 일도 없이 약소 문파로 발걸음을 옮길 사람이 아니잖아요. 자연스럽게 유추가 되더라고요."

"운이 좋았어."

무영은 짧게 한숨을 내쉬었다. 그나마 소령과 같이 있었기에 망정이었다.

"오백 년 가까이 숨죽이고 있던 그가 움직이기 시작했다. 다시금 사냥을 시작할 생각인가?"

염무학은 한숨을 내쉬었다.

'하지만 어째서…….'

왠지 마음이 답답했다. 무언가 있기는 있는 듯한데 그것이 무엇인지 알 수가 없었다.

"무언가 알아보기는 알아봐야 해."

"하지만 문제는 일랑의 종적을 알 수 없다는 점이지요."

무영의 말에 염무학이 말을 덧붙였다.

"또한 문제는 그의 수하다."

"수하?"

"응."

그 점에 있어서는 가만히 앉아 있던 소령이 말문을 열었다.

"우리 같은 사람이야."

"뭐?"

"일랑의 말처럼 말이야. 피조물."

소령의 말에 무영의 눈이 커졌다. 하지만 이내 고개를 끄덕였다. 있을 수도 있는 일이었기 때문이다.

"현재 그 수하가 얼마나 되는지는 몰라. 문제는 자기들 나름대로 세력을 구축하고 있다는 사실이지. 무언가 꿍꿍이가 있어."

일랑의 무력이 무림인들을 뛰어넘고 불로불사(不老不死)라는 절대적인 우위점을 가지고 있다 해도 그는 혼자일 뿐이다. 아무리 수하들을 거느린다 하더라도 소수임을 부정할 수는 없었다.

더욱이 전면에 나서지 않고 수하들을 거느린 채, 뒤에서 조종할 뿐이었다. 그러다가 확고히 기반을 다지면 앞으로 나설 것이다.

"권력일까요?"

무영의 물음에 염무학은 고개를 끄덕였다.

"확실한 것은 아니야. 하지만 그만큼 매력적인 것임에는 틀림없지."

무영은 안광을 빛내며 덧붙였다.
"결코 사라지지 않을 절대 권력… 그것이 맞지 않을까요?"
소령이 짧게 한숨을 내쉬며 고개를 끄덕였다.
"그렇게 생각할 수밖에 없지 않을까?"
그 모습을 보고 있던 염무학은 고개를 설레설레 저었다.
"아무리 생각해도 우리 셋만으로는 부족해."
"하지만 어쩔 수 없지 않습니까?"
"최악의 경우……."
염무학은 입술을 살짝 베어 물었다.
문제는 이쪽이 일랑에 대해 아는 것이 없다는 점이다.
최악의 경우, 그들의 세력이 염무학의 예상을 뛰어넘는 규모라면…….
"이 나라 전체와 싸워야 할지도 모른다는 결론에 이른다."
소령이 침음성을 삼켰다.
"골치 아픈 일이네요."
"표면적으로 일랑은 움직이지 않을 거야. 수하들이 더욱 위험해."
"하지만 이번에는 녀석이 직접 움직였잖아요."
그 점에 있어서는 무영 역시 동의했다. 염무학은 가만히 고개를 끄덕이며 턱 주위를 매만졌다.
"그게 마음에 걸린다는 거야. 그래서 넋 놓고 있을 수만도 없게 되어 버렸다."
염무학의 말에 무영이 거칠게 머리를 흩뜨리며 투덜거렸다.
"그래서 그 자식이 그렇게 말한 거군."

"굳이 지금이 아니라도 상관없겠지… 어차피 영이나 너나, 그리고 그 영감님도 나에게 돌아오게 돼 있어."

일랑의 목소리가 뇌리를 스쳤다.

그가 직접 움직임으로써 이들이 행동할 수밖에 없게끔 만들어놓은 것이다.

"…혹여 싸우게 된다면……."

염무학은 무영의 몸을 가리켰다.

"다리와 팔을 일거에 쳐내 고립시켜야 한다. 움직일 수 없도록 말이야."

"단번에 머리를 잘라 버리는 것이 좋지 않을까요?"

염무학은 희미한 미소를 지었다.

"이 머리는 잘려도 죽지 않으니 문제지."

무영은 침묵했다. 염무학의 말대로 실패라도 하는 날에는 이 나라 전체와 싸움을 벌려 나가야 한다.

"이해했습니다."

"이런 일은 신중에 신중을 기해야 하는 법이다."

염무학은 잠시 생각하다가 말문을 열었다.

"내가 듣기로 확실한 것은 둘로 나눠 세력을 구축하고 있다는 거다. 한쪽은 황실을… 그리고 다른 쪽은 무림에서 세력을 구축하고 있지."

"황실과 무림이라……."

염무학은 고개를 끄덕였다.

"무림은 그렇다 치더라도 황실은 어떻게?"

무영의 물음에 염무학은 간단하게 결론을 내렸다.

"아무래도… 가능성이 큰 것은 여자겠지?"

"여자가 어떻게 황궁을 손아귀에 넣었단 말입니까?"

무영의 의문에 염무학은 혀를 끌끌 찼다.

"이놈아, 예로부터 여인은 남자를 지배한다고 했다."

그제야 무영은 상황을 이해할 수 있었다. 필시 경국지색의 외모를 갖춘 여인일 것이다. 예로부터 여인의 미모는 많은 간계에 있어서 가장 큰 효과를 봤다. 그 가장 대표적인 예가 후한의 초선이었다.

"현 황제인 만력제는 시기심이 많고 사치를 즐긴다고 들었다. 그런 남자일수록 여색을 밝히지."

"그나저나 문제군요."

"뭐가?"

"녀석들 말입니다. 어디에 있는지조차 파악할 수가 없으니. 곤란하군요."

장소를 모른다면 찾을 수 없다.

이 나라는 넓다. 평생 동안 여행을 한다 하더라도 전국 모든 곳을 둘러볼 수 없다. 하지만 세 명이 뜻한 바를 이루기 위해서는 찾아내야 했다.

"그렇지."

염무학은 고개를 끄덕이는 한편 고심하는 눈치였다. 하지만 딱히 좋은 수가 없었다.

결국 가장 단순한 방법을 사용해야 할 것이다.

"단서가 너무 단편적이군요. 무림과 황실, 그리고 황실 쪽은 여자라."

무영의 말에 염무학은 피식 웃었다.

"호랑이를 잡으려면 호랑이 굴로 들어가야 하는 법."

"잠입하자는 말씀이십니까?"

"그렇지."

"음……."

무영은 침음성을 삼켰다.

과연 그 방법밖에는 수가 없다. 이렇게 넋 놓고 앉아서 머리를 맞대봤자 아무 소용 없는 짓일 뿐이었다.

"위험한 방법이군요."

"그 정도는 감수해야겠지."

섣불리 움직이다가는 상대에게 들킬 수도 있다. 은밀함이 생명이다.

"천천히, 그리고 집요하게. 그들을 찾아내서 접근해야 한다."

"하지만 처리는 신속하게. 그렇지요?"

무영의 미소에 염무학은 고개를 끄덕이며 단번에 술을 목으로 넘겼다.

"자, 그럼 어떻게 할까?"

"예?"

"같이 움직일까, 아니면 각자?"

무영은 머리를 굴려보았다. 확실히 하나보다는 둘이 안정성에 있어서는 낫다. 하지만 은밀함이란 부분에 있어서는 좋지 않다. 위험 부담을 안고서라도 갈라져서 독자적으로 수행하는 편이 좋다.

소령 역시 말뜻을 알아듣고는 말문을 열었다.

"각자 움직이는 것이 낫겠네요."

염무학은 고개를 끄덕였다.

"나 역시 그렇게 생각했다."

무영은 혀를 끌끌 찼다. 그래도 못내 아쉬움이 남았기 때문이다.

"정보 조직에 의뢰… 따위는 기대할 수도 없겠지요?"

"당연하잖나?"

무영은 한숨을 내쉬며 고개를 설레설레 저었다. 그 많은 세월 동안 뒤에서 암묵적으로 활동해 왔던 그다.

정보 조직 따위가 찾아낼 수 있을 정도로 허술할 리가 없었다. 만약 찾아낼 수 있다고 쳐도 문제였다.

온 나라가 뒤집힐 것이다. 더욱이 그 관심은 의뢰자에게도 집중될 터.

'내가 말하고도 참……'

무영은 머리를 긁적였다.

"일단 문제는 어떻게 잠입하느냐."

"그렇지요."

"일단 무림을 움직이기 위해 가장 적절한 곳이 어딘 것 같나?"

염무학의 말을 종합해 산출한 곳은 두 곳이었다. 정파무림 연합인 무림맹과 사파무림 연합인 사도련이다.

무영과 소령은 눈살을 찌푸렸다. 벌써부터 일이 꼬이는 것 같았다.

한 곳이 아닌 두 곳이라니.

"무림맹과 사도련, 둘 다 양 파벌을 대표하는 조직임에는 틀림없다. 하지만 내 생각에는 사도련일 가능성이 더 크다."

"어째서지요?"

"일단 현재 무림맹은 오십 년 전의 정사대전 때문에 예전에 비해 입지가 무척이나 좁아진 상태다."

오십 년 전 사도련 소속의 백련교와 사천당가 간에 시비가 있었다. 사도련이 교세를 확대하기 위해 사천에 지부를 건설하려 했던 것이다. 당연히 사천당가에서는 격렬히 반대했고, 결국 둘 간의 시비는 싸움으로 번졌다.

비록 전통의 무림명문인 사천당가였지만 수적인 우위로 밀어붙여 오는 백련교에 서서히 밀리는 양상을 보였다. 그러자 위기감을 느낀 사천당가가 사천성 내의 무가들과 연합 전선을 조직하였다.

결국 백련교는 사도련에 도움을 청하게 되었고, 그렇게 되자 무림맹 역시 가만히 있지 않았다.

그리하여 정사대전이 벌어졌다.

싸움의 결과는 참혹했다. 이만에 가까운 사상자가 발생했다.

하지만 시작이 있다면 끝도 있는 법.

무림맹은 사도련에 패퇴했고, 그 대가로 구파일방은 피눈물을 흘리며 십 년간 봉문이라는 치욕을 당할 수밖에 없었다.

엎친 데 덮친 격으로 지하에서 숨죽이듯 교세를 이어가던 사도련 소속의 지부들이 세상에 나왔다.

"그것이랑 이 일이 무슨 상관입니까?"

무영이 고개를 갸웃거렸다.

"요 몇백 년 동안 정파가 사파를 상대로 우위를 점한 적이 있었나? 내 기억으로는 단 한 차례도 없었어. 겨우 균형만 맞추고 있기에 급급했어. 더욱이……."

"……?"

"사도련을 이루고 있는 문파들을 생각해 봐."

"아!"

순간 무영과 소령의 뇌리를 스치는 바가 있었다.

바로 그것이었다.

"모두 황실에 반하는 세력들이야. 그럼에도 황실 차원의 토벌이 전혀 없었어."

"그 말은?"

무영의 말에 염무학은 고개를 끄덕이며 안광을 빛냈다.

"황실과 암묵적인 협조가 있었다는 점이지."

무영은 턱 주위를 매만졌다. 앞뒤가 맞는 말이었다. 황실의 사상에 반하는 사도련은 분명 골치 아픈 존재였다. 그랬기에 그동안 수없이 황실 차원에서 토벌을 시도해 왔었다. 하지만 확실히 요 몇백 년 동안 황실은 사도련에 대해 아무런 조치도 취하지 않았다. 주시하는 입장이랄까.

교세가 늘어나는 것은 분명 황실 입장에서 좋은 것이 아니다. 그럼에도 불구하고 무림맹이 사도련에게 그토록 밀릴 때에도 황실은 뒤에 서서 수수방관하며 일체 간섭하지 않았다.

도리어 무분별한 살인과 주민들의 치안 문제 등의 이유를 가져다 붙이면서 무림맹을 압박하기까지 했다.

"과연 그렇군요."

무영의 중얼거림에 염무학은 턱을 괴며 말을 이어갔다.

"물론 내 예상이 꼭 적중한다고는 할 수 없어. 하지만 한번 시도해 볼 만은 하지 않나?"

그 말에 무영은 잠시 생각하다가 눈을 동그랗게 뜨며 말문을 열었다.

"잠시만요."

"응?"

"그들에게 세력이 있다면 저희도 똑같이 하면 되는 일 아닌가요?"

"똑같이?"

무영은 고개를 끄덕이며 빈 찻잔을 매만졌다.

"아마도 그리 긴 효과는 못 보겠지만 잠깐이라면 가능한 일입니다."

"아……!"

소령이 감탄성을 터뜨리며 고개를 끄덕였다. 무영이 무엇을 말하고자 하는지 깨달았기 때문이다. 무영은 희미한 미소를 지으며 말문을 열었다.

"사도련과 상극이 어디겠어요?"

"그야 무림맹이지."

"무림맹은 오십 년 전의 치욕을 잊지 않았을 겁니다. 조그만 불씨만 붙여주면… 사도련과 황실의 시선을 분산시키는 것쯤은 가능하지 않을까요?"

무영의 말에 염무학은 크게 고개를 끄덕였다.

"그렇구나. 그 방법이 있었구나."

무영은 미소를 지었다.

"남궁세가에 아는 이가 있습니다."

"남궁세가?"

염무학이 고개를 갸웃거리자 듣고 있던 소령이 손뼉을 마주쳤다.

"너, 설마……."

무영은 고개를 저었다. 남궁창은 아니었다. 잠시간의 인연일 따름이었다. 더욱이 그는 무영의 정체에 대해서 모른다.

"그 꼬마보다 더 높은 사람이지."

"정말이니?"

무영은 고개를 끄덕였다. 내심 미안한 생각도 들었다. 우정을 이용하는 것이니 말이다. 하지만 지금 상황에서는 어떠한 방법이라도 써야 했다.

"내일 아침 바로 떠나야겠어."

무영의 말에 염무학은 잠시 고심하다가 고개를 끄덕였다.

"그곳에서의 일이 끝나면 바로 오거라. 우리도 뭐가 어떻게 진행되는지 알아야 다음 일에 착수할 수 있으니까."

"예."

"그것보다……."

"예?"

무영이 고개를 갸웃거리자 염무학은 미소를 지으며 말문을 열었다.

"이렇게 된 김에 몸을 좀 늘려서 가는 게 좋지 않겠니?"

"…몸을 늘리다니요?"

"아무래도 그 몸으로는 다니기가 힘드니까."

염무학은 미소를 지었다.

무영은 손바닥을 펴보았다.
슥슥.
손이 양 볼을 매만졌다. 통통했던 젖살이 빠졌다. 그 앞에는 염무학이 미소를 짓고 서 있었다.
"어머! 영아, 그 모습도 멋있다."
"그래?"
무영이 입가에 살며시 미소를 짓자 염무학이 짐짓 헛기침을 내뱉으며 말문을 열었다.
"어떠냐?"
"기발하군요. 축골법을 역으로 운용하실 생각을 하다니."
"하하하, 고생 좀 했지."
염무학은 환하게 웃었다. 하지만 이내 심각한 표정으로 돌아왔다.
"다 좋은 것만은 아니야. 진기의 삼분지 일이 뼈와 근육의 형태를 유지하는 데 돌려지니까."
"여차하면 몸을 돌려야겠군요."
"그래."
무영은 살며시 눈을 감았다. 모든 것이 새롭다.
"오히려 이 몸이 이질적인걸."
무영의 말에 소령이 배시시 웃었다.
"시간이 지나면 익숙해질 거야."
"모든 것에 완벽이란 없다. 이 점을 명심하거라."
"알겠습니다. 하암……."
문득 무영이 손으로 입가를 가렸다. 무리해서 진기를 운용한 탓인지 피곤해졌다.
"먼저 들어가야겠어요. 내일 일찍 떠나야 하니까."
"먼저 들어가렴."
"소령이는?"
무영의 물음에 소령은 살짝 고개를 저었다.
"난 조금 있다가."
"그래. 그럼 먼저 들어간다."
"응. 잘 자."

그날 저녁, 염무학은 초옥 바깥에 나와 바람을 쐬고 있었다.
끼익…….
문이 닫히는 소리에도 염무학은 팔장을 끼고 하늘만을 올려다보았다. 그런 그에게 소령이 다가왔다.
"표정이 안 좋아 보이세요."
염무학은 미소를 지었다.
"생각할 것이 많구나."
"그렇기는 하지요."
염무학은 고개를 끄덕이다가 문득 씁쓸한 표정을 지었다. 그런 모습에 소령이 고개를 갸웃거리며 물어왔다.
"왜 그러세요?"
"한 가지 근심이 생겨서……."
"예?"
"일랑이랑 만났다면서? 그때 영이는 괜찮더냐?"
염무학의 말에 소령의 표정이 눈에 띄게 굳어졌다. 이성을 상실한 그 모습이 생각난 탓이었다.

가만히 소령의 안색을 살피던 염무학은 고개를 끄덕였다.

"그럴 만도 하겠지… 그렇게 오랫동안 두고두고 괴롭힘을 당했다면 나라도 그럴 것이야."

"영이가… 가여워요."

"필사적으로 숨겨두고 있기는 하지만 언제 터질지 모른다. 그 점이 불안해."

염무학은 고개를 설레설레 저었다.

"그런 모습이 어떤 변수로 작용하게 될는지 모르겠구나."

소령은 주먹을 꼭 쥐었다.

"하지만… 꼭 이겨낼 거예요. 전 믿어요."

염무학은 고개를 끄덕였다. 하지만 얼굴에는 슬픔이 깃들어 있었다.

* * *

거대한 대전.

사방으로 수십 장은 될 듯한 어마어마한 규모의 건물이었다. 건물을 지탱하는 기둥은 장정 두 명이 팔을 둘러도 겨우 닿을 만큼 거대했다.

저벅! 저벅!

커다란 발 울림 소리가 대전 안을 감싸고 있던 정적을 깨뜨렸다.

이제 막 사십대에 올라선 인물이 걸어오고 있었다. 그의 걸음이 향하는 곳은 커다란 태사의였다. 사람 한 명이 누워도 자리가 남을 만한 크기에 치장 역시 화려하기 그지없었다. 그런 호화찬란한 태사의에 비스듬히 기대앉아 있는 이.

현 대명의 황제 만력제 주익균이었다.

"우림중랑장 이자겸, 폐하의 부름을 받잡고 왔사옵니다."

우림중랑장은 광록훈에 속하는 관직으로 황제의 신변 호위를 맡은 우림낭을 통솔하는 이였다. 일단 황제의 측근 호위 임무를 맡고는 있었지만 호분랑과는 달리 시종병의 성격이 더욱 강했다.

만력제는 이자겸을 잠시 내려다보았다. 황제의 시선을 느낀 탓일까. 이자겸의 어깨가 움츠러들었다.

"일은 어찌 되어가는가?"

근엄하기 그지없는 황제의 물음에 이자겸은 감히 고개조차 들지 못한 채 답했다.

"황공하옵게도 아직 별다른 진척이 없사옵니다."

"그런가?"

만력제의 어조가 축 늘어졌다. 이자겸은 바닥에 이마를 크게 찧었다.

쿵!

"죽을죄를 지었사옵니다!"

죽음을 각오했다는 이자겸의 어조에 만력제는 한숨을 내쉬며 고개를 저었다. 만력제의 생각에도 이번 일은 그리 쉽게 해결될 성질의 것이 아니었다.

"되었다. 어차피 쉽게 찾아내지는 못할 것이라 생각하고 있었노라."

"황공하옵니다."

"휴우."

만력제는 턱을 괸 채 잠시 상념에 빠져들었다.

그때 내시가 다가와 아뢰었다.

"대학사 장거정이 들기를 원하고 있사옵니다."

"대학사가?"

만력제의 표정은 어느새 굳어져 있었다. 대학사 장거정, 비록 황제인 자신이라도 대하기 어려운 존재였다. 뭐랄까, 자신에게 있어서는 엄한 스승과도 같은 존재였으니까.

"들라 하라."

만력제는 내시에게 말하는 한편 이자겸에게도 시선을 주었다.

"계속해서 알아보도록 하여라."

"알겠사옵니다. 그럼 신은 이만 물러나겠습니다."

이자겸은 최대한의 예로 절을 한 후 뒷걸음질로 물러났다.

"하아."

대전을 나서 잠시 걸음을 걷던 이자겸이 자리에 멈춰 서더니 깊은 한숨을 내쉬었다.

"불로초라."

이자겸은 지끈거리는 미간을 손으로 짚었다. 그의 눈가에는 시름 어린 주름이 깊게 그어져 있었다.

우림군의 건물에 들어선 이자겸은 대전의에 털썩 주저앉았다. 황제를 만나뵙는 것은 언제나 진이 빠졌다.

우림중랑장 이자겸은 앞에 서 있는 수하를 바라보며 고개를 설레설레 저었다.

"황제 폐하를 만나뵙고 오신 겁니까?"

"오 년… 오 년이 지났다."

이자겸의 말에 수하는 고개를 떨궜다. 만력제의 명을 받아 불로초를 찾아 나선 지 오 년.

많은 인력이 동원되었지만 별다른 진척 사항이 없었다.

"더 이상 폐하를 뵐 낯이 없구나."

이자겸의 얼굴에 수심이 깃들었다. 황제로서도 여태껏 참아왔지만 언제까지 기다려 주지는 않을 것이다. 자신들이 얼마나 노력을 하든 그런 것은 윗사람들에게는 상관없는 일이다.

진행 과정보다는 결과가 중요하다. 그 점에 있어서 이자겸은 황제에게 보여준 것이 없었다. 죄스럽게 고개를 떨구고 있는 모습이 전부였다.
"미치겠군."
이자겸은 한숨을 내쉬다가 탁자 위에 책자를 바라보고는 고개를 들었다. 그리 두툼하지는 않은 책자였고, 표지에는 무림비사록이라 쓰여져 있었다.
"이건 뭐지?"
이자겸의 물음에 수하는 짧게 읍하며 말문을 열었다.
"예전에 명하신 것을 조사해 왔습니다."
이자겸은 잠시간 고개를 갸웃거리다가 이내 손바닥을 탁 쳤다. 무림에서 일어났던 모든 괴의한 일들을 조사하라 일렀던 것이다. 혹시라도 이런 것에서 단서를 찾을지도 모른다는 생각에서였다.
그만큼 이자겸은 급박했다.
"특이할 만한 점은 있던가?"
이자겸의 물음에 수하는 고개를 끄덕였다. 준비해 온 듯 품에서 한지를 꺼내 들며 한차례 목소리를 가다듬고는 말문을 열었다.
"많은 비사들이 있었고, 그중 일에 관련된 것들을 대충 추려보았습니다."
"그래."
"대부분의 경우 뜬소문이거나 증거 불충분으로 조사의 진척이 없었는데, 한 가지가……."
"뭐지?"
"일정한 기간에 거쳐 지속적으로 일어난 실종입니다."
"그것이 뭐?"
이자겸이 약간 심드렁한 표정으로 되물었다. 실종의 경우 자주 있는 일이 아니던가. 아무래도 치안적으로 불완전하고 의낙에 넓은 땅덩어리다 보니 관리하기가 여간 힘든 것이 아니었다.

"대개 오 년을 주기로 살던 아이가 사라진다는 것인데… 증언에 의하면 실종자가 동일 인물일 가능성이 있다는 겁니다.'

의자에 기대 있던 이자겸의 몸이 곧게 펴졌다. 심드렁했던 표정에도 생기가 돌아왔다. 왠지 모르게 이번에는 감이 왔다.

"공통점은 십 세 전후의 귀여운 외모를 가진 사내아이이며, 가지고 있던 옷가지와 짐을 깨끗이 가지고 사라진 것을 보아 유괴의 가능성이 적다는 겁니다. 그리고 결정적으로 그 아이는 세월이 지나도 외모의 변화가 없었다고 합니다."

"외모의 변화가? 단순히 성장이 느릴 가능성은?"

수하의 눈가가 빛났다.

"그렇게 생각할 수도 있겠지만 그 나이 또래면 성장기입니다. 물론 그런 경우가 없다고는 할 수 없겠지만, 손톱이나 발톱, 심지어 머리카락까지 자라지 않는 사람은 없습니다. 그리고 또 한 가지 공통점이라면, 모두 다른 성이었지만 뒤의 이름은 '영' 자 돌림이었다는 겁니다."

순간 이자겸은 머리가 뻥 터지는 듯한 희열감에 몸을 떨었다. 만약 그러하다면 이자겸이 그토록 찾던 불로불사의 인물일런지도 모른다.

'있었어… 진짜로 있었어!'

이자겸은 최대한 감정을 가다듬었다. 수하들 앞에서 주책없이 굴 수는 없었다.

"실종의 분포는 전국적이며, 가장 최근의 신고자는 옛 성도의 부호였던 금득용의 미망인인 연지옥과… 명교입니다. 그리고 절강에 위치한 백리세가란 곳입니다."

"명교?"

이자겸의 눈살이 찌푸려졌다. 황실에 반하는 세력인 명교가 어째서 신고를 했을까.

"명교 누구?"

"현 명교 서열 오위인 사혼요녀 감미란입니다."

"사혼요녀 감미란?"

이자겸은 이내 그 명호를 생각해 냈다. 분명 잔혹한 손속과 기이한 사술로 무림에서 악명이 높은 요녀였다.

"그녀가 양자를 들여놓았었나?"

수하는 고개를 끄덕였다.

"요원의 조사를 종합해 본 결과, 그 아이에 대한 집착이 대단했다고 하더군요. 그로 인해 많은 물의를 일으켰다고 합니다."

"어떤?"

"감미란은 최대한 아이를 숨기려 했습니다. 하지만 결국 아이의 소문이 새어나갔나 봅니다. 그에 격분한 감미란이 최초 발설자인 집사를 죽이고 소문을 접한 이들까지 모두 색출해 살해했다고 합니다."

"살해? 다 죽였다고?"

"예. 그런데 살해당한 인물들 중에는 칠대장로 중 한 명의 손자도 포함되어 있었다더군요."

이자겸은 비릿한 미소를 지었다. 칠대장로의 손자라면 보통 큰일이 아니었으리라. 미래 명교를 이끌어갈 후기지수가 꽃도 피워보지 못하고 져 버린 것이다.

"발칵 뒤집혔겠군."

"그로 인해 감미란은 오 년 동안 활동을 금지당하고 집 안에 감금되었답니다. 보고서를 본 결과, 아이는 구 년을 머물다 사라졌고, 그로 인한 충격으로 감미란은 반실성했다더군요."

이자겸은 씁쓸한 표정을 지었다. 그 정도로 아이를 사랑했던 걸까.
"실성이라… 불쌍하군. 그래, 아까 말했던 금득용의 미망인은?"
이자겸의 물음에 수하는 품에서 보고서를 꺼내 펼쳤다.
"이곳의 경우는 감미란과는 정반대였습니다."
"반대?"
"예. 감미란과 달리 금득용의 미망인인 연지옥은 아이를 몹시도 두려워해 감금해 놓았다고 합니다."
"하긴."
이자겸은 고개를 끄덕였다.
자라지 않는 괴물이다. 어찌 두렵지 않겠는가. 사람들의 수군거림과 손가락질. 만약 소문이라도 새어나가게 되면 괴물의 자식을 둔 어미로 사회에서 매장당할 수도 있으리라.
"집에 들어온 지 사 년 만에 사라졌다고 하는데, 시집올 때 가져왔던 패물들을 모두 훔쳐 달아났다고 하더군요."
"크크, 영악한 꼬맹이군."
생존을 위한 필수 조건은 돈이다. 실로 현명한 행동이 아니던가.
"다른 증언들도 들어보시겠습니까?"
수하의 물음에 이자겸은 고개를 저었다. 더 이상 들어봤자 비슷한 이야기일 것이다.
"다른 증언들은 문서로 보도록 하지. 요약해서 올리게."
"알겠습니다. 아, 그리고 한 가지 말씀드릴 것이……?"
"말해보게."
이자겸이 고개를 끄덕이자 수하는 잠시 머뭇거리다가 천천히 입을 열었다.
"요원들과는 전서구로 연락을 주고받고 있습니다."

"그런데?"

"그런데 그것이……."

"답답하군. 어서 말해보게."

수하의 이맛가에 식은땀이 흐르기 시작했다.

"…한곳에서의 보고가 한 달 전부터 끊겼습니다."

"한 달 전? 어디인가?"

이자겸의 물음에 수하는 소매로 이맛가를 닦으며 천천히 말문을 열었다.

"그것이… 명교입니다."

* * *

석실 안은 어두웠다.

똑! 똑!

천장에서 떨어지는 물방울 소리가 규칙적으로 석실 안을 울렸다.

찍! 찍찍!

쥐가 바닥을 훑으며 바닥에 널브러져 있는 무언가를 보고 조심스레 다가갔다.

쥐는 경계 어린 눈초리로 그것을 향해 시선을 줬다.

꿈틀.

순간 그것이 움직였다. 쥐는 본능적으로 도망쳤다.

"으음……."

나지막한 신음 소리와 함께 그것의 상체가 꿈틀거리며 일어났다.

그것의 정체는 산발된 머리와 온몸에 깊은 상처가 가득 새겨져 있는 사내였다.

습한 기운 때문인지 상처에 딱지가 앉지 않고 흐물흐물하게 피가 엉겨 붙어 있었다.

"크윽……!"

사내는 고통스런 얼굴로 상체를 일으키려 하다 쓰러졌다.

찰싹!

바닥에 흥건한 물이 그의 상처를 자극했다. 하지만 갈증이 먼저였다.

"꿀꺽! 쿨럭! 커억."

허겁지겁 바닥의 물을 들이키던 사내는 고통스런 표정으로 속의 내용물을 토해냈다.

썩은 물이었다.

"씩… 씩……."

사내는 숨을 몰아쉬었다.

저벅! 저벅!

"……!"

어둠을 몰아내는 발자국 소리. 순간 사내의 동공이 확대되었다.

"아……! 으아!"

사내는 공포에 찬 얼굴로 미친 듯이 주위를 살폈다. 필사적으로 몸을 바동거렸다. 살아야 했다.

끼이익.

철문이 찢어질 듯한 비명성을 내지르며 열렸다.

"으아아!"

사내는 벽 쪽에 몸을 웅크리며 비명을 내질렀다.

석실 안으로 들어온 이는 두 여인이었다. 앞선 이는 사십대 중반의 중년 여인이었고, 이십 중반 정도의 경장을 입은 여인이 뒤따랐다.

사십대 중반쯤으로 보이는 여인의 얼굴에는 주름이 가득 자리잡고 있었다.

"이놈이냐?"

찰팍! 찰팍!

여인은 느린 종종걸음으로 웅크려 있는 사내에게 다가갔다. 그러자 뒤따르던 경장 여인이 말문을 열었다.

"한 달이 넘도록 말문을 열지 않고 있습니다."

경장 여인의 말에 여인은 혀를 끌끌 찼다.

"인, 실력이 녹슬었구나?"

"죄송합니다."

인이라 불린 경장 여인은 고개를 폭 숙였다. 여인은 떨고 있는 사내를 내려다보며 중얼거렸다.

"우리 영이에 대해 이것저것 캐고 다녔다지?"

"예. 하루라도 빨리 알려 드리고 싶었으나 제 신분으로는 교주궁에 들 수가 없는지라……."

인의 말에 중년 여인은 짧게 한숨을 내쉬었다. 한 달 동안의 참식 기간이었다. 인만을 탓할 수는 없었다.

중년 여인은 사내를 향해 냉험한 시선으로 말문을 열었다.

"고개를 들어라."

"으아아!"

하지만 사내는 더욱 발악적으로 비명을 지를 따름이었다. 중년 여인은 짧게 한숨을 내쉬었다. 그러자 뒤에 서 있던 인이 채찍을 꺼내 들었다.

"마님의 이야기를 듣지 못했느냐?"

짜악!

"크아악!"

채찍에 등판을 얻어맞은 사내가 바닥을 굴렀다.

"사, 살려주세요!"

사내는 중년 여인의 발을 끌어안았다. 순간 인의 눈꼬리가 치켜 올라갔다.

"어딜 감히 더러운 몸으로!"

"인!"

순간 중년 여인의 목소리가 올라갔다. 인은 어깨를 한차례 떨며 뒤로 물러섰다.

"죄송합니다."

중년 여인은 그런 인을 뒤로하고 사내를 내려다보았다.

"몸을 일으켜라."

"……?"

"사내는 죽을지언정 결코 무릎을 꿇어서는 안 된다."

"으아! 살려주세요. 제발 살려주세요!"

"진정… 죽고 싶은 게냐!"

중년 여인은 날카로운 목소리로 외쳤다. 그제야 사내는 후다닥 몸을 일으켰다. 공포로 가득 차 있는 눈.

중년 여인은 혀를 찼다.

"나를 똑바로 쳐다보아라."

"예? 예."

순간 중년 여인의 눈이 붉게 변했다. 사내는 침음성을 흘렸다.

"아……."

사내의 표정이 몽롱하게 변했다. 왠지 모르게 무한한 신뢰감이 들었다. 뭐든지 털어놓고 싶은 기분이다.

"네 소속은?"

"…황군 우림낭 소속 제이 정보과 흑조……."

"황군 우림낭?"

중년 여인의 얼굴에 의구심이 깃들었다.

"황궁 우림낭이 어째서?"

인은 턱 주위를 매만지며 중얼거렸다.

"인."

"죄송합니다."

인은 다시금 고개를 떨궜다. 중년 여인은 사내에게 시선을 주며 다시금 말문을 열었다.

"어째서 이곳에 왔지?"

"…임무 때문……."

"임무?"

"황제 폐하의 명으로 인해 불로초를 찾고 있었… 다른 방법을 모색하기 위해 찾던 중 늙지 않는 아이에 대한 소문… 그 실종 신고는 전국적으로 산발적… 오 년을 주기로 사라지며, 동인 인물일 가능성이 매우 높음… 십 세의 귀여운 외모를 가진 남아… 성은 계속 바뀌었지만… 이름이 '영' 자 돌림… 가장 최근… 팔 년 전, 사천성 성도… 부호 금득용의 미망인의 양자로 들어갔… 자라지 않아 두려웠던 여인이 아이를 감금… 결국 일 년 전, 여인의 패물을 들고 실종… 그 후로 행적 묘연……."

더듬더듬 말을 잇는 사내를 바라보며 중년 여인의 표정이 굳어졌다. 그녀의 눈가가 조금씩 젖어들기 시작했다.

"영이… 영이가 맞아……."

언제나 자신에게 상냥한 미소를 지어주던 영이가 맞았다. 직감적으로 깨달을 수 있었다.

또르륵…….

중년 여인의 눈가에서 한줄기 눈물이 흘러내렸다.

인은 그런 여인을 바라보며 입술을 꼭 다물었다. 그녀 역시 아이를 기억하고 있었다. 이 집에 들어온 지 이십 년. 아이를 본 것은 십구 년 전이었다.

장난기가 넘쳤지만 때때로 너무도 어른스러운 표정을 짓던 오라비와 같은 존재였다.

인은 해가 갈수록 자랐지만 사내아이는 그대로였다.

하지만 인에게 있어서는 오라비였다.

몇 해가 지나갔다. 하지만 사내아이의 모습은 그대로였다. 처음 봤을 때와 한 치도 변화가 없었다.

"이제는 인이가 오라버니보다 더 커요."

인의 말에 사내아이는 쓴 미소를 지어 보였다.

"그렇구나? 그래서 싫으냐?"

인은 힘차게 고개를 저었다.

"아니! 인이는 오라버니가 제일 좋아!"

"그럼 됐다."

사내아이가 인의 머리를 쓰다듬어 주었다.

이렇게 행복한 나날이 계속 이어질 것 같았다.

또 몇 해가 지났지만 사내아이의 외모에는 여전히 변화가 보이지 않았다. 그리고 그런 사내아이에 대해 수군거리는 사람들이 하나둘씩 생겨나기 시작했다.

마님은 분노했다.

마님이 피 묻은 옷으로 들어오는 날이 많아졌다. 그 냉막했던 표정에 인은 바들바들 떨었다. 하지만 그런 무서운 마님도 사내아이의 앞에만 서면 봄바람처럼 따스하게 변했다.

"결국… 이렇게 되는구나."

어느 날 인이 따라주는 차를 마시던 사내아이가 중얼거렸다. 하지만 인은 이해하지 못했다.

"미안해……."

그러던 어느 날 사내아이는 인에게 너무도 슬픈 미소를 남긴 채 사라졌다.

"오라버니! 가지 말아요!"

인은 울부짖었지만 사내아이는 묵묵히 걸음을 옮겼다. 그렇게 사라져 갔다.

"고작 그렇게 살기 위해 나를 떠난 거니?"

중년 여인은 흐르는 눈물을 닦으려 하지도 못한 채 중얼거렸다.

감금당하다가 도망쳤다니.

용서 못한다.

"인!"

"예, 마님."

"사천으로 간다."

중년 여인은 몸을 일으키며 아직까지 정신을 못 차리고 있는 사내를 힐끗 바라본 후 말문을 열었다.

"이 녀석을 이용한다."

사내에게 계속 황궁과 연락을 주고받게 할 셈이었다. 무영에 대한 다른 정보를 얻게 될 수도 있을 것이다.

"두 시진 내로 아이들을 열 명만 추려서 준비를 끝내거라."

"알겠습니다."

인이 읍하자 중년 여인은 몸을 돌려 석실을 나섰다.

"우리 영이… 어미가 찾아줄 거야."

중년 여인은 소매로 눈가를 닦으며 입술을 살짝 배어 물었다.
"이 감미란의 이름을 걸고 꼭 찾을 테니 조금만 기다려 줘, 우리 아기."

*　　　*　　　*

한편 그 시각, 무영은 걸음을 멈추고 하늘을 올려다보았다.
"왜 갑자기 으스스한 기운이 들지?"
무영은 양팔로 어깨를 감싸며 문질렀다. 하지만 딱히 생각나는 바가 없었다.
"뭐, 누가 내 욕 하나 보지."
무영은 투덜거렸다. 생각해 보니 자신을 욕할 사람이 한두 명이 아니었다. 너무 많아서 셀 수조차 없는 지경이다.
"에이. 가자, 가."
무영은 상념을 접으며 멈췄던 걸음을 옮기기 시작했다.

제10장
친절한 소저, 그리고 등장

친절한 소저, 그리고 등장

보름 후 강서성의 석성현(石城縣)에 들어선 구영은 주위를 둘러보며 미소를 지었다.

많은 사람들과 활기찬 거리, 그리고 바뀐 몸에 익숙해진 무영은 뿌듯했다.

"좋군."

무영은 피식 미소를 지었다.

꼬르륵.

문득 무영은 허기지다는 것을 깨닫고 객잔을 찾기 위해 주위를 둘러보았다. 때마침 옆을 지나치는 행인을 붙잡고 물었다.

"근처에 객잔이 있습니까?"

행인은 무영을 잠시 바라보더니 이내 한 방향으로 손가락을 뻗었다.

"저쪽으로 오십 장 정도 가면 청화객잔이라고 있을 거요."

"고맙습니다."

무영은 감사를 표한 뒤 행인이 가르쳐 준 방향으로 걸음을 옮겼다. 과연 얼마 걷지 않아 청화객잔이 보였다.

무영은 객잔 안으로 들어갔다. 안에는 많은 사람들이 있었다. 하지만 시끄러워야 할 객잔 안은 싸늘한 분위기를 풍기고 있었다. 심지어 손님을 맞아야 할 점소이조차 보이지 않았다.

도리어 모든 시선이 방금 들어온 무영에게 꽂혔다.

'무슨 일이 있나?'

무영은 고개를 갸웃거렸다. 그때 한줄기 능글맞은 목소리가 객잔 안을 울렸다.

"꾸냥, 오늘 이 오라비랑 재미난 하루를 보내지 않겠어?"

무영이 목소리가 들린 쪽으로 시선을 돌려보니 세 명의 사내가 한 탁자에 둘러서 있었다. 무영이 조금 자세히 보니 인상이 험상궂은 것이 딱 동네 한량들이었다.

무영은 별 상관치 않고 빈자리로 가서 앉았다. 그제야 점소이가 조심스런 걸음걸이로 다가왔다.

"죄송합니다, 손님."

"교자 한 접시랑 소면 한 그릇 말아오너라."

"금방 가져다 드리겠습니다."

점소이는 주문을 받은 후 패거리들을 피해 주방으로 갔다.

"이봐, 왜 말이 없어?"

세 명 중 가장 키가 큰 사내가 의자를 빼 앉으며 능글맞게 말을 걸었다. 그제야 무영은 여인을 볼 수 있었다.

이제 막 이십대에 접어든 아리따운 여인이었다. 뚜렷한 이목구비에 뽀얀 얼굴.

경국지색이라고 할 정도는 아니었지만 한 번쯤 뒤돌아보게 할 만한 미색임에는 틀림없었다.

"쯧쯧, 하필 걸려도 패황 패거리라니."

"불쌍해서 어쩐담?"

객잔 안에 자리잡고 있던 손님들은 혹시라도 들킬까 조그만 목소리로 수군거렸다. 하지만 무영은 똑똑히 들을 수 있었다. 그러나 자신이 상관할 일이 아니라고 생각했다.

그때 여인이 고개를 갸웃거리며 말문을 열었다.

"저… 갈 길이 바빠서 오빠들이랑 놀 수 없는데요?"

"이런, 바쁘다고?"

사내가 능글맞은 표정으로 되묻자 여인은 고개를 끄덕였다.

"그러니 다른 사람이랑 놀면 안 될까요?"

"안 돼! 난 꾸냥이 마음에 꼭 들었단 말이야."

"어머! 정말요?"

여인은 얼굴을 살짝 붉히며 고개를 저었다.

"나 남자한테 고백받는 거 처음이란 말이에요."

여인은 부끄러운 듯 몸을 꼬았다. 그런 모습에 황당해진 것은 접근해 왔던 패황 패거리들이었다. 물론 무영과 객잔 안의 사람들 역시 마찬가지였다.

누가 보더라도 순수한 의도로 접근한 것이 아닌란 것쯤은 알 수 있는 상황이지 않은가.

하지만 저 여인은 지금의 상황을 인지하지 못하고 있었다..

"흠흠, 나 눈이 꽤 높은 편이거든. 어때? 재밌게 해줄게."

"어쩔까나……?"

여인은 자못 진지한 표정으로 턱을 괴며 고민하는 눈치였다. 하지만 이내 자리에서 몸을 일으키더니 정중히 고개를 숙였다.

친절한 **소저**, 그리고 등장 283

"역시 안 되겠어요. 죄송해요, 오빠들."

여인은 생글생글 눈웃음을 지으며 손까지 흔들어주었다.

"안녕히 가세요, 오빠. 고백해 줘서 고마웠어요."

여인은 다시금 자리에 앉더니 젓가락을 집어 들었다.

때마침 무영이 주문한 음식이 나왔다. 무영이 젓가락을 들어 교자를 집어 들 무렵이었다.

"에이 씽! 좋게 말하려고 했더니!"

사내가 탁자를 집어 들더니 뒤로 던져 버렸다.

쨍그랑!

바닥에 떨어진 쟁반이 요란한 소음을 내며 깨졌다. 음식들이 바닥에 지저분하게 퍼졌고, 던져진 탁자는 무영의 음식을 덮쳤다. 무영이 재빠르게 손을 놀렸지만 건진 것은 소면뿐이었다.

바닥에 떨어진 교자는 속이 터져 먹을 수 없는 지경에 이르고 말았다.

꿈틀.

무영의 눈꼬리가 치켜 올라갔다.

"야!"

"이봐요!"

무영과 여인이 동시에 몸을 일으키며 외쳤다.

"내가 얼마나 배고팠는지 알아!"

"나 어제저녁부터 한 끼도 안 먹었단 말이에요!"

이번에도 역시 동시에 분노 어린 외침을 터뜨렸다. 갑작스런 상황에 셋 중 나머지 두 명이 무영에게 다가오며 눈을 부라렸다.

"그래서 불만이야?"

무영은 이를 으득 갈았다.

"점소이!"

"예? 예, 손님."

무영의 부름에 점소이는 주저하는 눈빛으로 무영에게 다가왔다. 무영은 들고 있던 소면 그릇을 건네주며 입을 열었다.

"면이 불었어. 다시 말아와. 교자도 다시 내오고."

"예? 예."

"저놈들 때문이니 난 돈 낼 의무 없다."

"예?"

"알았어, 몰랐어?"

점소이는 울상으로 고개를 끄덕일 수밖에 없었다. 일단 지금 이곳에서 벗어나는 게 우선이었다.

"점소이!"

"예?"

여인 역시 점소이를 부르더니 앙증맞은 주먹을 꼭 쥔 채 말했다.

"내 음식들도 다시 내와. 알았어?"

점소이는 흐르는 눈물을 머금으며 물러갔다. 상황이 어느 정도 정리가 되자 무영은 주먹을 움켜쥐며 앞에 서 있는 찢어 죽일 두 놈을 노려보았다.

"너희 다 죽었어."

"혼날 줄 알아요."

여인 역시 앞에 서 있는 사내를 노려보며 뾰족한 어조로 중얼거렸다. 그리고 둘의 신형이 각기 상대를 향해 튀어나갔다.

퍼벅!

무영은 섬전과 같은 속도로 두 사내의 복부를 후려쳤다.

"커억!"

"쿨럭!"

둘의 상체가 반사적으로 숙여졌다. 무영은 재빨리 바닥에 주저앉은 뒤 무릎을 곧추세우며 공중으로 튀어 올랐다.

빠박!

무영의 양 무릎이 둘의 턱에 작렬했다.

털썩! 털퍼덕!

둘은 그대로 실신한 듯 앞으로 꼬꾸라졌다. 그와 동시에 여인의 손바닥이 마지막 남은 사내의 뺨을 후려쳤다.

철썩!

쿵!

도저히 따귀를 때린 것이라고 생각하지 못할 소리와 함께 사내의 얼굴이 바닥에 꽂혔다.

꿈틀꿈틀.

나무 바닥에 얼굴이 반쯤 파묻힌 사내는 꿈틀거리며 경련을 일으키고 있었다.

뜻밖의 상황에 객잔 안에는 싸늘한 적막감이 감돌았다.

무영과 여인은 동시에 한숨을 내쉬었다.

"휴우……."

"하아……."

둘은 손을 탁탁 턴 후 점소이를 불렀다.

"점소이, 내 교자하고 소면!"

"내 음식!"

둘의 외침에 점소이는 파랗게 질린 얼굴로 다가오더니만 말문을 열었다.

"…아직 준비 중입니다만……."

방금 전 둘의 무지막지함을 본 탓인지 점소이의 어조에는 공포가 느껴졌다. 하지만 아직 격양되어 있는 둘에게 남을 배려할 자비심 따위는 존재하지 않았다.
"자리 준비해."
"자리."
"죄송합니다만… 지금 남은 탁자가 하나뿐인지라…….."
"안내해."
둘은 동시에 말했다. 다행히 더 이상 발작할 기미가 없어 보였다. 점소이는 내심 안도하며 가장자리에 자리잡은 탁자로 둘을 안내했다.
"금방 가져다 드리겠습니다."
"얼른."
"나 어제저녁부터 한 끼도 안 먹었다."
둘의 재촉에 점소이의 발걸음이 빨라졌다. 이내 무영과 여인만이 남게 되었다.
"오빠, 솜씨가 대단하시던데요?"
여인은 무영을 바라보며 생긋 웃었다. 무영은 잠시 고개를 갸웃거렸다. 아무런 면식도 없는 사이다. 그런데 초장부터 오빠란다.
'귀여운데?'
하지만 별다른 내색은 하지 않았다.
"소저야말로."
"칭찬해 주셔서 감사해요."
여인은 생글생글 웃었다. 웃음이 너무 헤퍼 보이기는 했지만 귀여운 느낌이었다.
"정말 나쁜 사람들이었죠? 먹는 음식 가지고… 너무해."
무영은 살며시 고개를 끄덕였다.
"동감합니다."

무영과 여인의 입가에 미소가 머금어졌다.
"저기……."
"응?"
"음식… 가져왔습니다."
무영과 여인은 재빨리 음식을 받아 들더니 어지러이 젓가락을 놀리기 시작했다. 여인은 탁자 중앙 쪽으로 음식 쟁반을 옮겼다.
"오빠, 이것도 좀 드세요."
"예?"
"괜찮으니까요."
"아… 예."
무영은 고개를 갸웃거리면서도 여인의 음식 쪽을 향해 젓가락을 가져갔다.
음식은 빠른 속도로 없어졌다.
"잘 먹었다."
무영은 뱃속이 차 오르는 포만감에 만족스러운 미소를 지었다. 여인 역시 거의 동시에 음식을 비웠다.
둘은 잠시간 담소를 나누며 소화시킨 뒤 몸을 일으킨 뒤 안절부절못하고 있는 점소이에게 시선을 주었다.
"탁자랑 음식 값은 저놈들한테 받아라."
"나도 마찬가지야."
"하, 하지만……!"
점소이가 울먹이며 뭐라 말하려 했지만 둘은 객잔을 나섰다. 무영은 여인을 바라보다가 물었다.
"염치 불구하고 한 가지 물어봐도 되겠습니까?"
"예, 괜찮아요."

여인은 나긋한 음성으로 고개를 끄덕였다.

"본래 누구에게나 그렇게 대하십니까?"

여인은 고개를 갸웃거렸다. 무영의 말뜻을 이해하지 못한 것이다. 하지만 이내 손바닥을 탁 쳤다.

"오빠라고 부르는 거요?"

"그것도 그렇고… 이것저것."

무영의 물음에 여인은 고개를 끄덕였다.

"대부분 그렇게 하는데요?"

"어째서지요?"

무영의 반문에 여인은 생긋 웃었다.

"친절해 보이잖아요. 그럼 전 이만."

"편한 여행길 되시길."

"오빠도요."

여인은 무영에게 상냥하게 인사한 뒤 걸음을 옮기기 시작했다. 어느새 그녀는 사람들 속으로 사라졌다. 무영은 잠시간 그 방향을 바라보다가 중얼거렸다.

"그러고 보니 이름도 물어보지 못했군."

하지만 이내 걸음을 옮겼다.

"뭐, 상관없겠지."

패왕 패거리가 깨어난 것은 무영과 여인이 객잔을 나간 직후였다.

"으윽……."

여인에게 따귀를 맞았던 사내는 뒷머리를 매만지며 고개를 한차례 흔들었다.

"맞아!"

사내는 화들짝 놀란 얼굴로 황급히 주위를 둘러보았다. 다행히 그 두 괴물은 보이지 않았다.

"휴우……."

사내는 안도의 한숨을 내쉰 뒤 욕지기를 내뱉었다.

"더럽게 꼬였군."

간만에 몸 좀 풀어볼 생각이었다. 하지만 하필 건드린 게 그런 것들이라니.

'당분간 조용히 지내야겠군.'

사내는 굳게 다짐하며 몸을 일으켰다. 그리고 두 동료를 추슬러 객잔을 나서려 했다.

"저, 저기요……."

"앙?"

사내의 눈꼬리가 올라갔다. 그의 앞을 막아선 점소이 때문이었다.

"뭐야?"

사내의 윽박에 점소이는 어깨를 움찔거렸다. 하지만 용기를 내기로 결심했다. 점소이 생활을 시작한 지 오 년. 그에게 있어 무전취식이란 단어는 존재하지 않았다.

"음식 값이랑 파손된 기물 변상……."

"앙?"

"…그분들이 형님들께 받으라고……."

"뭐라고라?"

"형님들, 안녕히 가세요!"

하지만 생명보다 소중할 수는 없었다.

점소이는 허리를 직각으로 수그리며 최대한 공손히 인사했다. 그런 모습에 사내와 두 동료는 거만하게 객잔을 나섰다.

"별 시답지 않은 게 시비야. 퉤!"

세 명이 완전히 객잔에서 멀어지자 점소이는 허리를 폈다. 그리고 멍한 표정으로 객잔 출입구를 바라보다가 주인에게 다가갔다.

"…아저씨… 어떡하지요?"

점소이의 서글픈 물음에 주인은 침울한 표정으로 한숨을 쉬더니 말문을 열었다.

"어쩔 수 있냐?"

"아저씨!"

점소이는 감격스러운 표정으로 주인 아저씨를 바라보았다. 용서해 주려는 모양이다.

"네 월급에서 깔 수밖에."

"……."

객잔 주인은 허리를 툭툭 치며 계산대로 걸어갔다.

"석 달 동안 감봉이다."

점소이는 그 자리에 멍하니 서 있었다. 그리고 한마디 말을 자그맣게 내뱉었다.

"이, 이씨……."

석성(石城)을 나선 무영은 북쪽으로 방향을 잡고 걸음을 옮겼다.

아직 성에서 멀리 떨어지지 않은 탓인지 대로를 오가는 사람들이 많았다. 무영은 봇짐을 들쳐 메며 힘차게 걸음을 옮겼다.

부지런히 걸으면 한 달 안에 안휘성에 도착할 수 있을 것이다.

무영의 발걸음은 무거웠다.

남궁민을 이용해야 하기 때문이었다. 하지만 이내 고개를 저었다.

'이 한 개 정도는 각오해야 하나?'

무영은 차가운 표정으로 턱 주위를 매만졌다.
"상관없어. 이든… 뼈든… 가져가고 싶으면 얼마든지 가져가도 돼. 중요한 것은 그것이 아니야."
무영의 걸음이 점점 빨라졌다.
그렇게 한 시진 정도 걸었을까. 저 앞에서 걸어가는 인영이 보였다. 무영은 고개를 갸웃거렸다.
왠지 모르게 낯익은 뒷모습이다.
"가만… 누구더라?"
안력을 돋워 보니 몸이 전체적으로 가늘었다. 순간적으로 무영의 뇌리에 스쳐 지나가는 바가 있었다. 무영은 눈을 동그랗게 뜨며 중얼거렸다.
"친절한 소저?"
잠깐 스쳐 지나갔을 뿐이지만 상당히 신선한 경험이었다.
"이봐요."
무영의 부름에 인영은 걸음을 멈추더니 고개를 돌렸다. 무영의 예상대로 그 친절한 여인이 맞았다. 여인은 무영을 보더니 잠시 고개를 갸웃거렸다. 하지만 그것도 잠시, 여인은 손바닥을 탁 치며 반가운 목소리로 외쳤다.
"아까 그 오빠군요?"
무영은 고개를 끄덕였다.
"또 만나게 되었군요."
"그러네요."
여인은 상냥한 미소를 지었다. 무영은 여인을 바라보며 물었다.
"여행 중이신가요?"
여인은 손을 내저었다.
"뭐, 여차저차."

"댁이 어디신데요?"

"글쎄요. 일단은 하북성인데요."

"…먼 거리네요. 지금은 거기로 가시는 건가요?"

무영의 물음에 여인은 고개를 저었다.

"안휘성 쪽에 잠깐 들렀다가 또 약속이 있어서요."

여인의 말에 무영의 눈이 살며시 커졌다. 안휘성이라면 무영의 목적지이기도 했다. 남궁세가가 있는 곳이 바로 안휘성이었다.

"어라? 저도 안휘성으로 가는 길인데?"

무영의 말에 여인의 안색이 환해졌다. 그녀는 대뜸 무영의 손을 마주 잡았다.

"어머? 정말이요? 저는 청양(靑陽)까지 가는데."

"저는 합비에 갑니다."

무영의 말에 여인은 폴짝폴짝 뛰며 기뻐했다.

"잘됐다. 혼자 가기 심심했는데."

'귀여운데?'

무영은 내심 생각하며 미소를 지었다. 목적지는 다르지만 가는 길이 같았다. 같이 가서 나쁠 것은 없어 보였다.

"그렇군요. 그럼 같이 갈까요?"

"당연하지요."

무영의 말에 여인은 고개를 끄덕였다.

"전 무영이라고 합니다."

"저는 소요라고 해요."

소요라 자신을 소개한 여인을 바라보며 무영은 고개를 잠시간 갸웃거렸다.

'외자인가?'

하지만 이내 그러려니 하고 넘긴 무영은 천천히 걸음을 옮기기 시작했다. 소요 역시 무영의 뒤를 총총걸음으로 뒤따랐다.
그렇게 둘은 걸었다. 네 시진쯤 걸었을까, 날씨가 어두워졌다.
"오늘은 이쯤에서 쉴까요?"
무영의 물음에 소요는 주위를 둘러보더니 더 이상의 이동은 어렵겠다고 생각했는지 선선히 고개를 끄덕였다.
"그래야 할 것 같네요. 저기가 어떨까요?"
소요가 가리킨 곳은 대로변에 있는 커다란 나무였다. 잎이 넓게 퍼져 있어 비가 오더라도 피할 수 있을 것 같았다.
"그러지요. 먼저 가 있어요. 땔거리를 좀 주워갈 테니."
무영의 말에 소요는 고개를 저었다.
"같이해요, 오빠."
"아니, 그럴 필요는……"
"혼자 하는 것보다는 둘이 더 빨라요."
소요는 살포시 미소를 지으며 걸음을 옮기기 시작했다. 무영은 그런 그녀의 뒷모습을 바라보다가 어쩔 수 없다는 듯 어깨를 으쓱였다.
조금 엉뚱한 면이 있지만 성품이 착한 여인이었다. 길을 걷다 조금씩 쉴 때에도 그랬다. 이것저것 챙겨주고 재잘거린다. 하지만 성가시지는 않다. 때를 잘 맞춘다고 해야 할까? 심심하다고 느낄 무렵이면 어김없이 말을 걸어온다.
'도무지 알 수 없는 소저군.'
무영은 땔거리를 주운 뒤 나무 쪽으로 갔다. 이미 자리를 잡고 앉아 있는 소요였다. 어느새 불도 지펴놓았다. 무영은 땔거리를 바닥에 내려놓은 뒤 머리를 긁적였다.
"제가 좀 늦었군요."

무영의 말에 소요는 고개를 저으며 육포를 건네었다.
"괜찮아요. 그리고 이거."
"제 것이 있습니다."
"사양 마세요. 마을에서 너무 많이 사버렸거든요."
"아… 그럼."
무영은 육포를 받아 들고는 질겅질겅 씹었다.
"맛있군요."
적당히 짭짤한 데다 씹는 맛이 상당히 좋았다.
"그렇지요? 제가 맛보고 산 거라니까요!"
대수롭지 않은 말에도 소요는 상당히 기뻐하는 눈치였다. 무영은 피식 웃으며 허리춤에서 호리병을 꺼내 들었다.

뚜껑을 따 물을 한 모금 마신 뒤 소요에게 시선을 주었다. 소요는 연신 육포를 질겅거리고 있었다. 오늘 처음 본 남자 앞이건만 내숭을 떨지 않는다.

무영은 호리병 뚜껑을 닫으며 입을 열었다.
"소요 소저는 뭐랄까… 참 순수하신 분인 것 같군요?"
"에? 순수요?"
무영의 물음에 소요는 고개를 갸웃거렸다.
"이상하다… 주로 바보 같다는 말을 자주 듣는데."
'그럴 수도 있겠군.'
무영은 이맛가에 솟은 식은땀을 닦으며 어색한 웃음을 지었다. 그리고 황급히 화제를 돌렸다.
"무슨 이유라도 있습니까?"
"뭐가요?"
"친절한 것."

무영의 물음에 소요는 고개를 끄덕였다.
"예."
"왜지요?"
"그냥요."
"……."
소요는 발을 끌어 모으며 말을 이어갔다.
"친절하면 사람들이 좋아하잖아요. 사귀기도 편하고."
"그렇군요."
"그리고……."
"그리고?"
무영의 반문에 소요는 활짝 웃으며 웃음 섞인 목소리로 답했다.
"남자랑 사귀려면 상냥하고 친절해야 한대요. 우리 오빠가 그랬어요 첫인상이 구 할 이상 먹고 들어간다고."
"……."

둘이 함께한 지도 보름이 지났다. 주로 지루함을 때우기 위함이기는 했지만 많은 이야기를 나누었다. 그래서일까, 처음보다는 가까워진 느낌이 들었다.
"삼 일 정도만 더 가면 안휘성에 다다를 수 있겠군요."
무영의 말에 소요는 고개를 끄덕이며 육포를 먹고 있었다.
무영은 짧게 한숨을 내쉬었다. 소요는 한시도 입을 쉬게 내버려 두지 않았다. 말을 하지 않으면 먹고 있다.
"언제나 무얼 드시고 계시는군요."
"그럼 어떻게 해요. 너무 많이 사버렸으니 얼른 먹어치워야지요. 오빠도 같이 드실래요?"

소요가 육포를 하나 꺼내 건네주었다. 무영은 어쩔 수 없다는 듯 육포를 받아 입에 물었다.

무영은 육포를 뜯으며 소요에게 시선을 주었다.

"그런데 말이죠?"

"예?"

"우리 포위당한 것 같은데?"

무영의 말에 소요 역시 고개를 끄덕였다.

"그러네요."

소요는 평온한 표정으로 발걸음을 멈췄다. 그러자 숲에서 십수 명의 인원이 모습을 드러냈다. 하나같이 험상궂은 표정에 박도를 꼬나 들고 있었다.

무영은 입 안의 육포를 질겅질겅 씹어 넘겼다.

"산적이네요."

"산적 오빠들이군요."

소요는 무영에게 말하며 한 걸음 앞으로 나섰다. 무영은 소요의 행동에 고개를 갸웃거렸지만 나서지는 않았다. 십수 명의 산적 따위는 소요를 어찌할 수 없을 것이라 생각했기 때문이다.

산적들이 길가에 서자 한 명이 앞으로 나섰다. 육 척을 훌쩍 넘는 키에 험상궂은 외모와 거대한 몸집. 이 무리의 우두머리였다.

"나는 이 태막산의 주인인 호치다. 가진 것을 모두 내놓아라!"

호치의 외침에 뒤에 서 있던 수하들이 박도를 이리저리 휘두르며 무언의 협박을 가했다. 하지만 소요는 도리어 상냥한 미소를 지으며 호치에게 다가갔다.

"안녕하세요, 산적 오빠들."

예의를 표하며 인사까지 한다.

"아직 햇님이 뜨거운데 수고 많으시네요."

안부도 물었다.

"응?"

소요의 말에 산적들이 고개를 갸웃거렸다. 이해가 되질 않는 상황이었다. 보통 그들을 앞에 둔 이들은 벌벌 떨며 살려달라고 하는 것이 대부분이었기 때문이다.

호치의 눈썹이 위로 치켜 올라갔다.

"가진 것 다 내놓으라고!"

호치는 박도를 위로 치켜들며 으르렁거렸다. 그런 모습에 소요는 무영을 힐끗 바라보며 어깨를 으쓱였다. 무엇을 잘못했느냐는 표정이었다.

무영은 고개를 설레설레 저었다.

대답해 주지 않는 무영의 태도에 소요는 볼을 살짝 부풀리며 투덜거렸다. 그러더니 품에서 육포 한 조각을 꺼내 들었다.

"저… 이것밖에 없는데. 드실래요?"

소요는 상큼하게 웃으며 한마디를 덧붙였다.

"맛있어요."

순간 호치의 눈썹이 꿈틀거렸다.

탁!

"저리 치워!"

선분홍 빛깔의 먹음직스러운 육포가 땅바닥에 내팽개쳐졌다.

"이게 지금 장난하나?"

호치는 바닥에 떨어진 육포를 발로 짓이겼다. 순간 소요의 어깨가 한 차례 움찔거렸다.

"일났군."

무영은 쓴 미소를 지었다. 처음 석성(石城)의 객점에서 만났을 때의 기억이 떠오른 탓이다.
"어이."
"입 닥치고 있어!"
무영이 말을 걸자 산적들은 흉험한 기세를 뿜어냈다.
"어서 도망치는 것이 신상에 좋을걸?"
"한마디만 더 지껄여 봐. 주둥아리를 찢어버릴 테니."
모처럼 만에 친절을 베풀었건만 산적들은 상황 파악을 못하고 있었다. 무영은 어깨를 으쓱이며 바닥에 털썩 주저앉았다. 자신이 할 도리는 다 했다.
"니들은 다 죽었다."
십수 명의 인원을 앞에 두고도 저 당당한 자태.
산적들은 무언가 일이 이상하게 꼬여감을 느꼈다. 그리고 들려온 한줄기 차가운 음성.
"…한 조각에 서 푼이나 하는 고급 육포가……."
소요는 고개를 숙인 채 부들부들 떨고 있었다. 어느새 앙증맞은 주먹이 꼭 쥐어져 있었다.
뿌드득.
주먹에서 들려오는 뼈의 마찰음 소리가 유난히 크다.
"큰맘 먹고 오늘 저녁 식사를 줬는데……."
소요는 고개를 치켜세웠다. 그녀의 눈이 이글거리고 있었다.
"음식을 소중히 하지 않는 자는 혼나야지요?"
팟!
순간 소요의 신형이 호치의 시야에서 사라졌다.
"두목! 뒤!"
수하들의 다급한 외침에 호치가 몸을 돌리려는 찰나, 등 쪽에서 기묘

한 촉감이 느껴졌다. 무언가 야들야들하고 폭신한 느낌.

"흐읍."

소요는 숨을 들이키며 팔로 호치의 허리춤을 부여잡았다. 그녀는 무릎을 살짝 구부렸다 팅기듯 쳐 올리며 호치의 거체를 들어 올렸다.

번쩍!

놀랍게도 호치의 몸이 허공에 들려졌다.

"뭐, 뭐야!"

호치가 당혹스럽게 외쳤다. 그것은 다른 산적들도 마찬가지였다. 이백 근에 달하는 거체가 가냘픈 여인의 손에 들어 올려졌다.

"하앗!"

소요의 기합성과 함께 가냘픈 허리가 휘어지며 호치의 몸이 뒤로 내리찍혔다.

쾅!

지축을 울리는 커다란 소리와 함께 호치의 커다란 뒤통수가 흙바닥에 반쯤 박혔다.

"쿠륵!"

눈이 풀린 호치의 입에서 하얀 거품이 흘러나오고 있었다.

"웃차."

소요는 호치의 몸을 밀어내고는 일어섰다. 어느새 아까의 살벌한 표정은 온데간데없이 상냥한 얼굴이 되어 있었다. 그녀는 바닥에 흉물스럽게 널브러져 있는 호치를 내려다보며 훈계하듯 말문을 열었다.

"먹을 것을 함부로 하니 벌받는 거예요. 자! 상처야, 다 날아가라."

소요는 호치의 뒤통수를 손으로 쓰다듬어 주며 치유를 기원하는 주문까지 외워줬다. 그리고 바닥에 떨어져 있는 육포 조각을 집어 들었다.

"물로 씻으면 먹을 수 있을 거야."

소요는 육포 조각을 품 안에 소중히 갈무리한 뒤 바닥에 앉아 있는 무영에게 다가왔다. 순간 남아 있던 산적들이 뒤로 물러섰다. 무영은 좌중을 둘러보며 득의만만한 미소를 지었다.

"그러게 내가 뭐랬어?"

순간 산적들의 얼굴에 공포감이 어렸다. 심상치 않은 괴력, 그리고 눈으로 좇기 벅찰 만큼의 속도.

'자, 잘못 걸렸다!'

이 둘은 무림인들이었다.

피와 살로 이루어진 주먹으로 바위를 깨부수고, 수백 리의 거리를 하루 만에 갈 수 있다는 경이의 존재들.

소요는 조용한 어조로 한마디를 내뱉었다.

"내놔요."

순간 산적들은 들고 있던 박도며 품 안에 있던 동전 몇 푼까지 바닥에 던져 놓고 줄행랑을 쳤다. 이미 호치 따위는 그들의 머리에 존재하지 않았다.

이내 길가에는 무영과 소요, 그리고 혼절 상태로 널브러진 호치만이 있었다. 소요는 산적들이 떨구고 줄행랑친 물품들을 바라보다 무영에게 시선을 주며 고개를 갸웃거렸다.

"이게 뭔가요?"

"소저가 내놓으라면서요."

"아닌데……."

소요는 품 안에서 걸레짝이 된 육포 조각을 꺼냈다.

"이거 못 먹을 수도 있으니 새거 있으면 달라고 한 건데."

"그런 뜻이었나요?"

무영의 물음에 소요는 고개를 끄덕였다. 그녀는 무영에게 육포를 보여

주며 심각한 표정으로 물었다.

"이거… 먹을 수 있을까요?"

"못 먹을 것 같은데요?"

"물로 씻어도?"

"물로 씻어도."

무영의 말에 소요는 울상을 짓다가 바닥에 주저앉아 떨어진 동전을 주웠다.

"그걸 달라는 뜻이 아니었다면서요?"

무영의 물음에 소요는 열심히 동전을 쓸어 담으며 답했다.

"한 조각 값만 가지고 갈려고 했는데, 생각해 보니 낱개로는 안 팔더라고요."

"그, 그렇군요."

잠시 후 두툼해진 동전 주머니를 허리춤에 찬 소요가 화사하게 웃으며 자랑하듯 말했다.

"다음 마을에서 육포 한 봉지는 살 수 있겠어요. 헤헤."

안휘성의 청양(青陽).

"청양이라……."

무영은 주위를 둘러보며 살짝 미소를 지었다. 그 후로 수월하게 안휘성에 들어섰다. 그리고 이제 며칠만 가면 목적지인 합비에 도착할 수 있을 것이다.

"저기, 오빠?"

"예?"

무영은 옆에서 들려온 소리에 고개를 돌려보았다. 그리고 그의 눈앞에 보이는 선분홍 빛깔의 육포.

"드실래요?"

소요이 무영에게 육포를 권하고 있었다. 무영은 손을 내저었다.

"…남겠는데?"

소요는 한숨을 내쉬으며 육포를 입에 물었다. 무영은 눈살을 찡그린 채 소요에게 시선을 주며 물었다.

"질리지 않아요?"

소요는 눈을 동그랗게 뜨며 고개를 저었다.

"전혀요."

"삼 일 동안 육포만 줄기차게 먹었잖아요."

"그래도 맛있는걸요."

소요는 맛있게 육포를 질겅거리며 걸음을 옮겼다. 무영은 피식 웃었다. 소요는 정말 먹는 것을 좋아했다.

"그러고 보니 소저는 여기가 목적지라고 하셨지요?"

무영의 물음에 소요는 고개를 끄덕였다. 하지만 이내 침울한 표정으로 말문을 열었다.

"이제는 헤어져야겠네요?"

"예, 짧은 기간이었지만 즐거웠습니다. 그것보다, 이제 소저는 어디로 가야 하나요?"

"여기요."

"그런 뜻이 아닌데."

무영의 말에 소요는 미소를 지었다.

"서문 쪽으로요."

"그렇군요. 이제 그만 헤어져야겠습니다."

무영은 왠지 서운한 마음이 들었다. 한 달가량 같이 여행을 한 사이일 뿐이었지만, 왠지 뭔가 아쉬웠다.

"그동안 즐거웠습니다."

"저도요."

소요는 살포시 웃으며 말을 이어나갔다.

"인연이 되면 또 만나뵐 수 있겠지요?"

"인연인가……?"

"예?"

무영의 자그마한 중얼거림에 소요가 고개를 갸웃거리며 반문했다. 무영은 아무것도 아니라는 듯 고개를 저었다.

"아무것도 아닙니다."

"대답 안 해주셨어요."

"예?"

무영의 반문에 소요는 볼을 살짝 부풀리며 뾰로통한 표정을 지었다. 그제야 깨달은 무영이 고개를 끄덕였다.

"인연이 닿으면 또 뵙게 될 겁니다."

"그럼 안녕히."

"소저도."

"……."

"안 가시나요?"

"오빠 가시는 것 보고 저도 갈게요."

"아니, 소저 먼저 가세요."

무영의 말에 소요는 고개를 저었다.

"안 돼요."

"왜죠?"

무영의 반문에 소요는 결연한 표정으로 말문을 열었다.

"그러면 불친절해 보이잖아요."

"……."

"자, 먼저 가세요. 제가 전송해 드릴게요."

소요의 말에 무영은 어쩔 수 없다는 듯 몸을 돌려 걸음을 옮기기 시작했다. 소요는 손을 흔들었다.

"오빠, 잘 가요! 다음에 또 봐요."

무영은 소요에게 한차례 손을 흔들어주었다. 이내 무영의 신형이 인파들 속으로 묻히자 소요는 흔들던 손을 내렸다.

"또 봐요."

소요는 나지막이 중얼거리더니 이내 평온한 표정이 되어 걸음을 옮겼다.

그 방향이 서문 쪽이 아닌 동문 쪽이라는 것이 문제였지만 말이다.

한편 부지런히 걸음을 옮기던 무영은 짧게 한숨을 쉬었다.

"특이한 소저였어."

여행 내내 줄기차게 육포만 먹어대던 소저.

그녀의 말대로 친절하기는 했지만 어떤 의미로는 전혀 그렇지 않았다.

"뭐, 재미있기는 했으니까."

여러 가지로 재미있는 여행이었다. 대화도 많이 나누었고, 산적들과의 일 등 도보 여행 특유의 지루함을 거의 느낄 수 없었다.

"또 보자라… 과연 볼 수 있을는지 모르겠군."

나지막이 중얼거리는 무영의 얼굴에 씁쓸한 미소가 머금어졌다. 하지만 이내 고개를 내저었다.

"후우… 다시 혼자가 됐군."

무영은 살짝 미소를 머금었다. 이제 혼자가 되었으니 발걸음을 재촉해야 할 것 같았다.

"어디 보자… 청양에서 합비라……."

대략 오백 리(200㎞)가 조금 넘는 거리다. 도보라면 부지런히 가도 일주일, 말을 탄다면 이틀 정도 걸릴 거리였다.

"대충 내일 저녁쯤이면 도착하겠군."

무영은 미소를 지으며 북문 쪽으로 걸음을 옮겼다. 대략 반 시진 정도 걸어 성문을 나서자마자 내기를 끌어올리며 땅을 박찼다.

다음날 저녁, 무영은 예상대로 합비성에 들어설 수 있었다.

안휘성의 합비.

후한 시대 위의 장군인 장료가 소요진(逍遙津)에서 팔백의 군사로 오의 십만 대군을 섬멸한 곳이다.

그리고 당대에 이르러서는 남궁세가라는 무림의 대문파가 자리잡고 있었다.

"합비라."

청양에서 하루 만에 합비까지 달려온 무영은 주위를 둘러보며 살짝 미소를 지었다. 안휘성의 성도답게 많은 이들이 북적거리고 있었다.

조금만 있으면 남궁민을 만나게 될 것이다.

"낯짝이 있는데 술이라도 한 병 사갈까?"

무영은 주위를 둘러보다가 한 객잔에 들어가 고급 죽엽청 한 병을 사 들었다.

"자, 그럼 이만 만나러 가보실까."

무영은 휘적휘적 걸음을 옮기기 시작했다.

"아, 맞다."

문득 손바닥을 탁 내려친 무영은 골목으로 가서 몸을 원래대로 돌렸다. 이런 모습으로 가면 알아보지 못할 수도 있었기 때문이다. 무영은 미리 준비해 놓은 옷으로 갈아입고 걸음을 옮겼다.

*   *   *

"찾았는가?"

백리준의 다급한 물음에 무사는 침울한 표정으로 고개를 저었다. 백리준의 얼굴 역시 침울하게 굳어졌다. 오늘도 별 소득 없이 돌아왔다는 소식에 신연과 백리현은 금세라도 울음을 터뜨리려는 기색이었다.

"도대체가! 몇 달이 훨씬 넘도록 어린애 하나 찾지 못한다는 게 말이 되는 소린가?"

"죄송합니다."

백리준은 노기를 내뿜었다.

무슨 할 말이 있으랴. 무사는 고개를 푹 떨군 채 죄송하다는 말만 되뇌일 뿐이었다.

"당장 나가서 다시 한 번 찾아보게! 풀 한 포기까지 다 들쳐 보란 말이야!"

"…모두들 벌써 이틀째 한숨도 자지 못했습니다."

말을 하는 무사 역시 피곤에 찌든 탓인지 눈 밑이 거멓게 죽어 있었다. 결국 백리준은 고개를 푹 숙이며 힘없는 어조로 말을 이어갔다.

"오늘은 그만 쉬어도 좋아……."

"여보!"

"아빠!"

쉬라는 말에 신연과 백리현이 대번에 소리쳤다. 하지만 백리준은 천천히 고개를 저었다.

"더 이상 무리할 수는 없다. 들었잖아. 모두들 이틀 동안 잠 한숨 못 잔 거야."

"그래도!"

결국 신연은 백리현을 끌어안으며 울음을 터뜨렸다. 백리준은 그런 아내와 딸을 바라보며 괴로운 표정을 지을 수밖에 없었다.

"관아에도 알려놓았으니 너무 걱정 말거라."

백리준은 나름대로 신연과 백리현을 달래기 위해 최선을 다했지만 헛수고였다.

"당신… 계속 끼니를 걸렀지? 조금이라도 먹어봐."

"아이가 행방불명되었는데 음식이 넘어가겠어요? 어디서 굶고 있는 것은 아닐런지… 흑!"

백리준은 시름 어린 한숨을 내쉬었다.

걸음을 걷던 백리현은 문득 무영의 처소로 발걸음을 옮겼다.

끼익.

문이 열리자 깔끔하게 정리된 방의 전경이 들어왔다. 실종된 날과 전혀 달라지지 않았다. 언젠가 찾아서 돌아왔을 때 이질적인 감정이 들지 않아야 했으니까.

"흑."

백리현은 처연한 표정을 지으며 침상에 털썩 주저앉았다.

"영아……."

갑자기 사라져 버렸다. 당연히 모두들 찾으려 애썼지만 한 달이 넘도록 아무런 단서조차 없다.

"어디 간 거니?"

중얼거리는 백리현의 시야가 흐려졌다.

그렇게 얼마나 시간이 지났을까.

끼익.

문득 문이 열렸다. 백리현은 재빨리 소매로 눈 주위를 부비며 고개를 들었다. 누구에게도 이 모습을 보여줄 수 없었기에.

"누구?"

하지만 말은 끝까지 이어지지 못했다. 갑자기 눈앞이 깜깜해졌다.

풀썩!

백리현의 몸이 침상에 쓰러지자 한 아이가 나타났다.

이제 열 살 정도로 보이는 사내아이였다. 상당히 빼어난 외모의 꼬마 아이는 왠지 모르게 병약해 보이는 외모만이 다를 뿐 전체적으로 무영과 비슷한 인상이었다.

아이는 쓰러진 백리현을 바라보며 히죽 웃었다.

"어디 보자."

아이는 백리현을 잠시 바라보다가 손을 뻗었다.

둥실!

순간 백리현의 몸이 허공에 떠올랐다. 아이는 비릿한 미소를 지으며 창문 밖으로 몸을 날렸다.

타박!

아이의 몸이 바닥에 착지한 곳은 백리세가에서 오 리가량 떨어진 숲속이었다.

그곳에는 한 여인이 아이를 기다리고 있었다.

"오랜만이군."

"왜 절강으로 가라고 하셨나 했더니……."

여인은 뾰로통한 표정으로 아이를 흘겨보았다.

"이 계집이나 받아."

아이가 손짓을 하자 공중에 둥실 떠 있던 백리현의 몸이 여인의 앞에

서 서서히 바닥으로 떨어졌다.
 여인은 살며시 백리현의 몸을 받았다. 아이는 백리현을 업는 여인을 바라보다가 말문을 열었다.
 "일랑이 이리로 오라고 하던가?"
 "예."
 "언제나 깐깐한 놈이야."
 아이는 짜증스럽게 투덜거렸다. 여인은 그늘진 얼굴로 바라보다가 화제를 돌렸다.
 "안휘성에서 하루 만에 여기까지 오느라 고생했어요."
 "그렇군."
 아이의 무심한 대답에 여인은 툴툴거렸다. 하지만 어쩔 수 없었다. 그는 언제나 이런 식이었다.
 여인은 자신의 품에서 정신을 잃고 있는 백리현을 내려다보며 아이에게 물었다.
 "이 아이는?"
 "유인할 물건."
 "현님… 인간을 물건이라고 하시면……."
 여인의 말에 아이는 차가운 표정으로 응시했다. 순간 여인이 몸을 부르르 떨며 바닥에 주저앉았다.
 "소요, 못 본 동안 꽤나 대범해졌구나?"
 "죄, 죄송합니다."
 현은 새파랗게 질린 여인, 소요를 매몰차게 외면하며 명령을 내렸다.
 "어서 계집이나 데리고 가."
 "복명!"
 현의 말이 끝나기가 무섭게 소요는 몸을 날렸다.

이내 홀로 남게 된 현은 저 멀리 희미하게 보이는 백리세가를 응시하며 진득한 미소를 지었다.
"영아, 이제 네가 어떻게 나올지 궁금해."

『무영검전』 2권으로 계속…

청 어 람 퓨 전 무 협 소 설

장르 무협의 새로운 가능성!
장르문학대상 은상에 빛나는 인기 수작!

파멸적 운명을 불꽃처럼 태우며
새롭게 태어난 자가 있다!

『귀안』
(鬼眼)

귀안(鬼眼) / 현우 지음

내 삶은 시작부터가 그리 호의적이지 않았다.
나는 그저 욕심 부리지 않고 평범하게 살고 싶었을 뿐이다.
하지만 이젠 그럴 수 없게 됐다.

**역사? 인류의 안녕? 개나 줘라!
나는 그런 것 모른다.**

하지만 이것 하나만은 확실히 안다.
내! 현진의 눈물이 마르는 날!
그날이 네놈들이 밥숟갈 놓는 날일 것이다!

서로 다른 자(紫),녹(綠)의 눈동자가 빛날 때,
세상에는 혼란이 닥쳐든다!

- 유행이 아닌 자유추구 -
WWW.chungeoram.com